贾大山
小说精选集

贾大山 著

作家出版社

图书在版编目（CIP）数据

贾大山小说精选集 / 贾大山 著. —— 北京：作家出版社，
2014.1

　　ISBN 978-7-5063-7303-6

　　Ⅰ．①贾… Ⅱ．①贾… Ⅲ．①小说集 – 中国 – 当代
Ⅳ．①I247

中国版本图书馆CIP数据核字（2014）第019693号

贾大山小说精选集

作　　者：贾大山
策划编辑：高　路　宋迎秋　黄　静
责任编辑：苏红雨
特约顾问：康志刚
装帧设计：视觉共振
出版发行：作家出版社
社　　址：北京农展馆南里10号　　　　邮　　编：100125
电话传真：86-10-65930756（出版发行部）
　　　　　86-10-65004079（总编室）
　　　　　86-10-65015116（邮购部）
E-mail:zuojia@zuojia.net.cn
http://www.haozuojia.com（作家在线）
印　　刷：保定市中画美凯印刷有限公司
成品尺寸：152×230
字　　数：200千
印　　张：16.25
版　　次：2014年1月第1版
印　　次：2014年1月第1次印刷
ISBN 978-7-5063-7303-6
定　　价：33.00元

目录

天籁之声，隐于大山 (代序)

铁　凝

　　贾大山是河北省新时期第一位获全国优秀短篇小说奖的作家。一九八〇年，他在短篇小说《取经》获奖之后到北京中国作协文学讲习所学习期间，正在文坛惹人注目。那时还听说日本有个"二贾研究会"，专门研究贾平凹和贾大山的创作。消息是否准确我不曾核实，但已足见贾大山当时的热闹景象。

　　当时我正在保定地区的一个文学杂志任小说编辑，很自然地想到找贾大山约稿。好像是一九八一年的早春，我乘长途汽车来到正定县，在他工作的县文化馆见到了他。已近中午，贾大山跟我没说几句话就领我回家吃饭。我没有推辞，尽管我与他并不熟。

　　我被他领着来到他家，那是一座安静的狭长小院，屋内的家具不多，就像我见过的许多县城里的居民家庭一样，但处处整洁。特别令我感兴趣的是窗前一张做工精巧的半圆形硬木小桌，与四周的粗木桌椅比较很是醒目。论气质，显然它是这群家具中的"精英"。贾大山说他的小说都是在这张桌子上写的，我一面注意这张硬木小桌，半开玩笑地问他是什么出身。贾大山却一本正经地告诉我，他家好几代都是贫下中农。然后他就亲自为我操持午饭，烧鸡和油炸馃子都是现成的，他只上灶做了一个菠菜鸡蛋汤。这道汤所以给我留下了很深的印象，是因为大山做汤时程序的严格和那成色的精美。做时，他先将打好的鸡蛋泼入滚开的锅内，再把菠菜撒进锅，待汤稍沸锅即离火。这样菠菜翠绿，蛋花散得地道。至今我还记得他站在炉前打蛋、撒菜时那潇洒、细致的手势。后来他的温和娴静的妻子下班回来了，儿子们也放学回来了。贾大山陪我在里屋用餐，妻儿吃饭却在外屋。这使我忽然想起曾经有人告诉我，贾大山是家中的绝对权威，还告诉我妻儿与这"权威"配合得是如何的默契。甚至有人把这默契加些演义，说贾大山召唤妻儿时就在里屋敲墙，上茶、送烟、添饭都有特定的敲法。我和贾大山在里屋吃饭没有看见他敲墙，似乎还觉出几分缺欠。有一点是毫无疑问的，贾大山有一个稳定、安宁的家庭，妻子与他同心同德。

那一次我没有组到贾大山的稿子，但这并不妨碍贾大山给我留下的初步印象，这是一个宽厚、善良，又藏有智慧的狡黠和谋略，与乡村有着难以分割的气质的知识分子，他嘴阔眉黑，面若重枣，神情的持重多于活跃。

他的外貌也许无法使你相信他有过特别得宠的少年时代。在那个时代里他不仅是历选不败的少先队中队长，他的作文永远是课堂上的范文，而且办墙报、演戏他也是不可少的人物。原来他自幼与戏园子为邻，早就在迷恋京剧中的须生了。有一回贾大山说起京剧忍不住站起来很帅地踢了一下腿，脚尖正好踢到鼻梁上，那便是风华少年时的童子功了。他的文学生涯也要追溯到中学时代在地区报纸上发表小说时。如果不是一九五八年在黑板报上发表了一首寓言诗，很难预料这个多才多艺的男孩子会有怎样的发展。那本是一首慷慨激昂批判右派的小诗，不料这诗一经出现，全校上自校长下至教师却一致认为那是为右派鸣冤叫屈、企图颠覆无产阶级专政的反动寓言。十六岁的贾大山蒙了，校长命他在办公室门口的小榆树下反省错误，那天下了一夜的雪，他站了一夜。接着便是无穷尽的检查、自我批判、挖反动根源等等，最后学校以警告处分了结了此案。贾大山告诉我，从那时起他便懂得了"敌人"这个概念，用他的话说："三五个人凑在一块儿一捏鼓你就成了阶级敌人。"

他辉煌的少年时代结束了，随之而来的是因病辍学，自卑，孤独，以及为了生计的劳作，在砖瓦厂的石灰窑上当临时工，直到一九六四年响应号召作为知青去农村。也许他是打算终生做一名地道的正定农民的，但农民却很快发现了他有配合各种运动的"歪才"。于是贾大山在顶着太阳下地的业余时间里演起了"乐观的悲剧"。在大队俱乐部里他的快板能出口成章："南风吹，麦子黄，贫下中农收割忙……"后来沿着这个"快板阶梯"他竟然不用下地了，他成为村里的民办教师，接着又成为入党的培养对象。这次贾大山被吓着了——使他受到惊吓的是当时的"极左"路线：入党则意味着被反复地、一丝不苟地调查，说不定他十六岁那点陈年旧账也得被翻腾出来。他的自尊与自卑强烈主宰着他不愿被人去翻腾。那时的贾大山一边做着民办教师，一边用他的编写才华编写着那个时代，还编出了"好处"。他曾经很神秘地对我说："你知道我是怎么由知识青年变成县文化馆的干部么？就因为我们县的粮食'过了江'。"

据当时报载，正定县是中国北方第一个粮食"过江"的县。为了庆祝粮食"过江"，县里让贾大山创作大型剧本，他写的剧本参加了全省的汇演，于是他被县文化馆"挖"了上来。"所以，"贾大山停顿片刻告诉我，"你可不能说文艺为政治服务不好，我在这上边是沾了大光的。"说这话时他的眼睛超乎寻常的亮，他那两只狭长的眼睛有时会出现这种超常的光亮的，那似是一种有重量的光在眼中的流动，这便是人们形容的犀利吧。犀利的目光、严肃的神情使你觉得你是在听一个明白人认真地讲着糊涂话。这个讲着糊涂话的明白人说："干部们就愿意指挥种树，站在你身边一个劲儿叮嘱：'注意啊注意啊，要根朝下尖朝上，不要尖朝下根朝上啊！'"贾大山的糊涂话讲得庄重透彻而不浮躁，有时你觉得天昏地暗，有时你觉得唯有天昏地暗才是大彻大悟。

一九八六年秋天我又去了正定，这次不是向大山约稿，是应大山之邀。此时他已是县文化局局长——这似乎是我早已料到的，他有被重新发现、重新"挖"的苗头。

正定是河北省著名的古城，千余年来始终是河北重镇之一。曾经，它虽以粮食"过江"而大出过风头，但最为实在的还是它留给当今社会的古代文化。面对城内这"檐牙高啄""钩心斗角"的古建筑群，这禅院寺庙，做一名文化局局长也并非易事。局长不是导游，也不是只把解说词背得滚瓜烂熟就能胜任的讲解员，至少你得是一名熟悉古代文化的专门家。贾大山自如地做着这专门家，他一面在心中完整着使这些祖宗留下的珍贵遗产重放光彩的计划，一面接应各路来宾。即使面对再大的学者，专家贾大山也不会露"怯"，因为他的起点不是只了解那些静穆着的砖头瓦块，而是佛家、道家各派的学说和枝蔓。这时我作为贾大山的客人观察着他，感觉他在正定这片古文化的群落里生活得越来越稳当妥帖，举止行动如鱼得水。那些古寺古塔仿佛他的心爱之物般被他摩挲着，而谈到他和那些僧人、住持的交往，你在夏日习习的晚风中进一趟临济寺便一目了然了，那时十有八九他正与寺内住持焦师父躺在澄灵塔下谈天说地，或听焦师父演讲禅宗祖师的"棒喝"。

几年后大山又任县政协副主席。他当局长当得内行、自如，当主席当得庄重、称职。然而贾大山仍旧是个作家，可能还是当代中国文坛唯一只写短篇小说的作家，且对自己的小说篇篇皆能背诵。在和大山的交往中，他给我讲了许多农村和农民的故事，那些故事与他的获奖小说《取经》已有绝大的不同。如果说《取经》这篇力作由于受着当时文风的羁绊，或许仍有几分图解政策的痕迹，那么这时贾大山的许多故事你再不会漫不经心地去体味了。虽然他的变化是徐缓的、不动声色的，但他已把目光伸向了他所熟悉的底层民众灵魂的深处，于是他的故事便构成了一个贾大山造就的世界。在那个世界里有乐观的辛酸，优美的丑陋，诡谲的幽默，愚钝的聪慧，冥顽不化的思路和困苦中的温馨……

贾大山讲给我的故事陆续地变成了小说。比如一位穷了多半辈子终于致富的老汉率领家人进京旅游，当从未坐过火车的他发现慢车票比快车票便宜时居然不可思议地惊叹："慢车坐的时候长，怎么倒便宜？"比如"社教"运动中，某村在阶级教育展览室抓了一个小偷，原来这小偷是在偷自己的破棉袄，白天他的棉袄被作为展品在那里展览，星夜他还得跳进展览室将这棉袄（他爷爷讨饭时的破袄）偷出御寒。再比如他讲的花生的故事：贾大山当知青时花生是中国的稀有珍品，那些终年不见油星的百姓趁队里播种花生的时机，发了疯似的带着孩子去地里偷花生种子解馋。生产队长恪守着职责搜查每一个从花生地里出来的社员，当他发现他八岁的女儿嘴里也在嚅动时，便一个耳光打了过去。一粒花生正卡在女儿气管里，女儿死了。死后被抹了一脸锅底黑，又让人在脸上砍了一斧子。抹黑和砍脸是为了吓唬鬼，让这孩子在阴间不被鬼缠身。

很长一段时间里我读贾大山小说的时候，眼前总有一张被抹了黑又被砍了一斧子的女孩子的脸。我想，许多小说家的成功，大约不在于他发现了一个孩子因为偷吃花生种子被卡死了，而在于她死后又被亲人抹的那一脸锅底黑和那一斧子。并不是所有小说家都能注意到那锅底黑和那一斧子的。后来我读大山一篇简短的《我的简历》，写到"一九八六年秋天，铁凝同志到正定，闲谈的时候，我给她讲了几个农村故事。她听了很感兴趣，鼓励我写下来，这才有了几篇'梦庄记事'"。今天想来，其实当年他给我讲述那些故事时，对"梦庄记事系列"已是胸有成竹了。而让我永远怀念的，是与这样的文坛兄长那些不可再现的清正、有趣、纯粹、自然的文学"闲谈"。在二十一世纪的当下，这尤其难得。

一些文学同行也曾感慨为什么贾大山的小说没能引起持续的应有的注意，可贾大山仿佛不太看重文坛对他的注意与否。河北省曾经专门为他召开过作品讨论会，但是他却没参加。问他为什么，他说"多一事不如少一事"。小说发表时他也不在乎大报名刊，写了小说压在褥子底下，谁要就由谁拿去。他告诉我说："这褥子底下经常压着几篇，高兴了就隔着褥子想想，想好了抽出来再改。"在贾大山看来，似乎隔着褥子比面对稿纸更能引发他的思路。隔着褥子好像他的生活能够沉淀得更久远、更凝练、更明晰。隔着褥子去思想还能使他把小说越改越短。这让我想起了不知是谁的名句："请原谅我把信写得这么冗长，因为我没有时间写得简短。"

写得短的确需要时间需要功夫，需要世故到极点的天真，需要死不改悔地守住你的褥子底下（独守寂寞），需要坦然面对长久的不被注意。贾大山发表过五十多篇小说，生前没有出版过一本小说集，在二十世纪九十年代已不能说是当红作家。但他却不断被外省文友们打听询问。在"各领风骚数十天"的当今文坛，这种不断地被打听已经证明了贾大山作品留给人的印象之深。他一直住在正定城内，一生只去过北京、保定、石家庄、太原。一九九三年到北戴河开会才第一次——也是唯一一次看见了海。北戴河之后的两年里，我没有再见贾大山。

一九九五年秋天，得知大山生了重病，我去正定看他。路上想着，大山不会有太重的病。他家庭幸福，生活规律，深居简出，善以待人，他这样的人何以会生重病？当我在这个秋天见到他时，他已是食道癌（前期）手术后的大山了。他形容憔悴，白发很长，蜷缩在床上，声音喑哑且不停地咳嗽。疾病改变了他的形象，他这时的样子会使任何一个熟识从前的他的人难过。只有他的眼睛依然如故，那是一双能洞察世事的眼：狭长的，明亮的。正是这双闪着超常光亮的眼使贾大山不同于一般的重病者，它鼓舞大山自己，也让他的朋友们看到一些希望。那天我的不期而至使大山感到高兴，他尽可能显得轻快地从床上坐起来跟我说话，并掀开夹被让我看他那骤然消瘦的小腿——"跟狗腿一样啊"，他说，他到这时也没忘幽默。我说了些鼓励他安心养病的话，他也流露了许多对健康的渴望。看得出这种渴望非常强烈，致使我觉得自己的劝慰是如此苍白，因为我没有像大山这样痛苦地病过，我其实不知道什么叫健康。

一九九六年夏天，蒋子龙应邀来石家庄参加一个作品讨论会，当我问及他想看望哪些朋友时，蒋子龙希望我能陪他去看贾大山，他们是中国作协文讲所的同学。是个雨天，我又一次来到正定。蒋子龙的到来使大山显得兴奋，他们聊文讲所的同学，也聊文坛近事。我从旁观察贾大山，感觉他形容依然憔悴，身体更加瘦弱。但我却真心实意地说着假话，说着看上去他比上次好得多。病人是需要鼓励的，这一日，大山不仅下床踱步，竟然还唱了一段京剧给蒋子龙。他强打着精神谈笑风生，他说到对自己所在单位县政协的种种满意——我用多贵的药人家也不吝惜，什么时候要上医院，一个电话打过去，小车就开到楼门口来等。他很知足，言语中又暗暗透着过意不去。他不忍耽误我们的时间，似又怕我们立刻离去。他说你们一来我就能忘记一会儿肚子疼；你们一走，这肚子就疼起来没完了。如果那时癌细胞已经在他体内扩散，我们该能猜出他要用多大毅力才能忍住那难以言表的疼痛。我们告辞时他坚持下楼送我们。他显然力不从心，却又分明靠了不容置疑的信念使步态得以轻捷。他仿佛以此告诉人们，放心吧，我能熬过去。

贾大山是自尊的，我知道在他生命的最后时刻，当着外人他一直保持着应有的尊严和分寸。小梅嫂子（大山夫人）告诉我，只有背着人，他才会为自己这迟迟不好的病体焦急万分地打自己的耳光，也擂床。

一九九七年二月三日（农历腊月二十六），是我最后一次见到贾大山。经过石家庄和北京两所医院的确诊，癌细胞已扩散至大山的肝脏、胰脏和腹腔。大山躺在县医院的病床上，像每次一样，见到我们立即挣扎着从床上坐起来。这时的大山已瘦得不成样子，他的病态使我失去了再劝他安心养病的勇气。以大山审时度势的聪慧，对自己的一切他似亦明白。于是我们不再说病，只不着边际地说世态和人情。有两件事给我留下深刻的印象，一件是大山讲起某位他认识的官员晚上出去打麻将，说是两里地的路程也要乘小车去。打一整夜，就让司机在门口等一整夜。大山说："你就是骑着个驴去打麻将，也得喂驴吃几口草吧，何况司机是个人呢！"说这话时他挥手伸出食指和中指指着一个什么地方，义愤非常。我未曾想到，一个病到如此的人，还能对一件与他无关的事如此认真。可谁又敢说这事真的与他无关呢？作为作家的贾大山，正是这种充满着正义感和人性尊严的情感不断成就着他的创作。他的疾恶如仇和清正廉洁，在生他养他的正定城有口皆碑。我不禁想起几年前那个健康、幽默、出口成章的贾大山，他曾经告诉我们，有一回，大约在他当县文化局局长的时候，局里的话务员接到电话通知他去开一个会，还问他开那么多会真有用的有多少，有些会就是花国家的钱吃吃喝喝。贾大山回答说这叫"酒肉穿肠过，工农留心中"。他是在告诫自己酒肉穿肠过的时候别忘了心中留住百姓呢，还是讥讽自己酒肉穿肠过的时候百姓怎还会在心中留呢？也许告诫、讥讽兼而有之，不经意间透着沉重，正好比他的有些小说。

　　一九九七年二月三日，与大山的最后一次见面，还听他讲起另一件事：几个陌生的中学生曾经在病房门口探望他。他说他们本是来医院看同学的，他们的同学做了阑尾炎手术，住在贾大山隔壁。那住院的同学问他们，你们知道我隔壁住着谁吗？住着作家贾大山。几个同学都在语文课本上读过贾大山的小说，就问我们能不能去看看他。这同学说他病得重，你们别打扰，就站在门口，从门上的小窗户往里看看吧。于是几个同学轮流凑到贾大山病房门前，隔着玻璃看望了他。这使大山心情很不平静，当他讲述这件事时，他的嗓音忽然不再喑哑，他的语气十分柔和。他不掩饰他的自豪和对此事的在意，他说："几个陌生的中学生能想到来看看我，这说明我的作品对人们还是有意义的，你说是不是？"他的这种自豪和在意使我忽然觉得，自一九九五年他生病以来，虽有远近不少同好亲友前来看望，但似乎没有谁能抵得上几个陌生的中学生那一次短暂的隔窗相望。寂寞多年的贾大山，仿佛只有从这几个陌生的孩子身上，才真信了他确有读者，他的作品的确没被遗忘。

一九九七年二月二十日（正月十四）大山离开了我们，他同疾病抗争到最后一刻。小梅嫂子说，他正是在最绝望的时候生出了比以往任何时候都大的希望，他甚至决心在春节过后再去北京治病。他的渴望其实不多，我想那该是倚仗健康的身体，用明净的心，写好的东西。如他自己所期望的："我不想再用文学图解政策，也不想用文学图解弗洛伊德或别的什么。我只想在我所熟悉的土地上，寻找一点天籁之声、自然之趣，以娱悦读者，充实自己。"虽然他已不再有这样的可能。但是观其一生，他其实一贯是这样做的。他这种难能可贵的"一贯"，使他留给文坛、留给读者的就不仅是独具气韵的小说，还有他那令人钦佩的品性：善意的，自尊的，谨慎的，正直的。他曾在一篇小说中借着主人公，一个鞋店掌柜的嘴说过："人也有字号，不能倒了字号。"文章至此，我想说，大山的作品不倒，他人品的字号也不倒。

贾大山作品所传递出的积极的道德秩序和优雅的文化价值，相信能让并不熟知他的读者心生欢悦，让始终惦念他的文学同好们长存敬意。

取经[*]

在举国欢庆伟大历史性胜利的日子里，县委要在李庄村北召开农田基本建设现场大会。数千名农村干部，早早赶到披红结彩的会场上，一个个舒眉展眼，喜气洋洋，就好像才解放、庆翻身那年头儿一样。他们把自行车一放，有的站在路口，观看李庄的老头们撒欢儿似的敲架鼓；有的聚在滹沱河大堤上，互相交谈村里的情况；有的挤在花花绿绿的大批判漫画专栏前面，嘻嘻哈哈地指点着嘲笑着那四个龇牙咧嘴的怪物……

王清智到底是个有心人。他不光是欢乐，更主要的是把注意力集中在李庄的工程上。他倒剪双手，漫地里兜着圈子，望着那一排排新搭的大窝棚，自言自语地说："喝！李黑牛这家伙真有两下子！喝！李黑牛这家伙真有两下子！"

我跟在他的身旁，不由笑着问："老王，你说什么？"

他站住了，两道浅淡的眉毛向上一挑，演讲似的说："我说人家李黑牛真有两下子！一、开工的时机抓得好，有它特殊的意义。

---

* 编者注：本篇发表于1977年。《取经》之前的创作，限于篇幅未予收入；《取经》之后，1981年以前的作品，因时代词句颇多，故均于篇后注明发表年份。

二、开工的声势造得大，有它典型的意义。三、三是什么呀？这里的沙岗，平啦；这里的沙壕，垫啦；在这又打高粱、又收豆子、平平整整、镜面儿似的河滩地里，谁知人家又有了什么鲜招儿？莫非……"说着，两手一背，又迈开那两条有力的长腿……

半月前，我随县委工作组一到王庄，就发现了老王这个特点：嘴快腿快，脑子灵活，说话有条有理有声有色。也许是解放初期当过一段民校校长的缘故吧，笔杆儿也很利落。我总觉得他在我所结识的农村支部书记当中，算得上最有水平的一个。可是，王庄既然有这么一个领导人，为什么在农业学大寨的行列中总是跟在李庄的后面跑呢？李黑牛是怎样的一个人？老王那话，在这又打高粱、又收豆子、平平整整、镜面儿似的河滩地里，他们到底又有了什么鲜招儿呢？

大会开始好半天了，我一直在思考这些问题……

"现在，请李庄大队支部书记李黑牛同志介绍经验！"

在一片热烈的掌声中，李黑牛站起来了，我踮起脚尖一看，他有五十多岁年纪，小矬个，瘦巴脸，身穿粗布小棉袄，头扎一条旧毛巾，是个土眉土眼的庄稼人。只见他手提一把明晃晃的大镐，笑眯眯地朝人群里走去。人们莫名其妙地向后闪开，好像看变戏法儿似的，围了个大圈儿。他照手心吐了口唾沫，把手一搓，抡圆大镐，呼哧呼哧刨了个大坑，然后捧起一捧沙子，高高举过头顶，让沙子从手缝里慢慢流着，厚嘴一张，说："各位领导，各位同志们！大伙看见了吧，这就是俺村的差距。这九百亩河滩地，表面挺平整，肥土层太薄，底下尽沙子，好比筛子眼儿，又漏水、又漏肥，种嘛长嘛，嘛也长不好。这怎能叫大寨田呀？去年，俺们从……从兄弟大队学来一手：开膛破肚，掏沙换土，重新治理它。当时俺们打了个谱儿，一年治它三百亩，两年治它六百亩，苦干三年，叫它变成旱能浇、涝能排、又蓄水、又保肥、高产稳产的大寨田。去年治了三百亩啦，今年怎么着？打倒'四人帮'，人民喜洋洋，思想大解放，生产打胜仗。三百亩太少啦，李庄人们说，大干一冬，全部完工。要用实际行动落实华主席提出的抓纲治国的战略决策，打'四人帮'一个响亮的耳光子！完啦！"

会场上响起一片热烈的掌声、笑声。我使劲拍着巴掌，扭头一看，咦，老王呢？四下找寻，只见他呆呆地蹲在人群的最后面，脸上红一块儿、白一块儿的。什么原因呢？

王清智为什么脸红

中午休息的时刻，县食品公司的大卡车送来熟食。我和老王买了几个麻花儿，找了个僻静的地方，一面吃，一面问起他刚才离开会场的缘由。他的脸色很不好看，愣了半晌，突然说："果然不出我的所料！李黑牛介绍的，本是咱王庄创造的经验哪！"

"什么？"我惊奇地睁大眼睛。

老王叹了一口气，吃着麻花儿，慢慢叙说起来：

"咱村村北，也有一片河滩地。表面挺平整，肥土层太薄，底下尽沙子，庄稼长不好。去年十月，全国农业学大寨会议一散，县委立刻召开了四千人大会。你记得吧，在那次会上，县委书记批判了'潜力挖尽，生产到顶'的错误思想。当时我想，咱县地处大平原，又是先进县，这种思想有代表性儿，非破不可。如果抓住这个题目，好好做做文章，肯定会引起县委的重视，那是毫无疑问的！凑巧，我一回村，咱们的老贫协和几个老农琢磨出个开膛破肚、掏沙换土、重新治理河滩地的方案。我一听，可乐啦，一拍脑瓜儿，立刻想了个口号：'挖地三尺找差距，建设高标准大寨田！'

"李黑牛耳朵长。我们开工没几天，他就来到工地上，悄悄地转了一上午，收工时，我才发现他。一见面他就笑眯眯地说：'老王，你的招数就是比俺多，今儿个可开了俺的心窍啦，有工夫俺得好好请你喝一壶！'回去以后，他们才照葫芦画瓢地打响了重新治理河滩地的战斗。他刚才介绍的，不就是这一套？"

"后来呢？"我插问道。

"唉，别提啦！"老王又叹了一口气，"头年里，我到县里参加一个座谈会。报社的小于同志听说了，找到招待所里，要我写一篇批判唯生产力论的稿子。我闭目一想，立刻总结出唯生产力论的十大表现八大危害。稿子写成了，小于说太空洞，要我联系一些实际，增添一些内容。联系什么呢？小于开导说：'目前压倒一切的任务是什么？在这当口，你们把大批劳力拉到河滩里去，这叫什么？现身说法对读者的教育更大呀！'我一听，不由吸了一口冷气：天哪！搞农田基本建设，也成了唯生产力论啦？拉倒吧，不写啦，咱不能自己往自己头上扣屎盆子！可是我又一想，一、一级是一级的水平。看看报纸，一个理儿；听听广播，一个音儿。自己不理解，说明自己水平低。二、这两年，王庄的各项工作起色不小，开始有了一点名气，在这么大的政治运动中，怎能不显山、不显水呢？三、小于同志亲自找上门来，说明咱在人家的脑子里挂着号儿哩，如果不写……写吧，不写不好，叫人家说癞狗扶不上墙去。可是，笔尖一扭，那不是自己往自己头上扣……唉，算啦算啦，羊随大群不挨打，人随大流儿不挨罚……"

"你到底写了没有？"我急切地问。

老王忽地跳了起来，右拳击着左掌，呱唧呱唧山响，急眉急眼地说："不写，不写王庄的工程就自消自灭啦？不写，不写今天的大会得到咱王庄开去，不是吹哩！"

老王脸红的原因引起我的深思。沉默了一会儿，我说："你想过没有，你那篇稿子发表以后，当时会在李庄引起什么反响呢？"

"一、……"老王眨巴眨巴眼睛，"咱们顺便了解一下吧！"

张国河的介绍

散会以后，我和老王来到农田基本建设指挥棚里。李黑牛忙去了，只见一个胖壮大汉正和几个女孩子收拾桌凳。老王向我做了介绍，那大汉名叫张国河，是李庄大队的支部委员。

　　看来，他俩是老熟人了。老王提出了我们所关心的问题，张国河一屁股坐在稻草地铺上，毫不客气地说："还问哩，去年你小子那篇稿儿一登报，俺村差点儿也乱了套！一天大早，大队门口糊了一片没落款儿的大字报，好听的劝黑牛悬崖勒马，难听的骂黑牛是这个那个的孝子贤孙。支委们的思想也不一致。有的说：'他写他的，咱干咱的！'有的说：'咱这一手是从王庄学来的，人家都在报上做检查啦！'也有的说：'他批咱也批，他登小报，咱还争取登大报哩！'争到半夜，黑牛站起来了，俺们都想听听他的意见。谁知他把胳膊一伸，厚嘴一张，对着房顶打了个哈欠，慢慢憨憨地说：'干的有干的根据，散的有散的理由。干也罢，散也罢，眼下到了年根儿啦，社员们谁家不做点年菜磨点豆腐？闪过年儿再说吧！'"

　　听到这里，老王忍不住捂着嘴笑了。

　　"你笑什么？"张国河不满地瞪了老王一眼，"别看黑牛性子慢憨，心里自有主意。他常说：'咱招数少，有事得请教马列和毛主席著作；咱嘴拙，有事得调动全村千张嘴。'他叫社员们做年菜磨豆腐，他可没那心花儿。大年三十黑夜，俺一家子正在炕头上包饺子，他来了，把我拉到没烟火的西屋里，问我怎么办。我早憋了一肚子气，一拍桌子，没好听话：'光听蝼蛄叫就别种地啦，光听蛤蟆叫就别过河啦，咱干咱的，揪不了脑袋！'黑牛说：'谁是蝼蛄，谁是蛤蟆呢？如果人家说，你就是蝼蛄，你就是蛤蟆，怎么着？''我……''你得拿出根据来！'我说：'拿什么根据呀？咱是庄稼人，养种好地，多打粮食，多给国家拿贡献，这是咱的本分！哼，尽他娘的王清智搅闹的！'当时，黑牛脸如铁，眼似锥，嗓门不大，句句话有斤秤：'国河！你别光咋唬。王清智写了那么一篇稿儿，报上就那么一登，那是闹着玩儿的？如今的事你还没有看透？小报看大报，大报听谁的？'我把脖子一拧：'它愿意听谁的听谁的！''反正，咱该听谁的听谁的！'黑牛说着，从怀里拿出一本《共产党宣言》，打开指给我一条语录看：'无产阶级将利用自己的政治统治，一步一步地夺取资产阶级的全部资本，把一切生产工具集中在国家即组织成为统治阶级的无产阶级手里，并且尽可能快地增加生产力的总量。'我眼前一亮，说：'咱们马上开个支委会吧！''不忙。'黑牛又从怀里拿出两本书，一本是列宁的《伟大的创举》，一本是毛主席的《实践论》，放在我脸前。我说：'这里面也有根据？'黑牛说：'有！'我说：'在哪儿呀？'黑牛把脸一沉，说：'过年吃好的，我还喂喂你不？'嘿嘿，他的意思我明白！"

谈到这里，张国河喝了一碗水，看看老王说："当然啦，找几条语录，要是搁在你身上，那不成问题。你肚里有墨水儿，脑瓜儿又活，看个文件什么的，只要拿眼把题目一扫，里面的内容便能猜个大概。黑牛可没你那本事！他十三上放羊，十五上打铁，十九上就在民兵游击组里扛枪杆，斗大的字认不了一升。他看一本书，比锄十亩地还费劲呀！"

"你们的支委会开了没有？"我问。

张国河想了想，说："当时黑牛还是说不忙。正月里，他又花了几天工夫，专门找人聊天。至于谈了一些什么，你们最好是回村打听打听三队的饲养员赵满喜去，办社的时候他就是黑牛的一个膀臂。"

赵满喜的介绍

赵满喜坐在喂牲口的大院里，咿咿呀呀地哼着小曲儿，正在筛草。为了谈话方便，我只向他做了自我介绍，说明了来意。老人一听，呵呵笑了，嘴里虽然缺牙少齿，说话有点跑风，听着却更幽默引人。

"不错，我这牲口棚里，黑牛常来常往，习惯成自然啦，有了什么难心的事，他总是先来摸摸俺们的心思，然后再拿到支委会上讨论。他好跟我聊天，可舍不得占用生产时间，总是对着吃饭的工夫来。一边吃，一边聊，吃完了，把碗一撂，就去忙工作。他来得勤，他媳妇也就来得勤。来干什么？敛饭碗！哈哈哈！

"话休絮烦。去年大年初一那一天，我一没待客，二没请友，约了几个对心思的老头，打算赶上大车到工地上拉几遭土。也许你们要说，过年哩，一群老家伙撒什么欢儿呀？同志，你们哪里晓得当时的情况？对村北的工程，有添柴的，有撤火的，还有泼凉水的！俺们套上大骡子大马满街里这么一转，干多干少，也算是表了表态、亮了亮相儿呀！

"我刚把车套好，黑牛就端着饭碗来了，一边吃一边说：'满喜叔，干吗去呀？''大干社会主义去！'我说着，叭一声，脆实实地甩了个鞭花儿，吓得家雀满院飞。谁知他把胳膊一乍，拦住了马头：'这一阵的广播你没听见？''我不聋！''大队门口的大字报你没看着？''我不瞎！''那你怎么还要干呀？''不干，村东的乱泥洼就能打出高产稻？不干，村西的响白沙就能长出麦子苗？''哎呀呀，你老人家真是老啦，思想跟不上啦！'当时不知他从哪里听来那么几句混账话，耸了耸鼻儿，挤了挤眼儿，做了个怪相，拿捏着嗓门说：'一个是社会主义的草，一个是修正主义的苗，你要草，你要苗？'我越琢磨这话越别扭，没好气地说：'你说的那叫个蛋！怎么社会主义尽长草，修正主义倒长苗哇！咱要社会主义的苗！''那也好办！'黑牛仍然拿捏着嗓门，'只要革命搞好了，生产自然而然地就上去了！'哦，这时我才醒过味儿来，他是拿反话试俺的心眼儿哩。我把他的饭碗一夺，气冲冲地说：'黑牛黑牛你别吃饭啦，革命搞好了，自然而然地就饱啦！'黑牛嘿嘿嘿地笑了，然后把脸一沉，说：'人是铁，饭是钢，一顿不吃饿得慌。我不吃饭不行，八亿人口不吃饭更不行。'我说：'着哇! 当年打江山, 光有步枪不行, 还需要小米子呢, 何况如今建设社会主义现代化强国?'黑牛听了这几句话, 乐得直咂嘴:'满喜叔! 这话为贵! 你敢不敢把这观点拿到支委会上亮亮去!'我说:'拿到中央亮亮咱也不怕!'黑牛说:'咱一言为定啦!'"

"你也参加了支委会?"老王问。

"扩大到俺身上啦。"

"那次会上……"

"黑牛倒没多说话, 国河水平倒不低。"

"村北的工程……"

"没过破五儿, 又开工啦!"

"那一片大字报呢?"

"两个人写的!"

"两个什么人?"

"问得怪, 好人谁反对大干社会主义呀?"

老王点点头, 看了看我, 叹服地说:"黑牛真有两下子!"

"唉, 就那么回事呗!"好像听见别人夸奖自己的孩子, 老人脸上美滋滋的, 嘴里却又褒贬几句,"他这个人, 文没文才, 口没口才, 又好咬死理儿。可话又说回来啦, 有这么个好咬死理儿的人, 村里倒是不吃亏。前些年, 林彪兴妖作怪的时候, 斗争尖锐是尖锐, 俺村到底没背多大的伤。"

谈到这里, 牲口棚里传出一阵马叫声。老人让我们等一等, 他要照看一下刚满月的马驹儿。

王清智的结论

从老王的神色来看, 他的心里很不平静。在院里转了个圈儿, 两手向我一摊, 说:"你看, 今天咱向李庄学习的经验, 正是去年李庄向咱学习的经验; 也就是说, 人家今天所坚持的, 正是我去年所扔掉的。这是什么原因呢?"

是啊, 什么原因呢? 当然, 万恶的"四人帮"的干扰破坏是最主要的原因，这是他们不可开脱的一条罪责。可是，李庄呢，不是处在同样的干扰破坏之下吗？

要说老王有水平，真是有水平。我正苦想，他便有了结论，两道浅淡的眉毛向上一挑，演讲似的说："其实，原因也很简单。我这个人善于务虚，人家黑牛善于务实。回去以后，咱们得马上采取措施，赶上去！一、统一部署，层层动员；二、全力以赴，投入会战；三、凡与会战无关的一切活动，什么政治夜校哇，俱乐部哇，是不是先……"

"同志，跟我吃饭去吧！"老人照看了马驹儿，从牲口棚里走了出来，一手拉住我们一个。我看看天色说："这么早就吃饭？"

老人说："你们不知道。昨儿个黑夜，黑牛检查了各队的政治夜校；今儿个黑夜，又要闹批判'四人帮'文艺大评比，各队都要出节目。趁牲口们还没回来，早点吃了饭，化装不化装，总得换换衣裳刮刮脸呀！"

"你也登台演戏？"我惊喜地打量着老人。

老人笑了："老胳膊老腿的啦，演什么戏，拉四股弦呗！走，吃饭去，吃了饭看节目。"老人再三挽留，我们连连道谢，才告辞了。

太阳落入紫红色的云层里。滹沱河大堤两旁，一株株高峻挺拔的白杨树染上了美丽的晚霞。老王慢悠悠地骑着自行车，走了二三里路程，一言不发。

"老王，三是什么，你还没说完呢！"

要说老王有水平，真是有水平。他那两道浅淡的眉毛向上一挑，又产生了新的结论，一张嘴，竟然念出两句诗文：

要学参天白杨树，

不做墙头毛毛草。

花市

今天城里逢集，街上还很安静的时候，花市上就摆满了一片花草。紫竹、刺梅、石榴、绣球、倒挂金钟、四季海棠，真是花团锦簇，千丽百俏，半条街飘满了清淡的花香。

一个小小的县城里，为什么出现了这么多卖花的人？有人说，栽培花卉不但可以供人观赏，美化环境，而且许多花卉具有药用、食用和其他用途，可以增加社会财富；也有人说农民们见钱眼开，只要能赚钱，什么生意都想做一做；还有一种简单的，但是富有哲理的说法，那就是："如今买花的人多了，卖花的人自然也就多了。"

"老大爷，你买了这盆三叶梅吧，这花便宜，好活，你看它开得多么鲜艳！"

花市东头，一个卖花的乡下姑娘在和一个看花的乡下老头谈生意。这个姑娘集集来卖花，经常赶集的人都认识她，但不知道她叫什么名字。姑娘不过二十一二岁，生得细眉细眼，爱笑，薄薄的嘴唇很会谈生意。

那老头蹲在她的花摊前面，摇摇头，对那盆开满粉红色零星小花的三叶梅表示不感兴趣。姑娘又说：

"那就买了这盆兰花吧，古人说，它是'香祖'……"

"那一盆多少钱？"老头抬起下巴朝花车儿上一指，打断她的话。

那是一盆令箭荷花。在今天的花市上，这是独一份儿。葱翠的令箭似的叶状枝上，四朵花竞相开放，那花朵大，花瓣儿层层叠叠，光洁鲜亮，一层紫红，一层桃红，一层粉红，花丝弯曲嫩黄，阳光一照，整个花朵就像薄薄的彩色玻璃做的一样。姑娘说：

"老大爷，那是令箭荷花！"

"我要的就是令箭荷花！"

"它贵。"

"有价儿没有？"

姑娘听他口气很大，把他仔细打量了一遍。老头瘦瘦的，大约六十多岁，白布褂子，紫花裤子，敞着怀，露着黑黑的结实的胸脯，不像是养种花草的人。姑娘问：

"老大爷，你是哪村的？"

"严村的。"

"哪村？"

"严村，城北的严村。"

"晓得晓得。"一个看花的小伙子打趣说，"严村，好地方啊，那里的人们身上不缺'胡萝卜素'……"

看花的人们一齐笑了，姑娘笑得弯下腰去。严村是个苦地方，多少年来，那里的人们每年分的口粮只能吃七八个月，不足部分，就用胡萝卜接济。这一带人们教育自己不爱做活的姑娘时，总是这么说："懒吧，懒吧，捉不住针，拿不起线，长大了看到哪里找个婆家。拙手笨脚没人要，就把你娶到严村吃胡萝卜去！"这个卖花的姑娘，小时候一定也受到过大人的这种警告吧？

在人们的笑声中，老头红了脸，好像受了莫大羞辱。他一横眉，冲着姑娘说：

"笑！你是来做买卖的，是来笑的！"

姑娘一点也不急，反倒觉得这个老头很可爱，依然笑着说：

"老大爷，如今村里怎样啊？"

"不怎样！"

"去年，工值多少？"

老头没有回答，看看买花的人多起来了，就又指着那盆令箭荷花说：

"多少钱，有价儿没有？"

"十五。"姑娘止住笑说。

"多少？"人们睁大眼睛。

"十五。"姑娘重复道。

"坑人哩！"老头站起身。

"太贵了，太贵了。"人们也说。

姑娘看看众人，又笑了说：

"是贵。这东西不能吃，不能喝，一块钱一盆也不便宜。可是老大爷，人各一爱，自己心爱的东西，讲什么贵贱呀？想便宜买胡萝卜去，十五块钱买一大车，一冬天吃不完。——你又不买，偏偏想来挨坑，那怨谁呢？"

姑娘的巧嘴儿又把人们逗笑了。老头也咧着大嘴笑了说：

"不买不买，太贵太贵。"

"你给多少？"姑娘赶了一句。

"十块钱。"老头鼓鼓肚子。

"再添两块，十二块钱叫你搬走！"姑娘最后表示慷慨。

老头用手捻着胡子，斜着眼珠望着那盆令箭荷花，牙疼似的咂起嘴唇儿。人们说：

"姑娘，自家的出产，让他两块吧！"

"老头，买了吧，值！"

"十块，多一分钱也不买。"老头坚定地说。

"十二,少一分钱也不卖。"姑娘也不相让。

"不卖,你留着自己欣赏吧!"老头白了姑娘一眼,终于走了,但他不住回头望一望那盆令箭荷花。

上午十点钟,集上热闹起来了,花市上也站满了人。那些卖花的,看花的,和猪市、兔市、木器市上一样,大半是头上戴草帽或扎手巾的乡下人。原来乡下人除了吃饭穿衣,他们的生活中也是需要一点花香的。

姑娘的生意很好,转眼工夫,就卖了许多花。她正忙着,听见人群里有人嚷道:"姑娘,拿来,买了!"抬头一看,那老头又回来了,脸上红红的,好像刚刚喝了酒。

"十二。"姑娘说。

"给你!"老头忍痛说,"你说得对,人各一爱。我只当耽误了八天工,只当闺女少包了半垄棉花,只当又割资本主义尾巴呢,割了我两只老母鸡!"

姑娘笑了笑,把那盆令箭荷花搬到他跟前。正要付钱,一个眉目清秀的干部打扮的年轻人挤上来:

"多少钱多少钱?"

"十二。"姑娘答。

"我买我买!"年轻干部去掏钱包。

"我买了我买了!"老头胳膊一乍,急忙护住那盆花。

年轻干部手里摇着黑色纸扇,上下看了老头一眼,似笑非笑地说:

"老头,你晓得这是什么花?"

"令箭荷花!"

"原产哪里?"

"原产……原产姑娘家里!"

年轻干部哈哈大笑。笑罢,用扇子照老头的肩上拍了两拍,说:"墨西哥。——让给我吧,老头。"

"我买的东西,为什么让给你?"

"哎,你买它做什么!"

"你买它做什么?"

"我看。"

年轻干部笑了一下,弯腰去搬那盆花。老头大手一伸,急忙捉住他的手,向后一扔,也给他笑了一下:"我也看。"

人群里爆发了一片笑声。姑娘没有笑,手拿着一块小花手绢,在怀里扇着风,冷冷地注视着年轻干部的行动。年轻干部无可奈何,用扇子挡着嘴,对老头唧咕了几句什么。老头立刻冷着脸说:

"不行不行,明天也是我的生日,我也爱花!"

"你这个人真难说话!这么贵,你吃它喝它?"

"咦,我不吃它喝它,你那个上级吃它喝它?"

人们听得明白,就又笑起来了。年轻干部不知出于一种什么心理,陡地变了脸色:

"你是哪个村的?"

"严村的。"

"你们村的支书是谁?"

老头眨眨眼睛,向众人说:"你们看这个人怪不怪,我买一盆花,他问我们村的支书是谁做什么?"

这一回,人们没有笑,乡下人自有乡下人的经验,他们望着年轻干部的脸色,猜测着他的身份、来历,纷纷说:

"老头,让给他吧,与人方便自己方便。"

"是啊,让给他吧,只当是学雷锋哩……"

老头听人劝说,心里好像活动了一点儿。他望着那盆令箭荷花,用手捻着胡子,又呷起嘴唇儿。年轻干部冷冷一笑,乘势说:

"就是嘛,你们乡下人,还缺花看吗?高粱花、棒子花、打破碗碗花,野花野草遍地都是。姑娘,我出十三块钱买了!"

说着,把钱送到姑娘脸前。

姑娘不接他的钱,手拿着小花手绢,依然那么扇着,冷冷地盯着他。他还想说什么，那老头一跳脚，从怀里掏出一把崭新的票子，扯着嗓子嚷道：

"你要那么说，我出十四块钱！"

"我出十五块钱！"

"我出……"

"你这个人真是不自量力！"姑娘好像生了很大的气，瞪了老头一眼说，"你干一天活，挣几个钱，充什么大肚汉子呢！十五不要，十四不要，十二也不要了，看在你来得早，凭你那票子新鲜，依你，十块钱搬走吧！记住，原产墨西哥，免得叫人再拿扇子拍你！"

"多少多少？"年轻干部睁大眼睛。

"十块钱，我们谈好了的。"姑娘轻轻一笑，对他倒很和气。

老头愣了一下，呵呵地笑了，赶快付了钱，搬起那盆令箭荷花就走。年轻干部气得脸色苍白，用扇子指着姑娘的脸，一时不知说什么好：

"你你……"

"我叫蒋小玉，南关的，我们支书叫蒋大河，还问我们治保主任是谁吗？"

人们明白姑娘的心思，一齐仰着脖子大笑起来。在笑声中，人们都去摸自己的钱包，都想买姑娘一盆花，姑娘就忙起来了。她笑微微地站在百花丛中，也像一枝花，像一枝挺秀淡雅的兰花吧？

（发表于 1981 年）

劳姐

    阳春三月，杜主任带我到董家湾去蹲点。这是粉碎"四人帮"以后的第一个春天。杜主任穿一件整洁的浅灰色中山服，下巴刮得精光，真是返老还童了。吉普车一出县城，他又念念不忘地询问起董劳姐的情况。当我告诉他董大娘身体不大好，天天夜里咳嗽得难以入睡时，他让司机停了车，要我到一个乡村供销社买了满满一网兜橘子。

    车子开动了。夕阳透过车窗，照在老杜微胖的沉静的脸上。他点着一支香烟，慢慢地吸着，忽然问道：

    "我们到了村里，住在谁家呢？"

    "当然是住在她家了。"我直言说，"不然她会骂我们忘恩负义的，特别是你。"

    老杜轻轻地笑了笑，不再说什么。我也不再言语，从他那不自然的笑容里体味着他的衷曲……

    1975年冬天，为了解决社员分红长期不能兑现的问题，县委做出了清理农村超支欠款的决议。老杜是负责这项工作的常委，董家湾是他的老点。但他上了几岁年纪，自从家属迁到城内，很少下去。作为他派去的工作人员，我住在董大娘的家里。

董大娘家院落不大，只有三间北屋，院里有棵枣树。外间屋盘着灶台，堆满着日用家具；烧柴熏黑的墙壁上，挂着辣椒、干菜。老两口和一个常住姥姥家的外孙女，住在西屋里。那屋里也很凌乱，衣裳包袱、棉布套子，外间屋堆放不下的坛坛罐罐什么的，全都集中在这里；炕头上还堆着一嘟噜山药干、一嘟噜萝卜片。东屋里收拾得却很雅静，临窗放着一张桌子、一条凳子，炕上铺着一领新席。窗台上一只饭碗里，泡着一盘水蒜；承受着窗外日光，已经抽出嫩绿的蒜苗来了，颇有生气。这是大娘为了美化这间房屋，布置的"盆景"吧？

大娘是个举止文静、性格温和的老人，身体不大壮实，说话有些气短。她把我安顿在东屋里，只说了几句口边话，便悄悄地出去了。住下几天，她很少到我屋里来。每天夜里，东屋的炕却总是烧得热热的，暖瓶的水总是灌得满满的。偶尔谈起闲话，她总爱打听我每日三餐吃的什么。哪一家让我吃得好，她就到街上宣传人家德行好，说人家将来定然儿孙满堂；哪一家让我吃得差，她便挖苦人家"酸"，说人家日后准当绝户头。为了避免她的谴责，社员们好像比着似的，都做好的给我吃。想来虽然好笑，却说明了大娘对待我们下乡干部的一片心意。

可是有一天，大娘和我的关系发生了难以愈合的裂痕。那是一天黑夜，清欠工作正在紧张地进行着。我开会回来，她正在东屋里咳嗽。她一见我，便低下头说：

"小秀娘一时还不起。"

小秀是她外孙女，小秀娘是她唯一的闺女。她家五口人，三个孩子，丈夫常年害病。小秀娘紧干慢干，还是超支，属于困难户。我拿出县委文件："大娘，你甭发愁。党有政策，确实人多劳少、生活困难的户，经过群众讨论，可以适当减免的。"

"唉，党的政策好，可在董家湾实行不开。"她低声说。

"怎么实行不开？"

"董家湾的支书霸气。人家说了，谁不还小秀娘也得还，一分钱也不减，一天也不缓，砸锅卖铁也得还。天不怨，地不怨，两年前人家要夺小秀娘的宅基地，谁叫我那不知深浅的孩子顶撞了人家呢……"

"这不行！"我激动起来了，"这是打击报复，这是破坏党的政策！"

她慢慢抬起头来，昏花的眼里闪动着一点光彩，瞅定我说："你是好人，你讲直理。早先来的干部，谁敢惹他哟。他是县里老杜翻着户口册子选中的干部，他会汇报，他会给老杜挣旗子。老杜大概喜欢旗子。你是没见过，他每逢从县里回来，总要扬扬得意地对人说，老杜请他吃了这个，老杜请他喝了那个。也不知老杜真请他来假请他，这么一说，乡亲们更怕他了。唉，老杜真该下来看看……"

不知为什么，这意外的情况，不但没有激起我更大的义愤，刚才那一点激动也化为乌有了，并且后悔自己不该感情用事。我窘笑着，话题一转，竟然向她背诵起欠款无理、还欠光荣的大道理来……

她眼里的光彩消失了，又慢慢地低下头去。沉默良久，凄然一笑说："你甭作难，听听就是了。我晓得如今当干部的难处，得罪一百个劳姐，也不能得罪一个老杜呀。天不早了，睡吧。"她说着，到西屋里去了。

那一夜，我失眠了，心里很乱。第二天早饭后，我到县里汇报时，着重谈了小秀家的困难情况。老杜在荷花池旁散着步，听着听着，突然站住了，用一种料事如神的口气，断然说："你一定向他们讲'照顾'了！"

我望着他的脸色，一时想不明白：把党的政策原原本本地告诉群众。错了吗？

"你呀，嗨嗨嗨……"老杜用手指着我的鼻子，嗨嗨地苦笑起来，"真正的困难户，当然应该照顾喽，但那要放在收超清欠工作的后期。农民嘛，数罢割肉疼，就数着拿钱疼了。你现在讲照顾，不知要有多少哭穷的呢，月底还能拿经验、报地委吗？你呀，嗨嗨嗨……"

在老杜身边工作的同志，都吃不消他这种笑声。这笑声等于说，草包、笨蛋。我脸一红，正想快快离去，董大娘意外地出现在我面前了。我一愣，叫道："大娘，你怎么来啦？"

"拉煤的大车把我捎来啦。"

"大娘，你回去吧，小秀家的事……"

"我不叫你作难。"她眼角里挂着泪痕，乞求地说，"你领我见见老杜去吧！"

我心里怦怦跳起来了。老杜给我们订立过一条工作纪律：群众来访，任何人不得泄露常委们的住址和行踪，以免干扰领导的精力。我红着脸说："大娘，你回去吧，领导上的时间是宝贵的……再说，他下乡去了……"

"他到哪里下乡去了？"

"到……不晓得。"

"同志，你晓得……"

"不清楚。"在一旁的老杜抢着说，然后两手一背，向厕所里走去了。

大娘外表文静，却是个心性刚强的人。一天早晨，她带了两个玉黍饼子，又要去找老杜。我忙拦住她说："大娘，你甭去了。杜主任决心很大，指示我们五天解决'钉子户'的问题，十天完成清欠任务，月底拿经验、报地委。小秀娘的事，以后再说吧。"

"不，我一定要见老杜！"她坚决地说，"我虽没有见过老杜，可我听人说过老杜。当年县大队里有老杜，土地平分有老杜，办社也有老杜。共产党起事，扎根立苗就有老杜。只要我摸着老杜，把情况说明了，看哪个小子再敢欺侮我！"

我听了，心里泛起一种难言的滋味。我不能再看她徒劳往返了，脱口说："大娘，你已经见到老杜了！"

"什么？"她睁大眼睛，好像耳聋。

"那天……我们……领导上的时间确实很宝贵……"

她一下子怔住了，脸失色，眼走神，嘴唇微微颤抖着；愣了半晌，回到房中，闩住屋门哭了起来。那哭声时断时续，细弱而凄婉……

那天傍黑，办完"钉子户"学习班回来，我觉得院里空落落的。呆了好一会儿，我才发现那棵枣树没有了。细一打听，为了帮助闺女还清欠款，大娘不只刨了枣树，还偷偷地卖了一缸麦子。我听了，那天没有去吃夜饭。这不符合党的政策，更不符合"不动超支户口粮"的原则啊！

从此以后，她一天比一天地瘦了，脸色变得灰黄，头发又白了许多。她看见我，低头来低头去，冷冷的没有话说。我屋里那碗水蒜，因为没人浇水，也慢慢地枯萎了。

一天傍黑，她从磨坊磨面回来，突然来到我屋里，身后好像有人追赶她似的，变颜变色地说："你快去看看吧，大街上贴了一片大字报！"

我听了，并不觉得吃惊。当时，那场"大辩论"的恶风已经扑到我们这个小小的县城。县委的九位主要领导同志，都去参加什么学习班；上面派来工作组，县委门口也糊满了大字报。那几天我的心境很不好，懒懒地说："那又不是给你贴的，你怕什么？"

"不管给谁贴的，我一看见那物件，腿肚子就哆嗦。"

"你哆嗦什么呢？"

"十年前……唉，你没见过吗？那物件一出来，伤了多少好人哪。老百姓没了领导人儿，日子也过不太平。快去看看吧，这回是给谁贴的？"

"给老杜。"我心里明白，信口说。

"怎么，老杜要挨整治了？"

"嗯。"

"怎么整治他呢？"她舒了一口气，嘴角里露出一点笑纹。

"炮打，火烧，油炸，谁晓得呢！"

她眉毛一紧，慢慢变了脸色。愣了好大一阵，才出去了。那以后，我发现每当有人问起她找老杜的情形时，她总是把脸一沉，钢嘴铁牙地说："没那事。"

一天中午，我正躺在炕上看书，听见小秀叫道："姥姥，有人找你哩。"我从窗缝向外一望，只见小秀领来两个陌生男女。两人全是干部打扮，手里都拿一个又黑又亮的公文包。他们盯住大娘盘问：

"老婆，你姓董？"

"我姓董。"

"你叫董劳姐？"

"我叫董劳姐。"

"我们想通过你了解一个问题！"那男的很傲慢，"黄世仁逼债的问题，明白吗？"

大娘没有言语。那女的却很和气：

"大娘，我们是了解你的。在旧社会，你家三代受苦，你是童养媳出身。共产党领导我们翻了身，你说我们能容忍黄世仁再来逼债吗？"

院里静了一会儿，大娘说："你们是说老杜吧？"

"对了。"女的笑了，"我们想请你打个材料，你说我写，代笔不代意。好吗？"

我看见，那女的从公文包里拿出一个硬纸夹子、一盒印油。大娘迟疑了一下，灰冷的脸上忽然现出生动的笑容，显得十分热情。她放下饭桌，端来茶壶茶碗，还让小秀到邻院借了一点茶叶。

我闭了眼睛，屏住呼吸，心里好像吊铅块一样沉重。如果县委开门整风，我一定鼓动她去提意见；但此时此刻，我却不忍看见农民的狭隘自私和善于报复从她身上发作起来……

"提起老杜哇，"她说，"董家湾没有一人不骂他的！你们晓得，董家湾是他的老点儿，可他一点也不为老百姓着想。多少年啦，有的人骑着新车子，听着话匣子，就是拿吃粮款。社员们辛辛苦苦一年，落秋分红不见钱。老杜呢，就是不管！一直拖到今年冬天，他才管了一下，如今呢，欠款还没收清哩，他又不管了。同志你们说，社员们对他能没意见吗？"

"你别说了！"男的邪了，"你这是揭发老杜呢，还是给他们涂脂抹粉？"

"我一个乡下老婆子，晓得什么叫涂脂抹粉？"

"大娘，"女的依然很和气，"形势变了，你不要有顾虑。"

"我一个乡下老婆子，晓得什么叫顾虑？"

"那么，你为什么要刨枣树？"男的粗声问。

"还有，你为什么要卖麦子？"女的做出一副惜老怜贫的样子，"你把麦子卖了，过年吃什么？"

我看见，大娘直盯盯地望着他们，很像个傻子："枣树？我这院里哪有枣树？卖麦子？谁卖麦子？我正想买一点麦子呢！"

那女的终于忍不住了，把纸夹砰地一摔，说："你是真糊涂，假糊涂？他们逼得你差一点寻死上吊，你还不觉悟！"

"寻死上吊？"

"你们支书说的！"男的一拍桌子，女的婉然一笑，"这难道不是事实吗，大娘？"

大娘不言声了，猛烈地咳嗽起来。咳嗽了一阵，大声叫道："小秀，还不快到保健站给我拿药去！"

"拿什么药呀，姥姥。"

"开胃的、败火的、治咳嗽的，大夫晓得。要是有那去忧的、消愁的，也给我拿点来！"

小秀应了一声，咚咚地跑去了。

　　不一会儿，小秀回来了。我又向外一望，那一男一女不知什么时候走了。大娘坐着蒲团，手托着腮，正自闭目养神。小秀没有拿回什么药来，天真地问："姥姥，你真没有刨枣树？你真没有卖麦子？你撒谎哩！"

　　"大人的事，你甭管。"她显得很劳乏，气短地说，"我虽没有摸着老杜，可我听人说过老杜。当年县大队里有老杜，土地平分有老杜，办社也有老杜。共产党起事，扎根立苗就有老杜。他不好，兴老百姓骂他，不兴他们苦害他……"

　　"姥姥，谁要苦害他呢？"

　　"傻妮子，他们把他比成黄世仁了，那还有好吗？唉……"她长叹一声，又猛烈地咳嗽起来了。

　　当时，我的眼睛潮湿了。她和老杜只有那样一次接触，关键时候却是这样对待，我明白了其中的原因。在她心目中，老杜是党的人，是老百姓不能缺少的领导人；可是，在老杜的心目中，她占据着怎样一个位置呢？想到这里，我祝愿我的上级平安无事，又希望他自省自责……

　　去年十月，在那普天同庆的日子里，当我把这些情况告诉老杜时，他的眼睛也潮湿了。我想，今天到董家湾，当他见到只有一面之缘、却是患难相交的董大娘时，将是怎样一个局面呢？我觉得车子开得太慢了……

　　我们来到董家湾，天就黑下来了。送走司机，我们搬着行李来到董大娘家。大娘拿着水瓢，正在浇那棵新栽的枣树；小秀和几个女孩子正在院里玩耍。我上前叫道：

　　"大娘，我又来啦！"

　　她抬起头，瞅了我一眼，继续浇着枣树说："好呗。"

　　"这是咱们杜主任。"

　　"我不认识他。"

"杜主任是来整顿领导班子的。"

"拿经验、报地委呗。"

"我们还要抓一个帮助困难户变分红户的典型大队哩！"

"再挣一面旗子呗。"

"大娘，我们……"

"小秀，"她忽然嚷叫起来，"你光耍呀，那点活做不做呀？"

小秀仰起下巴颏，想了半天才说："什么活呀，姥姥。"

"把西屋的药干子、萝卜片子，收拾到东屋的炕上去，叫我眼前清净清净！"

我一听，心里凉了，一下子凉到脚跟。我真没有想到，在危难时刻她曾尽力保护过的、在胜利当中重新走上领导岗位的杜主任面前，她竟采取这种态度。这也是农民的狭隘自私和善于报复的一种表现吗？夜色中，我看不清老杜的表情，只听他说：

"大嫂。你忙吧，改日我们再来看你。"

"不送了。"

夜色渐渐重了。我提着那一网兜橘子，呆呆地站在大娘门口，心里酸溜溜的，又有一种不便在老杜面前流露的快意。站了好久，我说："她不留我们了……"

老杜没有立时答话。他仰望着天上刚刚出现的几颗星斗，若有所思地说："现在不留我们不怕，好在是和平环境嘛。我们住到学校去，工作一段时间再说吧，反正我们不再另找房子了。"

他说着，向村南口走去。他那甘苦自知的话语、坚实有力的脚步，又给了我一种信心……

（发表于 1979 年）

年头岁尾

大栓娘整整一个上午没有做什么活儿，两眼一直盯着她那芦花鸡。芦花鸡跑到街里，她跟到街里；芦花鸡跑到院里，她跟到院里。傍午，芦花鸡翅膀一乍，才飞到窗台上，钻到席篓里，红着脸儿卧下了。大栓娘站在一旁，静静地等候着席篓里的消息。等了好大一会儿，芦花鸡一阵吵叫，终于下蛋了。她收了蛋，匆匆忙忙来到厨房屋里，向老伴说："今天是腊月二十八了，你还不去活动活动？"

她老伴名叫王有福，瘦小身材，大手大脚，两眼红红的，刚剃的头放着青光，满脸忠厚相。两个孩子帮着爷爷准备过年的吃喝去了，他一个人在磨豆腐。他见老伴问得急切，停住手说："活动什么？"

大栓娘嚷起来了："你呀，你呀，记性不强，忘性不赖，孩子们的事还办不办呀？"

提起孩子们的事，触动了王有福的心病，黑瘦的脸变得更黑了。老两口生了两个儿子，都已到了娶媳妇的年龄。可是，一条小院，只有三间房屋，朝哪里娶呢？老两口牙上勒，肚里省，好不容易买下一些木料，打下几架坯，可就是没有宅基地。王有福不止一次地向干部们请求，干部们总是说："结记着你哩！"一直结记了三四年，媳妇吹了五六个，仍然是八字不见一撇。明年春天大队又要发放宅基地了，老两口便向大哥讨主意。他大哥名叫王有寿，是个精明人，对他们说："你们差一道手续。"老两口一齐问："差什么手续？"他大哥用手指比了一个圆圈儿，放在嘴唇上，向后一揎，嘴里一响，眯缝着眼笑了。大栓娘如梦方醒，当时就下了决心，可王有福到现在还没拿定主意，他倒不是舍不得那一桌酒饭，而是觉得那样做不本分。愣了半晌，才说："那好吗？"

大栓娘晓得老伴的脾气，叹了一口气说："我问你，像咱这样的户，该不该给一块宅基地？"

王有福说："该倒是该。"

大栓娘一拍巴掌，说："这不得了！咱大哥怎么说来？不该办的事，吃点喝点办成了，那是用酒瓶子破坏上级的政策哩；该办的事呢，不吃不喝办不成，吃点喝点办成了，那是用酒瓶子维护上级的政策哩。咱是用酒瓶子维护上级的政策哩，咱怕什么！"

王有福仔细一想，觉得这话也有道理。不晓得从哪一年起，村子里酒风大盛。一到腊月，许多人家排队挂号地请干部们去喝酒，一喝就喝到二月二了。结果有些人家在村里，想怎就怎，百事如意，孩子才十六七岁就有了宅基地。咱的孩子也是孩子，人大树高的了，还没有个着落，咱有什么不好意思？想到这里，他把心一横，"咱也试试！"说着向外走去。

"等等！"大栓娘不放心地喝住他，"见着支书，你晓得怎样说话？"

王有福挤巴挤巴红眼睛，卖个俏说："晓得。我就说：'支书，走，到我家干这个去呀！'"他仿照着大哥的样子，也用手指比了一个圆圈儿，放在嘴唇上，向后一揎，嘴里一响，眯缝着眼笑了。

"傻蛋！"大栓娘小声骂道，"你没吃过猪肉，也没见过猪走吗？请干部们吃喝，不能明说，人家忌讳。只能说：'到我家坐坐。'晓得了吗？"

王有福点点头说："晓得了，到我家坐坐……"

"等等！"大栓娘仍然不放心，"到在酒席宴前，干部们若问你有什么事，你怎么说？"

"麻烦！"王有福不耐烦了，"你当我是不知事的孩子，咱不是想要一块宅基地吗？"

"傻蛋！"大栓娘又骂了一声，"记住，酒席宴前不兴谈问题儿。人家问你，你就说：'没事，什么事也没有，弟兄们不错，想在一堆儿坐坐。'晓得了吗？"

王有福仰起脸，望着天，愣了半晌，一掌拍在自己铁青的脑袋上，哭笑莫辨地说："唉，老了老了，学习起这玩意儿来了！"

临年的大街上格外清静。社员们都在家里忙活，街上没有一个行人；只有那些慌年的孩子们，三三两两地试验他们的鞭炮。尽管这样，王有福也不想从大街走，悄悄拐到一条胡同里。办这种事，他总觉得心虚，恐怕被人看见耻笑。他在胡同里站了一会儿，才向支部书记张老雷家走去。

张老雷爱喝酒，有请必到，不拿架子，越喝越喜欢。从前他当支书的时候，酒后也办过一些私事，社员们对他也有意见。后来世道一乱，他被王香那一伙人打倒了，整整受了十年磨难。王香上台的时候，曾经向社员们做过两条保证，一条是保证不喝社员们的酒，一条是保证不找娘们儿。结果呢，他不喝社员们的赖酒，净喝社员们的好酒；他不找娘们儿，净盘算二十多岁的大闺女。今年冬天整顿领导班子落实政策，他被赶下台去，支部书记又成了张老雷的。王有福记得清楚，张老雷受磨难的年月，他可没有踩践过他，不当人的时候，仍然和和气气地叫他"支书"。今天请他，总得赏个脸面。

可是不到十分钟，他就回来了。张老雷不在家，正在大队开会。他寻思出来的工夫太短了，恐怕老伴骂他"傻蛋"，就在街门一旁的茅房里蹲了一会儿；自觉得工夫差不多了，他才回到家中。

一进街门，看见老伴站在厨房屋里向他嚷道："你把瓦罐里那几个鸡蛋弄到哪儿去了？"

王有福愣了一下，说："年菜都做了，还要鸡蛋干什么？"

大栓娘说："年菜，年菜，你有几样年菜？我想请咱大哥做一碗'鸳鸯蛋'，凑个八八的席面哩！"

王有福说："算了算了，庄稼人喝酒，有什么吃什么。"说着向厨房屋里走去。

大栓娘把门一堵，睁大眼睛说："有什么吃什么？哎呀呀，那是请人家干部们哩，那是耍笑人家干部们哩？那年孩子他舅舅请王香，酒没好酒，菜没好菜，人家筷子没拿他的就走了。后来在社员大会上吆喝他拉拢腐蚀干部，差点儿把他臊死！你忘啦？"

王有福脸上立刻露出一种紧张情绪，埋怨地说："你怎么不早说？快过年了，咱爹不吃荤，我把那几个鸡蛋送到咱爹院里去了。"

大栓娘一听，急了，高声嚷道："你呀，你呀，成事不足，败事有余！我积攒那几个鸡蛋，你当是容易的？你叫你爹吃了顶个蛋用？"

王有福见她伤着老人，也急了，结结巴巴地说："你你你你有没有一点孝心？"

大栓娘一拍胯骨："办事要紧，行孝要紧？"扔笤帚摔簸箕、大嚷小喝地骂起来了。王有福实在忍不住了，红眼睛一鼓，那嗓门也可以："你看你那个脏样儿，我我我我打你！"说时迟那时快，他扒下一只鞋，嗖地向老伴甩去。大栓娘急忙一躲，啪唧一声，那鞋落在盛豆腐浆的铁锅里。大栓娘一跺脚，冲出屋来，一头抵在王有福肚子上："给你打，给你打，你打死我吧，死了心里倒干净！"跟头骨碌把王有福抵到一个墙角里。王有福进也进不得，退也退不得，干脆把眼一合，养起神来。一边养神，不由得回想起老伴的好处。从前，她性情温顺，孝敬公婆，全村里无人不晓。这些年世道变了，她的心性脾气也慢慢地变了。她开口骂人，那是因为心里着急，她着急不是为了孩子们吗？想到这里，王有福好声好嗓地说："大栓他娘，天不早了，你老抵着我算怎着？咱爹又不是外人，我能把那鸡蛋送去，我就不能把那鸡蛋取回来吗？"

大栓娘见他说了软话，这才放开他，眼泪麻花地诉说起跟他过日子的艰难。王有福劝说了几句，从豆腐浆里捞上那只湿鞋，甩了又甩，趿拉在脚上出去了。

可是不到十分钟，他又回来了。走路肩膀一摇一摇，两只大脚啪嚓啪嚓格外有力，一见老伴就说："嘿嘿，咱爹福气大，该着他吃咱那鸡蛋！"

大栓娘打了个愣，赶紧跟到里屋去。王有福小声说："刚才我在大街上碰见张老雷了……"一语未了，大栓娘忙说："掏烟、掏烟来没有，傻蛋？"

王有福把脸一扭，不理她了。大栓娘催道："说呀！"王有福说："我嫌你净骂我傻蛋。"大栓娘笑了笑说："我不骂你了，说吧！"

王有福这才坐在炕沿上，慢慢地说："人家把烟戒了，口袋里装着炒豆儿。说几句话朝嘴里扔一个炒豆儿，说几句话朝嘴里扔一个炒豆儿……"

大栓娘着急地说："别啰嗦了，他来吗？"

王有福响亮地说："来。"

"哪天来？"

"三十黑夜来。"

"准来吗？"

"准来。不过有个条件，正月里他请我也到他家去坐坐。"

"你答应啦？"

"答应啦。"

"傻蛋！"大栓娘又骂起来了，"咱是办事哩，不是喝闲酒哩。你到人家去，狗上炕充什么人哩！"

王有福默默笑了一下，不晓得什么时候锻炼了那么好的口才，正正经经地说："办事说办事，喝酒说喝酒。土改的时候，咱请谁来，共产党没给咱房子呢，没给咱地呢？1963年发了大水，咱请谁来，共产党没给咱救济粮呢，没给咱救济款呢？"说罢，忍不住呵呵地笑了。

原来刚才他在大街上，看见磨房的墙壁上贴了一片鲜艳的梅红纸，上面写着毛笔字。一张梅红纸上写着明年该领结婚证的青年男女们的名字，一张梅红纸上写着明年该生孩子的妇女们的名字，最后一张梅红纸上写着刚刚批给宅基地的社员们的名字。明年该办的事，今年破例地张榜公布了。大栓娘听了，急不可待地问："那最后一张梅红纸上有没有咱家的名字？"

王有福乜斜着眼说："你猜？"

大栓娘看着他那笑眯眯的样子，心里明白了，身子一软，咕咚一声倒在炕上。王有福急忙问道："大栓娘，你怎么了？"老婆子长长地吐了一口气说："哎哟，喜欢死我了！"王有福呵呵笑道："可别喜欢死了，咱还磨豆腐哩，起来做饭吧！"

老两口吃罢饭，一同来到厨房屋，一个添豆葿儿，一个摇磨拐，一个说"张老雷有改志"，一个说"活该他们打不倒"，欢欢喜喜地磨起豆腐来了。

（发表于1980年）

中秋节

月亮从村东的树林里升起来，好像一盏又大又圆的天灯，吸引着满街的孩子们。

这时候，庄户人家的院子里，大都摆下一张饭桌，全家人坐在一起，吃着月饼、水果，谈论起今年的年景。男人们还要弄几样菜，痛痛快快地喝几盅。在乡下，中秋节是个大节，仅仅没有过年那样隆重。

冬冬跑回家，扯住妈妈的衣襟，蹦跳着说："妈妈，月亮爷爷出来啦……"

"给你，馋猴儿。"淑贞笑着，从饭桌上的小盆里抓了一把红枣，拿了一个石榴，塞到冬冬手里。冬冬不满足地说："妈妈，我要月饼！"

淑贞笑容一收，脸上显出一种作难的表情。他们队还不富裕，近两年才开始分红，俭省的人家，需要根据庄稼的成色，计划自己的每一项花销。今年棉花坐桃的时候，二十天阴雨不晴，伏桃没有坐好。人们口中不说，心里都很明白，秋后分红肯定要受影响。所以今年的中秋节，淑贞只买了一斤月饼，送到婆婆院里去了。用来哄冬冬的，就指望院里的那棵枣树上的果实，和她从娘家摘来的几个石榴。冬冬不停地喊叫着，她怕被邻居听见，赶忙又拿了一个石榴，低声说："乖乖，咱不要月饼。月饼太甜，小孩子吃了太甜的东西，牙上生虫虫。"

"怎么，你没买月饼？"

不知什么时候丈夫回来了，静静地站在淑贞身后。他叫春生，四方脸，大眼睛，眉眼间还保存着一点学生时代的文静。他是1971年回村的中学生，现在的生产队长。

"我没买。"淑贞笑笑说，"咱们小时候，煮一碗毛毛豆吃，不是一样过节吗？"

"咱队里几家没有买月饼？"

"好几家哩。"

"你们太省细了！"春生一皱眉，责怪地说，"咱队里就那么穷吗？一年一个中秋节，孩子跟着我们吃不上一块月饼，像话吗？"

"你别说了，供销社还没关门，我就去买。"淑贞说着，拉上冬冬朝街里走去。她是一个贤惠的女人，从不招惹丈夫生气。

淑贞从供销社回来，西院的严四老汉蹲在院里，正和春生说话。严四老汉是个戏迷，平日爱说爱唱，总是乐呵呵的。今天却沉着脸，满怀心事地说："春生，我家老二过年要结婚了，你看我那房子……"

"不是种上麦子就盖吗？"

"唉，人有百算，天有一算。盖房子、办喜事，我还指望分一次红哩。可是咱那棉花……"

"不要紧。"春生笑着说，"今年的棉花是不如去年的好，可咱们的副业不少。拉沙子、搞运输、装卸火车，都是收入。再说棉花也不是全不行了，村南那四十亩，一棵上还平均六个半桃哩。"

淑贞理解丈夫的心情，也说："是呀，今天到结算，还有两个半月时间哩。只要把副业抓紧一点，我看也差不到哪儿去。"

"这么说，分红没问题？"

"没问题。"

"我那房子……"

"盖，种上麦子就盖！"春生庄重地说，"咱们国家在朝四个现代化走，咱的日子一年不如一年那还行？"

"好了，有你这句话，我请木匠了！"严四老汉站起来，哼着京戏"八月十五月光明嗻"，乐呵呵地走了。

淑贞把买的月饼放在饭桌上，对春生说："过节哩，你也尝尝吧。"

"我吃过了，甭结记我，嫂子。"

淑贞定睛一看，平常最爱和她开玩笑的作业组长腊月来了。淑贞笑骂道："谁结记你，兔子小子！"

"春生哥，我这作业组长没法儿干了！"

"有什么问题，你就说吧！"春生简捷地说，好像有什么更紧急的事情等待他去做。

"我领导不了严老八。"腊月开始告状了，"今天耕地，严老八耕了四亩半，韩玉林也耕了四亩半。两人一样记工，他不干。他骂我浑蛋，骂你……"

"春生！"腊月还没说完，喂猪的二喜嫂一阵风似的来了，大嗓门说，"春生！我领回精神儿来了，猪吃青上膘快，上级号召搞储青，一个队里三个坑……"

"他骂我什么？"春生的心思还集中在腊月反映的问题上。

"他骂你也是浑蛋！"

春生望着渐渐升高的月亮，正在想什么，副队长双锁磨磨蹭蹭地来了。他扛着一把铁锨，灰着脸儿说："春生，村西那片棉花，还浇不浇？"

双锁做工作好犯冷热病。村西的棉花长相不好，严重地打击了他的情绪。春生反问道："你看呢？"

"我看，浇不浇一样。"

"胡说。"春生从衣袋里掏出一个日记本子，翻开说，"浇不浇怎么会一样呢？”

双锁接过日记本，按亮手电，只见那一页上有几行钢笔字，写得很清秀：

棉花后期浇与不浇对比试验：浇水的：百朵重569克，衣分39.4，品级129；不浇的：百朵重537克，衣分38.6，品级129。

双锁看罢，愣了一下，嘿嘿笑道："你又把我战胜啦，我挪机子去吧？”

"你看着吧！”

双锁走了。二喜嫂赶忙说："春生！我领回精神儿来了，猪吃青……”

"晓得了。"春生眼睛一亮，瞅定腊月，"你和老八大伯吵架来？”

"光吵没骂。”

"哎呀，难怪他骂咱们浑蛋哩。"春生反倒咯咯地笑了，"今天耕地，玉林大叔耕的是头遍，老八大伯耕的是二遍。耕二遍的要挑垄沟、摊山沟；耕头遍的不挑垄沟，不摊山沟。两人一样记工，是不合理。看来咱们的劳动定额还需要很好地研究一下哩。”

"几时研究？”

"明天黑夜。"春生说着，猛然抓住腊月胳膊，"腊月，吃了饭没？”

"没哩。”

"不要走了，就在这里吃吧，今夜有趟美差。”

这时，淑贞端上两碗捞面条来。腊月也不客气，和春生一人拿起一根筷子，就往嘴里扒面条。淑贞说："等一下。"又朝厨房里走去。不知是淑贞腿慢，还是春生、腊月嘴快，淑贞拿来筷子，两碗面条已经分别到了两人肚里。春生把嘴一抹，对淑贞说："今夜里不要插街门。"拽上腊月就走。

"春生！我领回精神儿来了……”

"明天再细说吧！”

二喜嫂大脚一跺，噘嘴鼓腮地说："哼，对俺们的工作一点也不关心！"

淑贞望着二喜嫂的背影，不由得笑了。她觉得，二喜嫂、腊月、严四老汉……他们活在世上，好像是故意给春生摆难题、添麻烦似的；可是她又觉得，正是因为有那么多难题、麻烦和抱怨，春生才生活得那么有劲，那么快活，那么有滋有味儿。

"嫂子，我那件事，你和春生哥说了没有？"

二喜嫂刚走，小俊来了。她是 1974 年回村的高中生，严四老汉的女儿。她打扮得花枝招展，身上飘着一股淡淡的香气。

"我没说。"淑贞对她有点冷淡，"我没听说剧团招人。"

小俊蹲下身，小声说："剧团里我有熟人。"

"有熟人，你就去吧。"

"队长不同意，咱敢走吗？"

"他算老几。"

"咱走了，从哪里分粮食呀？"

淑贞扭过脸儿，偷偷地笑了，说："小俊，嫂子又要说你了。你今年多大岁数啦？"

"他们说我才像个十八的！"小俊得意地说着，做了一个妩媚的笑容。

"你像个刚满月的！"淑贞不客气地说，"二十多的人啦，嗓子又直，身子又胖，还要学戏，演《凤还巢》里的大小姐？"

"那有什么法子？"小俊脸色一变，不平地说，"我恨死林彪、'四人帮'了，他们耽误了多少人的青春，断送了多少人的前途呀！要不是他们，我该上大学了。可现在……"她叹了口气，用手托起圆润的下巴。

小俊的哀伤情绪引起了淑贞的同情。她也稀里糊涂地上过一年中学，晓得那滋味。但她并不支持小俊的做法，慢言细语地说：

"一个人只有一次少年时代，好时候来了，咱们已经老大不小的啦，整天唉声叹气有什么用？你想上大学，可以好好温习温习功课嘛。"

"我没那个耐心儿！"

"那就好好劳动，好好过咱们的庄稼日子吧。你看春生、腊月、双锁他们，他们也是中学生，哪个像你？"

"我谁也不看！"小俊猛然站起来，尖刻地说，"各人有各人的理想，各人有各人的志向。有爱吃甜的，有爱吃酸的，有人吃月饼还怕牙上生虫虫哩！"说着，放声大笑起来，笑得前俯后仰，精神好像不大正常。

淑贞的脸一下子红了，心口怦怦乱跳。她哄冬冬的那些话，显然是被小俊听见了。她又一想，自己脸红什么呢？春生没有理想，没有志向，全队的人们却把他当作了过日子的依靠。每年改选的时候，就连那些和他拌过嘴、红过脸、半年不愿理睬他的人，也禁不住要说："吃稀的，吃稠的，全凭着领头的，我选春生！"他有他的乐趣，他有他的追求。小俊你呢，你有理想，你有志向，为什么你爹盖房子的事情不去和你商量？淑贞真想好好批评小俊一顿，可惜她走了。

月亮升上枣树的梢头。冬冬吃足月饼，早已睡了。院里静静的，村东铁道上隆隆过往的火车声，在静夜里显得更近，更响。西院里，严四老汉还没有睡，咿咿呀呀地哼着京戏，快乐而悠闲。

淑贞把剩下的两个月饼刚刚收拾到篮子里，春生回来了。淑贞一见，不由吃了一惊。他满面灰尘，走路仄仄晃晃，好像踩在棉花垛上一样。他朝枣树上一靠，两腿一软，身子顺着树干慢慢滑下去、滑下去，蹲在地上了。淑贞近前一看，又见他脊梁上湿漉漉的，散发着一股汗腥味儿。淑贞忙问："你们又去装火车来？"

春生点点头，眼睛也懒得睁，微微一笑：说："你猜，我们装了多少？"

"我猜不出。"

"我们卸了七百包盐，装了七百包粮食，给队里挣回……"他用手背掩着嘴角，打了个哈欠，"……五十六块钱……"

"几个人？"

"六个。"

淑贞眉毛一颤，呆呆地望着春生清瘦的脸。七百包盐，七百包粮食，那是两万八千斤的重量啊！她心疼地说："吃个月饼吧，走时你吃得不多。"

"我不想吃，想睡。"

"尝尝吧，今年的月饼不错。"

"冬冬呢？"

"睡了。"

"他吃了吗？"

"吃了。"

"你呢？"

"我也吃了。"

春生这才伸手从篮子里拿了一个，慢慢地吃起来。淑贞问："好吃吗？"

"好吃。"

"甜吗？"

"甜。"

"吃出桂花味儿来了没有？"

"吃出来了。"

"还有核桃仁儿、冰糖碴儿哩。"

"可不是，不错。"

春生吃完，仄仄晃晃地到屋里去了。淑贞收拾饭桌的时候，无意中朝篮子里一看，仍然有两个月饼；细一检查，篮子里少了一个昨天贴的玉黍饼子。她赶紧走到屋里，只见春生斜在炕上，已经响起均匀的鼻息。她把手搭在他的肩上，轻轻摇了几下，想叫醒他。他翻了个身，突然说道："盖，种上麦子就盖！分红没有问题……"说罢，咯咯笑了两声，又响起均匀的鼻息。

淑贞不忍打断他的好梦，轻轻地走出来，坐在院里的蒲团上。院子里月光如水，格外安静，格外凉爽。西院里，严四老汉还没有睡，快乐的歌唱声里带了几分醉意：

"八月十五……月光明喏……"

（发表于 1980 年）

小果

　　夜里十二点钟，看水浇地的人们到了换班的时候。村口上、井台上、茂密的青纱帐里，这里喊那里叫，摇晃着手电光和灯笼影。一阵嘈杂声过去，田野上又变得静悄悄的，蟋蟀的叫声显得特别清晰。

　　大槐走在静静的田野上。当他穿过城西那片玉米地，走上护城河堤坡的时候，隐约看见河对岸蹲着两个人影。天上没有月亮，柳枝遮着他们的脸。他是护秋的，自然要盘问一下。

　　"谁？"

　　河对岸没有回答。大槐弯下腰，又问了一声：

　　"那是谁？"

　　"我，小果。"柳树下站起一个姑娘，苗条的身影，清脆的嗓门，说话好像带一点气。

　　"干吗哩？"

　　"浇地来，刚下班。"

　　"为什么不回家去？"

　　小果不耐烦了，大辫子一甩，冲口说："我不想回家，我不乐意回家，我和清明谈恋爱哩，你想听听吗？"

大槐愣了一下，赶紧走下堤子，灰溜溜地走了。小果仰着下巴笑起来，笑得特别响，很怕大槐听不见似的。

清明脸皮薄，大槐盘问他们的时候，他躲到堤下去了。他望着小果那张棱角分明的脸，一时不知说什么好。两年前，大槐和小果相爱过，但是没有成功。大槐心里嫉恨，就在讨论小果入团的时候，联合了几个团员挑剔小果的毛病。他们说她爱打扮，爱俊俏，口袋里常常装着鸭蛋镜儿，一冬天搽两瓶雪花膏，思想不健康。小果呢，好像和他们作对似的，越打扮越俊俏了。经过一年的接触，清明也觉得她的心性不同于一般的乡下姑娘。比如谈恋爱吧，他们很快就要结婚了，有什么话满可以到家里去谈；可她偏不，她说在家里谈和在野外谈有不一样的意味儿。野外有河，有柳，有花，有草，比城市的公园也不差。清明对她这种如花似水的性格，好像也不放心。听见大槐走了，他才走上堤子说："小果，你不要总是恼大槐他们，自己也该注意一点。"

"注意什么？"小果脸色一变，"我不过就是爱说爱笑呗，我不过就是爱打扮呗，爱说爱笑爱打扮妨碍四个现代化吗？他不叫我入团，我不入，叫他奶奶去入吧！他奶奶不爱打扮，不爱俊俏，不照鸭蛋镜儿，不搽雪花膏，思想可健康哩！"说完笑得弯下腰去。

"可是，刚才呢？"清明没有笑，"刚才也太过分了吧？大槐和我是邻居，我们都在团里工作，你那样说话有利于团结吗？我们是新时代的青年，我们要有新的道德，我们不做那种鸡肠小肚的人……"

小果低下头，又偷偷地笑了一下。

"你笑什么？"

"我笑你哩。"

"我说得不对吗？"

"一句话，用了多少'我们'？"她咬住嘴唇，才没笑出声。

小果爱说爱笑，也爱用心思。她回到家里，已经是后半夜了，她坐在葡萄架下，一句一句寻思着清明的话，一点也不瞌睡。夜露从葡萄叶子上滴下来，打湿了她的头发……在姑娘们心里，情人的话大概就是真理吧?

过了几天,小果好像变成另外一个人了。她脸色发黄,眼睛有点浮肿,整天睡不醒的样子。人们都很奇怪,清明也不晓得什么原因。

一天黄昏,清明在村北一个井台上找到她。社员们已经收工了,她正在水池子里涮脚。

"小果,身上不舒服吗?"清明关心地问。

"心里麻烦。"小果低声说,嗓子有点沙哑。

"好好的,麻烦什么?"

"那天黑夜我又办了一件不是人的事……"

清明心里明白了,笑笑说:"今后注意就是了,何必这样?"

"我呲打了人家,可人家也没忘了我。"

小果说着,从口袋里掏出一个纸团儿。清明展开一看,上面画着一个苹果,那苹果有眉有眼,有鼻子有嘴,笑嘻嘻的十分可爱。

"这是谁画的?"清明皱起眉问。

"大槐。"小果低着头说,"那天黑夜队里开会,他不住偷偷看我,看着看着,他就画起来了……"

"流氓,简直是流氓,哪里像个新时代的青年!"清明大声骂起来,嘴唇气得发抖。

小果猛然抬起头,吃惊地望着他,好像不认识他似的。愣了一会儿,她从水池子里跳上来,一把夺去那片揉皱的纸,扛起锹,拿上鞋,光着脚丫儿钻到玉米地里走了。清明叫她,她不理,肩膀碰得玉米叶子哗哗地响……

从那以后,小果总有十几天不再理睬清明。清明偶遇见她,她就故意躲开走。一天黑夜,清明约她到西庄去看电影,她冷冷地说:"没工夫。"可是散了电影,清明却在回村的路上看见她甩着两条大辫子走在自己前面……

清明痛苦极了。一天傍晚，独自来到河边，看见那棵伴着他们度过许多甜蜜夜晚的柳树，心里就更烦乱。他朝堤坡上的草丛里一滚，伸手折断一截柳枝，一片一片地撕扯着上面的叶子……

"新时代的青年，心里难受吗？"

忽然，柳树后面有人咪咪地笑。清明一看，竟是小果。他又高兴，又生气，身子一扭说："该死的，一辈子别理我了！"

"我问你，心里难受吗？"小果笑嘻嘻地走近他，"难受就说难受，甭装蒜，我不骂你流氓，也不说你思想不健康。难受吗？"

清明眼睛一亮，一下子明白了小果冷淡他的原因。人有各种感情，藕断丝连也是一种感情。那天自己为什么要骂大槐呢，并且骂得那么狠？想到这里，他嘿嘿笑了一下，心里变得十分开朗；然后话题一转，谈起他最愉快的事情。他说大队最近要派他到外地去参观，大槐也去；村里不但要大力发展养鱼、种藕，还要学习养珍珠，那是一项很大的收入。他还说他从外地回来的时候，一定要捎一双她最喜爱的那种桃红色尼龙袜子，让她结婚穿。

"今年就结婚吗？"小果问。

"新房已经准备好了。"清明高兴地说。

小果脸上没有一点喜色，嘴里叼着一片柳树叶子，两眼望着对岸那片黑沉沉的玉米地发呆。沉默了很久，忽然说："清明，你还记得大槐他三姑在大街上唱秧歌那件事吗？"

清明默默地笑了一下。他记得，那是十年以前的事情。大槐他三姑刚刚结婚，丈夫因为说了一句"背时"的话，就被村里的造反派抓去游斗。新娘子急疯了，天天黑夜赤身露体，在大街上唱秧歌。孩子们好像看耍猴儿似的，有的朝她头上扬沙子，有的用弹弓子打她。清明和小果也是两个小观众，每当她唱完一段，他们就拍着巴掌哈哈笑说："再扭一个！再唱一个！"

"你提她干什么？"清明扑闪着眼睛问。

小果忽然站起来，冷着脸说："我总觉得我们这一辈人从小就不学好，也不晓得什么原因。现在我长大了，好像一觉儿睡醒了似的。那天黑夜你不是也一口气用了好几个'我们'吗？"

清明想了一下，说："那和我们结婚有什么关系？"

小果没有立刻回答，慢慢走下堤子，顺着小河向北走。清明跟着走去。田野里很静，只有蛐蛐儿欢快地叫着；河水镜子一样明净，天上的星星撒满一河。她走着走着，忽然又变得欢喜起来，仰起脸儿说：

"你看，天上的星星们多好呀，我照着你，你照着我，大家都闪闪发亮，真好。"

清明没有心思观看星星，心里有点急躁地说："你到底在想什么？"

"我想，今年咱们不结婚了。"

"什么？"清明眉毛一竖，站住了。

小果仍然慢慢走着说："这几天黑夜我净做梦，一闭眼就梦见咱们结婚那天的景况了。咱家院里人来客去，欢天喜地的；你那邻居呢，我梦见他早早起来，饭也不吃，脸也不洗，就躲到村外去了，在草坡里孤零零地躺了一天，和你刚才那个脏样子差不多。"

清明这才明白了她的心意，他说："为了大槐，难道咱们就不结婚了？"

"慌什么？"小果嗓子很低，很甜，"我已经得到可靠消息，他三姑开始给他介绍对象了，西庄的闺女，一手好活儿，就是脸上有点雀斑。大槐年岁不小了，那闺女也有意，他们不会谈得很久。咱跟他们摽了！"

"什么叫摽？"清明问。

"等他们结了婚，咱们再结婚，省得我再做那不好的梦了。"

清明站住脚，望着满天星星笑了。他觉得小果想得很天真，很美好，又很实在。但他一时拿不定主意，迟了一会儿才说："小果，说心里话，你对大槐到底是什么看法？"

"我对他看法不错。"小果坦白地说，"他白天种地，黑夜护秋，中午还要写黑板报，他做的工作比你不少。"

"你把他夸得那么好，和他结婚去吧！"清明生气了，心里酸溜溜的。

"我是挑女婿，不是选劳模！"小果斜了他一眼，"我不喜欢他那性格，整天板着脸，和他谈恋爱跟审官司差不多，小两口过日子，没个逗打劲儿，有什么意思？"

"我呢，我有逗打劲儿吗？"

"多少有点，你比他强。"

"你还喜欢我哪一点？"

小果轻轻一笑，瞅着他的脸说："我特别喜欢你那一对眼睛，眼角微微向上吊着，那叫凤眼儿，越看越好看。"

清明听了，心里十分舒服。稍一停，他突然说："小果，你过来！"

"干什么？"

"我叫你好好看看！"

清明说着，忘情地张开胳膊，小果急忙一跳，躲开他好远，强硬地说："今年不结婚，摽得住吗？"

清明笑笑说："摽得住！"

小果也笑了，这才向他走过去……

真的，他们说到做到。那年腊月，大槐结婚了，娶的就是西庄那个闺女。清明常常到他们家去串门，他们在一起劳动，在一起做团里的工作，变成了很好的朋友。第二年正月十六，清明办喜事了，大槐两口儿热心地做了娶客。据说孩子们要扒新娘子鞋的时候，大槐像娘家人一样在一旁守卫着……

（发表于 1980 年）

赵三勤

"赵三勤"是我们村社员赵小乱的绰号，一二三的三，勤快的勤。读者也许要说，这个绰号倒不错。且慢，你道是哪三勤？干活的时候，吸烟勤、喝水勤、拉屎撒尿勤。

队上有这么一个人，愁住了干部们。抓生产的副队长赵金贵天天和他打交道，更是头疼。别的不说，一年三百六十天，他没一天按时上工的时候。往往是社员们锄了半垄地，他才光着膀子，光着脚丫，嘴里叼着纸烟，大模大样下地来了。你来硬的他来软的，你来软的他来硬的，滑毛吊嘴满不在乎。

"小乱！这么晚才上工？"

"嘻嘻，这还早呀？"

"你过来，咱们谈谈。"

"谈谈？耽误了生产你负责呀！"

赵金贵没办法，常常向老队长诉苦，他说他领导不了赵小乱。

老队长名叫张仁，五十多岁年纪，矮胖身材，寿眉星眼，说话絮絮叨叨，对人十分和气。村里最乱的时候，他把队上所有的人都从心里过了一遍。小乱虽然性野，却不作恶，只是别人喊打倒谁，他也喊打倒谁。这孩子爹娘死得早，自小没人管教，才生出那一身毛病。年轻人好比小树，只要勤修剪，就能长好。他根据这种认识，在小乱身上花了不少心血。平时看见他一点优点，就当众表扬，并且注意听取他的意见，千方百计暖他的心。

可是，小乱并不领会这片心意，还短不了戏弄戏弄老汉。那年割麦子，他累了，便走到张仁跟前说："大伯，我想提个意见。"张仁忙说："提吧！"他一本正经地说："当干部不能光抓生产，越忙越要突出政治。"张仁听了，觉得有理，就把大家召集到树凉里读报纸。小乱呢，朝麦个儿上一滚，呼呼地打起鼾睡。报纸读完了，他也醒了，伸腰张嘴打个哈欠说："哈，学习这玩意儿真顶事，不累啦！"说完还向张仁吐吐舌头，逗得大家哈哈大笑。

张仁是个老党员，做工作不怕困难。白天受了戏弄，晚上又去找小乱，想跟他谈谈心。

小乱住在村外，一处独院，四外就是田野。三面黄土院墙倒塌了两面，残存的那一面，墙头上支棱着几根狗尾草。两间土坯屋里，一个灶台，一条炕，一大一小两口破瓮，一只猫。据说外村有个亲戚可怜他，想给他一张桌子用，他谢绝了，他说这样符合"战备"。

小乱见张仁来了，赶忙拿烟，一口一个大伯，叫得很甜。张仁从他今天不该拿政治学习开玩笑谈起，絮絮叨叨讲了许多道理，什么"贫下中农应该热爱集体"啦，什么"大河有水小河满，大河无水小河干"啦，什么"站在家门口，眼望天安门"啦，等等。小乱困了，打断他的话说："对对对，大伯说得很对，这是给我治病儿哩。我哪一方面做得不好，大伯就给我指出来吧！"

张仁见他态度真诚，满心欢喜，说："比方上工吧，你天天迟到，影响可不好。"小乱说："对对对，以后注意，影响好一点。"张仁又说："干活不要耍滑，要向劳动好的看齐。"小乱说："对对对，我看大伯劳动就挺好，以后我向大伯看齐。"张仁呵呵笑了，说："以后还要多出勤，不要三天打鱼、两天晒网。"小乱笑得更好看，说："对对对，大伯放心吧，晒网不晒网，咱保证不当超支户！"

张仁一听这话，噎了一口气，心里凉了半截。原来他就是个超支户。他家有七口人，两个半劳力，紧干慢干年年超支。老伴说他无能，他不服气，因为地里种什么、怎么种，并不由他安排。他们队是下湿地，长不好棉花，少种一亩也不行。一到棉花播种时节，上级就派人来"支援农业"，实际上是来瞅着你。搞一点副业吧，更难，赚钱的副业路线不对，路线对的副业不赚钱，上级常说路线不对人要变"修"。想想自己多半辈子一个心思跟党走，老了老了何苦要变"修"呢？结果，一年到头操心劳力，"大河小河"水都不多，工分越来越不值钱。小乱呢，一身一口，他倒不怕，虽然三天打鱼、两天晒网，也和大家一样吃得不饥不饱，又不欠谁的债，还养了一只大黄猫。他向我看齐做什么？老汉摇了摇头，叹了口气，从此再也不做这种跌嘴打牙的事了。

赵金贵见老队长没了办法，自己便想了一个措施，暗中掌握：以后派活不让小乱跟社员们在一起。菜地捉虫，谷地轰雀，干多干少由他，免得一块臭肉坏满锅汤。这样实行了一阵，觉得太便宜他了，于是又想了一个补充措施：队里的猪圈满了，一定要派他出粪，那是苦累活。小乱不但满口应承，而且跳到猪圈里就不想上来了，一圈粪出了三天零一早晨。他不傻，干快干慢一天八分半，领到累活得"省"着干。金贵在社员会上批评他，他说："一个人能力有大小，只要有这点精神，就是好同志。"弄得大家啼笑皆非，金贵也是干急无奈。

当然，这些都是从前的事了。现在好了，各生产队划分了作业组，作业组实行了责任制，各项农活都有定额，干好干赖奖罚严明，村里一派大治气象。可是小乱却没什么变化。几个农田作业组不要他，畜牧组也不要他，机电组更不要他，他只好仍然打他的游击。只有猪圈满了的时候，金贵才想起他从前的表现，非派他出粪不可。

其实，小乱身强力壮，并不怕出粪。何况出粪也有定额，真正多劳多得，自己也不吃亏。但他一看金贵那冰冷脸色，一听那生硬嗓门，心里就上了火，偏不听他。金贵头回派他出粪，他说头疼；金贵二回派他出粪，他说牙疼；金贵最近派他出粪，他说腿肚子转筋。金贵一怒采取了经济手段，罚了他两天工！

这天黑夜，小乱早早吹了灯，躺在炕上睡不着觉。眵眯着眼想了半天，嘴里突然冒出一个警句："此处不留爷，自有留爷处，处处不留爷，爷到村北去看树！"骨碌爬起来，穿上衣服去找金贵。

原来那天上工的时候，小乱听说大队林场要添护林员，他想离开生产队到林场去。那里树大人稀，是个幽静地方，自己看不见别人，别人也看不见自己，心里倒痛快。金贵听了暗暗欢喜，说了句"我们研究研究"，当下就向老队长报告情况。

张仁听了金贵的报告，当时没有表示态度，仔细做了一番分析。小乱要去村北，不单是因为金贵罚了他，主要是在村里没有一点生活乐趣。白天干活别人都有一个组织，唯有他独来独去，好像一只孤雁似的；晚上回到家里，冷屋凉炕，只有那猫是个活物。如今村里又跟从前不同，今天这家盖新房，明天那家娶媳妇，小乱看见是什么心情？他想，从前小乱扶不起，怨那世道；如今小乱扶不起，就怨自己了。自己是队长，是长辈，稀里糊涂打发他走，对不住孩子，也对不住孩子死去的父母。

一天中午，队委们在一起念叨工作，金贵提出了小乱要去林场的要求，让大家讨论。张仁不但不同意，还想把小乱安排到养猪积肥组里去，改变一下他的孤立地位。那养猪积肥组直属金贵领导，金贵慌忙说："不要不要，我们组里不缺爷爷！"张仁就絮絮叨叨讲了许多道理，什么人人都有自尊心啦，什么对人不能破罐子破摔啦，什么年轻人好比小树啦，等等。讲到一个段落，金贵指着门外说："猪圈又满了，明天咱们派他出粪吧，你看他听不听！"张仁说："他要听呢？"金贵说："我要！他要不听呢？"张仁说："咱再商量。"队委们大部分赞同张仁的意见，一齐向金贵说："不许变卦！"妇女队长瑞凤自告奋勇地说："我当保人！"大家笑了一回也就散了。

天快黑的时候，小乱正在院里喂猫，听见有人叫他。一抬头，看见瑞凤扒着墙豁儿，下巴向他一点，笑盈盈地说："乱儿，过来！"

小乱院里好久没人来往了，这时看见瑞凤笑得那么好看，便走过去说："干什么？嫂子。"

瑞凤四下看看，悄悄说："你到林场去的事，俺们念叨过了。"小乱忙问："叫咱去吗？"瑞凤没有明确回答，含笑说："你快三十岁的人了，还想不想娶媳妇？"小乱一听这话，急了，冲口说："娶谁呀，娶你呀？"瑞凤伸手拍了他一掌说："你别悲观呀，自个儿不秃不瞎，欢眉大眼，干活满身力气，多好的条件。从前给你说媳妇的也不少，为什么一个也没成功？自个儿也该总结总结啦。"小乱说："甭总结，俺娘不同意。"瑞凤说："你娘不是早死啦？"小乱说："俺丈母娘不同意。一打听咱的事迹，就凉了。"说罢低下头去。

瑞凤看他羞羞惭惭的样子，迟了一会儿才说："是呀，所以你走不得，老队长也不放你走。你想想，你走到哪里去，也是咱队的人。以后给你说媳妇，人家还得到咱队里打听你。你带着一身毛病走了，到时候我们怎么说话？说你不好，坏了你的终身大事；说你好吧，那不是哄人家闺女？你尽管咬咬牙、争口气，好好干几年，如今不是打光棍的年头啦！"

小乱低着头说："谁不想好好干，光打游击有什么意思？"瑞凤说："要是把你编到组里去呢？"小乱抬起头说："谁要咱！"瑞凤神秘地笑了笑，欲言又止，最后点化了他一句："要不要全看你了。记住，明天早点起，听话！"

第二天早晨，小乱果然起得很早，想证实一下瑞凤的话是真是假。一进队部大院，看见张仁站在猪圈沿上笑眯眯地向他招手。他走过去，张仁说："小乱，今天你出粪吧。"

小乱打了个愣，怎么又是出粪？金贵站在五步远的地方，看他不做声，忍不住说："叫你出粪，聋啦！"

小乱一听那嗓门，心里又上了火，不紧不慢、不凉不酸地说："我要是不出呢？"金贵冷笑说："不出也行，今年的超产奖你甭想了！"小乱眼皮一睞，说："我要是不想了呢？"金贵嚷道："像你这号的，不但没奖，还得受罚！"小乱眼皮又一睞，说："我要是不怕罚呢？"金贵气得脸青嘴紫，正要发作，忽然想起什么，看看张仁说："咱不管，咱不管。"哼着小曲儿躲到一边去了。

张仁郑重地说："小乱，这就是你的不对了。你不出粪，也得有个理由呀？"

小乱死眼盯着金贵，张口就说："我当然有理由。今天大集，我想赶集去哩，不叫社员赶集吗？"

张仁一听，完了，自己输了。但又一想社员赶集也是实际问题，就说："叫叫叫，政府允许开集，就是叫咱赶的，你可说清楚呀。去吧，赶集去吧，我另派人出粪。"

小乱朝地下一蹲，说："不去了！"

张仁问："怎么又不去了？"

小乱说："咱怕挨罚！"

张仁看看金贵，看看小乱，满面堆笑地说："你听他呢，他跟你闹着玩儿哩。奖罚不是鞭子，社员们也不是牲口，哪能乱来呢？不过我有两句话，你记住。咱队分红还不多，来个钱不容易，到了集上不要大吃大喝。再就是早点回来，今天黑夜召开社员大会，传达上级文件，不要误了开会。去吧，赶集去吧，天不早了。"

小乱听了这番话，心里发暖，口生津液，咕噜咽了一口唾沫。他想，从前除了县里召开公判大会派咱参加以外，开什么会通知过咱？磨磨蹭蹭朝外走着，心里十分矛盾。走吧，对不住老队长；不走吧，大丈夫说话泼水难收。正自犹豫，听见金贵在背后说："哼，怎么样？一贯不服从领导！"

小乱眼前一亮，猛然站住了，身子一扭，扭到金贵跟前，来了个就坡下驴："你说什么？一贯不服从领导？哎，你说对了，咱就是一贯不服从领导。老队长叫咱赶集，咱偏不赶集了；老队长不叫咱出粪，咱偏出粪不可。你瞅着，说出就出！"说着，两腿向后一弹，把鞋甩得老远；胳膊一抡，脱了光膀子，噗通跳到猪圈里说："劳驾，哪一位把出粪叉给咱扔过来？"

张仁望着金贵哈哈笑了。金贵拿起出粪叉也笑了说："我输了，我输了！"

以后的事读者可以想到。小乱到了养猪积肥组里，劳动表现不错，落秋分红分到一百多块钱，还领到了超产奖金。不过那些好开玩笑的人仍然叫他"赵三勤"，只是有了新的含义：洗脸勤、理发勤、换衣裳勤。其中的奥妙读者心里自然明白。

（发表于 1980 年）

拴虎

　　腊月二十七日城里大集。这是年前最后一个集日，赶集的人特别多，集市上也特别热闹。今年的集市显然又比去年好，不但肉类、蛋类、干鲜果品多于去年，农民们的手工业品也源源不绝地上市了。有卖铁、木家具的，有卖儿童玩具的，还有姑娘卖窗花儿的。卖一对窗花儿，赢多少利？不清楚。也许那些手巧的姑娘们，只是想用自己的劳作，点缀一下集市的繁华吧？

　　最热闹的地方要数炮市。此起彼落的鞭炮声、卖炮人吵架似的叫卖声，响成一片：

　　"哎——咱的炮是好炮，两角五一包啦！"

　　"哎——真金不怕火炼，好货不怕试验！"

　　炮市西头，一个尖亮的嗓音，把整个炮市镇住了：

　　"哎——咱的炮是电光炮，响不响你问问炮！电光炮放电光，白天赛过太阳，黑夜赛过月亮，照得院里亮堂堂，新年新岁喜洋洋……胆小的捂住耳朵，怕便宜的千万别买，放啦！"

　　噼里啪啦，火鞭炸响，四外漫起雾一样的硝烟。

　　人们哈哈笑着，潮水一样向那里拥去。那里停着一台拖拉机，拖拉机后面的拖斗里装满各色花炮。站在拖斗里的两个中年人，一手收钱一手交货，应接不暇。那年轻的叫卖者高高站在拖拉机驾驶台的顶板上，手拿一根竹竿，竹竿上挑着一挂花花绿绿的鞭炮，格外引人注目。看见生意兴隆，他更得意了，为了不妨碍手舞足蹈的叫卖，干脆把帽舌推到脑后去。他放了一挂又一挂，吆喝完一套又一套，那嗓音像流水，像鸟叫，像吹海笛儿。不一会儿，脸上的汗水和硝烟的黑灰混合在一起，变成了小花脸。那些无心买炮的老太太也被他吸引过去了，望着他那怪样子，扑哧地笑：

"呵呵，这小子不要命了！"

"咦咦，他吃了什么啦，这么卖力气！"

我也笑着走过去，欣赏他的口才。他有二十多岁年纪，瘦伶伶的身材，老长的头发，两只机敏的眼睛；一件破旧的、又瘦又小的黑布棉袄，紧紧箍着身体，胳膊肘上露着花絮。我看着看着，不知在他身上发现了什么特征，一个乡村少年的影子忽然在我眼前一跳，我脱口叫了一声：

"拴虎！"

他听见我的叫声，眼睛在人群里扫来扫去。他看见我，愣了一下，赶紧低下头去，吹了吹手里的草香，又放了一挂鞭炮。我又叫了一声，他再没有看我，腰身一扭，又一次掀起叫卖的高潮。

我没有看错，他就是小芦村的拴虎。但我渐渐醒悟过来，不再自讨无趣了，默默地离开了炮市。

我认识拴虎，是在他很小的时候。那是1965年的冬天，我到许村担任小学教师。小芦村就在许村西边，只隔着一片苇塘，那里的孩子们也来许村上学。上班那天，我在学生名册上就看到了他的名字，可是过了好些天，总不见他到学校来。

一天，他们村的孩子们告诉我：

“他跟他娘生气哩，不上学了！”

“看见俺有新棉袄，他也要，臭美！”

“他娘不给做，他就不吃饭！”

“哼，净叫俺从家里给他偷饼子吃！”

孩子们一齐笑了，我也跟着笑起来。

我从孩子们的嘴里了解到他家一些情况。他家有四口人，父亲、母亲、他和妹妹。父亲是个忠厚的农民，对他十分娇爱。他原名叫小虎，瓜菜代那年，父亲给他改了名字，意思是“拴”住他，以防他死去。困难的年月刚刚过去，当娘的一时不能让孩子如意，自有当娘的难处吧，我想。

一个星期日的上午，他们村的一个学生领我到他家去。走到他家门口，听见他娘在家里骂他。他爬在院里那棵光秃秃的榆树上，很像一只猴子。我们走到院子里，看见他娘抱着个小女孩，对着树嚷道：

“下来！”

他嘻嘻一笑，向上爬了一截。

“下来！”

他笑嘻嘻地爬上树尖去了。那个学生说：

“拴虎，下来，李老师来了。”

他看见我，脸一红，才从树上下来了。这孩子很俊俏，脸蛋洗得鲜亮莹润，身上有一股淡淡的香胰子味儿。他穿上了新棉袄，但那棉袄又肥又大，袖子卷起足有二寸，露着紫花色的粗布里儿；他一行动，那袄后襟摇摇摆摆，好像一只笨大的绵羊尾巴。我问他为什么要做这样肥大的棉衣，他娘笑着说：

“大一点好，大一点可以多穿几冬。不错，总算是穿上了。”

这是一个三十岁开外的女人，青白的脸色，细眼睛，眼前垂着一绺凌乱的头发，一副很劳累的样子。论年岁，我该叫她大嫂。我听了她的话，心里有些酸，对拴虎说：

“娘这样疼你，为什么不听娘的话呀？”

“娘叫我去赶集！”

"赶集怕什么呢？"

"她要领我卖辣椒！"

我看见院里铺着一块破席，席子上晾着一些红辣椒，在冬日的阳光下显得很鲜艳。正待细问，大嫂放下小女孩，苦笑着说："这孩子捣蛋着哩，大人上集买东西，他像个尾巴似的；大人上集卖东西，叫他做个伴儿，打死也不去。你猜他说什么？"

"买东西好看，卖东西难看！"小女孩响亮地揭发。那是他的妹妹小茹。

"是吗？拴虎。"我忍着笑问。

他不回答，趁我不注意的时候，撒腿跑了。我望着那摇摇摆摆的"绵羊尾巴"，不由笑了，谁教他的呢？

他在学校功课怎样，我不记得了。因为过了不久，文化大革命的风暴来到这个偏僻的乡村，孩子们有了新的功课，天天去做那些人人都知道的事情。

孩子们毕竟是孩子们。他们玩累了，也有安静的时候。经过一场动乱，我发现课堂上出现了一个前所未有的局面，全班二十二个男孩子，光膀子上课的在半数以上，好像到了澡堂子里一样。拴虎也不那么爱整洁了，他也光着膀子，光着脚丫，只穿一条破短裤，露着肚脐来上课。我看实在不雅观了，就对他们讲，学生应该文明一点，特别是上课的时候，不要赤身露体，要衣帽整齐。我刚讲完，拴虎猛地站起来了，大声说：

"衣帽整齐？"

我看他满眼敌意，忙说：

"我讲错了吗？"

他很生气，细棱棱的肋巴骨一鼓一鼓地说：

"什么人衣帽整齐呀？地主富农们、资产阶级少爷小姐们！我们是贫下中农的孩子，我们不光膀子，谁光？"

课堂上大乱了。孩子们瞅着我，有的怪叫，有的怪笑。几个光膀子的孩子，左手捂在右腋下，右胳膊一挤一挤，"噗噗噗"发出一阵放屁的声音。

我苦苦一笑，只好接受他的批判，并且称赞他的路线觉悟。在以后更大的动乱里，他对我一直很友好。

可是在他将要毕业的时候，却和我结下怨仇，一种叫人哭不是、笑不是的怨仇。

那年寒假过后，公社革命委员会的一位领导同志突然来到我们学校，脸色很不好看。他说正月初五那天，他在村里发现不少学生放鞭"崩穷"，弄得村里乌烟瘴气。他说这是"四旧"抬头的表现，对批判资本主义的群众运动不利。他要我们认真追查一下，对那些学生进行一次路线教育。

我们听了，感到有点小题大做。放鞭"崩穷"是乡间的一种风俗。正月初五清早，家家屋门大开，院门大开，孩子们燃一挂鞭炮，从屋里一直放到街门口去。据说这样可以崩走晦气，来年的日子好过。我想，劳苦了一年的农民们，只不过借此取个吉利罢了，也无可非议。但那位领导同志不但是公社的领导同志，还兼任着贫下中农管理学校委员会主任的职务，我们只好照办了。

"同学们，正月初五早晨，谁在家放炮来？"

教室里很静，半天没有回答。我便让大家背诵"一个共产党员，应该是襟怀坦白"那段语录。背诵完毕，拴虎站起来了，说："我放炮来。"

于是我用启发式的方式，引导大家：

"同学们想一想，穷，代表什么呀？"

孩子们不假思索，唱歌儿一样回答：

"贫下中农——"

"社会主义——"

我听着他们那娇嫩的嗓音，心里一阵刺疼，嘴里却说："拴虎你说，崩穷对不对呢？"

他嘴硬地说："我不是崩穷哩，我崩富哩，我崩修哩……"

"他不老实——"孩子们一齐冲他吼起来。那时的孩子们也怪，不管谁倒了霉，他们都特别高兴，特别精神。

他低下头去，我看见一颗晶亮的泪珠从他脸上滚下来，落在肥大的袄襟上。这个好胜要强的孩子大概从来没有受过这种羞辱吧，第二天就不上学了。一直到我离开许村的时候，再也没有看到他。

天色渐渐黑下来了。这一天，我心里很不平静，那个动乱年月里的乡村少年的身影总是在我眼前跳来跳去……

"李老师在这儿住吗？"

院里有人叫我。我出去一看，高兴得叫起来，来人竟是拴虎。夜色中，他把一堆什么东西捧到我的怀里，嗓子沙哑地说："李老师，早想来看看你，总没工夫，整天瞎忙。快过年了，这是几挂鞭炮，叫孩子们放了吧！"

我忙把他拉到屋里去。显然，小时候那件不愉快的事情，他并没有挂在心里。我感到一种欣慰。

"拴虎，我在炮市叫你，你没听见呀？"我边沏茶边问。

"听见了。"他笑着说。

"为什么不理我呢？"

"你没看见村里跟着两个人吗？"

"那怕什么？"

"不怕什么。"他脸一红，故意岔开话题，"李老师，我爹问你好哩。"

"他好吗？"

"好，还在队里喂牲口。"

"你娘呢？"

"天天下地。"

"小茹上学了吧？"

"上中学了，比咱强。"

"强在哪里？"

"小妮子说话，叽里咕噜满口外国语了。"

说完，他仰起脖子笑了，笑得很快活，也很腼腆。像一个卸了装的演员，他完全不是我在炮市看见的那样子了。喝完一杯茶，匆匆地就要走，我留他住一宿，他说他们村的拖拉机还在炮市那里等他。

我把他送到大街上，一定要问明白他在炮市不理我的原因。他终于笑了说："当着乡亲们的面，我不想认你这个老师。"

"为什么？"

"卖炮的人都喜欢别人夸他的炮响，你们当老师的人，大概都喜欢别人夸自己的学生有出息吧？"

我想了一下，说："卖炮没出息吗？"

"谁说卖炮没出息？"他冷冷地看了我一眼，"大人们不想法弄点钱，孩子们凭什么去学那外国语？"

"是呀，那为什么不理我呢？"

他默默地笑着，好像有什么话羞于出口似的。我再问时，他猛然站住了，两手捏住袖口，胳膊向我一展："你看我这一身打扮，我怕老师脸上挂不住。"说完，放快了脚步。

我紧紧跟上他，看着他那件破旧的、又瘦又小的棉袄，心里又难过，又欢喜。他在那场噩梦一样的劫难里成人长大，但他那颗微妙的、天生自有的孩子的心并没有死灭，今天又复苏了。那是一种虚荣心吗？我想不该这样指责他。贫农的孩子，不嫌贫，也并不爱贫吧？

静静的大街上洒下路灯淡紫色的光辉。我们并肩走着，一直没有住口，忘了冬夜的寒冷。他说我胖了，但是不显老；我说他更不显老，只是性格大变了。他听了，大概想起自己卖炮时的样子，咯咯地笑起来。他说那是没有办法的事，今年他当干部了，负责村里的副业生产。为了赚到很多的钱，桃下来卖桃，杏下来卖杏，葡萄熟了卖葡萄，他什么都干。他问我什么时候看看他们村的果园去，我说，杏花开了的时候；我问他什么时候再进城，他说，正月里换上新衣来给我拜年。

（发表于 1981 年）

鼾声

　　天色渐渐黑了。我一想到睡觉心里就怦怦地跳。这都怨大队秘书，也怨我赶得巧。今天我一进村，恰巧碰见田大娘了；我们正在说话，恰巧大队秘书走过来了。也许是小麦歉收的原因，他的心情不好，把我肩膀一拍，好像批发货物一样又把我安排到田大娘家去住了。当时我心里就怦怦跳了几下……

　　田大娘住在村西口上，去年——1977 年的夏天，我在这里总结小麦丰收经验的时候，曾经住在她家。她家挺好的房屋，挺好的院落，街门口有眼井，院子里有一棵遮天蔽日的大槐树，干净，凉快，没有孩子们干扰。但我再也不敢到她家去住了。我害怕田大伯。田大伯勤劳、淳朴、忠厚、善良，中国人民的美德差不多全集中在他身上，但他有个毛病叫人实在无法忍受——睡觉打鼾，而且他的鼾声具有相当的水平。可是当着大娘的面，我又不好回绝。吃过晚饭，我心里怦怦跳着来到她家。

　　"你吃啦？"

　　田大伯一见我，用手摸了一下腮帮儿，客客气气还是这句话。

　　"吃啦。你呢？"

"我也吃啦。"

说完，给大娘投个眼色，指示大娘去烧水。

从外表看他不像是睡觉打鼾的人。睡觉打鼾一般是胖人，而他干瘦干瘦，瘦得出奇，说话都没气力。据说他年轻的时候也是这么瘦，但那时候爱说爱笑，性情活泼，在村里剧团里唱花脸。瓜菜代那年，县里一位干部给社员们宣传蒲草根里含有多少蛋白质、含有多少维生素的时候，他用唱花脸的嗓门哈哈笑了几声，结果在辩论会上挨了两个不大不小的耳光。那两个耳光给他留下一个毛病，看见干部打扮的人，就要用手摸一下腮帮儿，好像搔痒似的。去年我在这里住了八九天，无论是早晨、中午，还是晚上，无论是在街里，在地里，还是在厕所里，他看见我总是客气地一笑，和我展开这样一段对话：

"你吃啦？"

"吃啦。你呢？"

"我也吃啦。"

天色完全黑了。田大娘烧好水，在院里放了一张饭桌，我们坐在一起纳凉。那槐树好像一把大伞，把整个院子遮住了，晶莹的星斗在茂密的枝叶间跳跃闪烁。借着星光，我看见院里的麦秸比去年少了许多，散乱地堆在西墙下边，也没打垛。

"大伯，今年分了多少麦子？"我问。

"不少。"他说。干瘦的脸上还保存着客气的微笑。

一提麦子，大娘的笑容消失了，用蒲扇遮住脸，一句话也不说。我觉得这样坐着实在无聊。可又不敢睡觉，明知自己睡不好，倒不如大家都醒着。我慢慢喝着水，没话找话地消磨时间。

"大伯，今年咱们村的小麦收得也不好吧？"

"不赖，比旧社会强得多。"

"今年的小麦为什么歉收了呢？"

"天灾。"

"什么？"

"天灾。"

说罢，仰起脸，两眼闲淡地望着天上的星星。

我偷偷地笑了。今年我们这里没有灾，去年也没有灾。去年小麦开镰以前，城北几个村子似显非显地下了两分钟的冰雹，对小麦没有什么危害。可是这些年来，无论是丰收，还是歉收了，领导做报告、我们写文章的时候，总要说许多灾害。去年是丰收年，我和老汉闲谈时，心里一高兴，"我们战胜了低温干旱风灾雹灾"脱口而出，好像吃炒豆一样干脆，好像说数来宝一样流利，那也是积习。

今年我们这里没有灾，这是县委书记在三级干部大会上讲的。为了实现"以秋补夏"的口号，我们这次下来就是贯彻三级干部会议精神的。于是我说："不，大伯，今年我们这里没有灾！去年冬天咱们村的小麦没有浇冻水吗？"

"谁说没浇？"大娘把扇子一摔，"快过年了，公社里来了两员大将，催着浇冻水……"

"歇着你的吧，往年也浇冻水！"田大伯扫了大娘一眼，冷冷地说。我看见他又用手搔痒似的摸了一下腮帮儿。

大娘不言声了。老两口你瞅我，我瞅你，开始打哈欠。我担心他们宣布睡觉，忙说：

"往年天气暖和，黑夜冻白天消，浇了冻水麦子沾光。去年呢，那天气冷得怪，光冻不消。上面催得又紧，好多村子实行大水漫灌，大片大片的麦田变成滑冰场了，全县冻死了三万多亩麦苗！咱们村也是这种情况吧？"

院里静静的，老两口仍然不说话。

"其实，那也不怨你们公社。那是县委的统一命令。责任在县委……"

"哎呀，天不早了，睡吧！"

我正侃侃而谈，田大伯悚然站起来了，脸色变得焦黄："我们庄稼人傻吃闷睡，晓得什么，睡吧……"说着，慌忙收拾壶碗，好像马上要来一场暴风雨似的。

我看他手忙脚乱的样子，心里明白了一点什么，笑着说："大伯，那些话不是我说的，那是县委书记说的。最近县里开会，他代表县委做检讨了……"

"睡吧，睡吧……"

三间北屋一明两暗。老两口睡在西屋，我睡东屋。西屋里一熄灯，我心里就怦怦地跳起来了。我不敢脱衣服，戒备森严地等候着那个可怕的声音……

去年夏天，也是这么一个夜晚，也是在这间屋里，我刚蒙眬入睡，西屋里就传来了田大伯的鼾声。开始是一般化的打法，后来一阵比一阵地凶猛。那一夜，我才明白鼾声如雷的比喻是多么不恰切。那雷声响一声歇半天，怕什么呢？他的鼾声可是一声接一声、声声不断的。呼噜——呼噜——噗，呼噜——呼噜——噗，连呼噜带吹，如狮吼，如虎啸，如山洪暴发，如火车放汽，循环以至无穷。我从被缝里揪了一团棉花堵住耳朵，也抵抗不住那强大的声波。哭不是，笑不是，我只好披上衣服坐到院里去吸烟，一直坐到东方发白的时候。后来我才听说，他的鼾声赶走过不少在他家住宿的下乡干部呢……

奇怪，等了好久，还听不到声音。我躺在炕上，不住地打哈欠、流眼泪。我听见了院子里风吹树叶的响声，听见了田野上蟋蟀的叫声，听见了河塘里的蛙声；听见了钟声、笑声、嘚嘚的马蹄声……我一睁眼，天亮了，原来我睡得很好。

我在这里整整住了半月，天天夜里睡得很好。我很纳闷，走的那天去问大娘。

"大娘，大伯吃了什么药啦？"

"没灾没病，吃什么药呀？"

"去年我在这屋里睡，他的鼾声好凶，今年怎么治好啦？"

大娘微微一笑，欲言又止。我再问时，才说："他呀，坏着呢！他心里喜欢了，睡觉不打鼾；他心里不喜欢了，睡觉就打鼾，故意治你。他说打鼾不犯错误……"

我越听越糊涂，打断她的话说："他睡着了，打鼾不打鼾由得他呀？"

"他侧着身子睡觉，不打鼾；他仰着身子睡觉，打鼾；他要是仰着身子歪着脖子睡呀，那鼾声就到十字街里去了！"大娘说罢，咯咯笑起来。

我明白了，又糊涂了。去年丰收了，他倒打鼾，今年歉收了，为什么他倒不打鼾呢？我望着大娘微笑的脸，想了半天……

(发表于 1981 年)

友情

　　冬天的黄昏，天空阴沉沉的，夜色早早地下来了。老石收了摊子，回到家里，不住偷偷地笑。他把打鞋掌用的箱子、皮子、拐钉安放在一个角落里，又把屋里打扫得干干净净，然后吩咐老伴做几样新鲜可口的小菜。

　　石大妈正做晚饭，看他喜气洋洋的样子，说："不年不节，做菜干什么？"

　　"他要做官了，我想给他贺贺。"

　　"谁？"

　　"老倪。"

　　"真的？"

　　"真的。"

　　石大妈哎哟叫了一声，脸上也布满喜气。老倪是当年的县长，给这一方百姓做过不少好事。那年世道一乱，稀里糊涂被打倒了；打倒以后，稀里糊涂被挂起来了，一挂挂了这许多年。老倪被挂着的时候，整天没有事做，常到大街散心。老头子就在大街上摆摊，两人慢慢成了朋友。老头子半辈子结交的朋友不少，有剃头的，有修脚的，有磨剪子抢菜刀的，唯独没有做官的。如今落实政策，真要落实到老倪身上了，也真该贺贺！

"上级有了公文啦？"

"咱不晓得。"

"你听谁说的？"

"我看出来了。"

"又吹哩，又吹哩！"石大妈撇撇嘴，做起饭来。

老石见她不相信自己的眼力，惋惜地笑了一下，慢慢地说："我打了半辈子鞋掌啦，天天在大街上摆摊，新社会旧社会，什么社会我没经过？南来的北往的，骑马的坐轿的，推车的担担的，什么样的人我没见过？咱不敢说料事如神，凡事也能看个八九。信不信由你，做菜吧！"

老石说完，戴上狗皮帽子，要上大街买一些牛肉包子，那是老倪最爱吃的东西。一开屋门，一股冷风卷着几片雪花飞进屋来，凉飕飕的。石大妈朝外一看，满院里一片浅白。

"哎呀，下雪了，他能来吗？"

"下刀子他也来，我们约好了的。"

石大妈听这口气，才确信无疑了；端下做饭的锅，欢欢喜喜地做起菜来。

老石虽然面目呆愚，却是个有心人。老倪要做官了，的确是他看出来的。今天下午，老倪理了发、刮了脸，刚刚走到他的摊子跟着，忽然过来几个人，笑哈哈地要请老倪看电影去。老石两眼从老花镜的框子上向外一瞅，一个是财税局的孙局长，一个是城关公社的白书记，另外两位他不认识。孙局长扶着老倪的左胳膊，白书记扶着老倪的右胳膊，另外两位拥擎着手，好像希望老倪再生两只胳膊似的。从前是这样子么？不是的……

老石回忆着下午的情景，不觉来到大街上。天上虽然飘着雪花，大街上依然灯火通明。饭馆里还没关门，各街居民委员会新设的饭棚也在营业。有卖烧饼的，有卖馄饨的，有卖炸果子的，到处是新鲜的招牌、蒸腾的热气。绝迹十年的原笼包子、南煎丸子，又出现在饭馆里；别具风味的鸡丁崩肝、腹肋肘花儿，又摆在肉摊上。这里吆喝："豆腐菜，开锅的豆腐菜……"那里叫卖："牛肝牛肉还有牛蹄筋儿咧……"显示着古镇的富足和繁荣。老石看在眼里，喜在心里。他想，如今的世道真好，不但老倪那样的好人有了出头之日，大街上也不像从前那样黑咕隆咚、冷冷清清的了，这才像个世界，世界原该如此。

老石买了牛肉包子，用荷叶裹了，托在手里；走出包子馆，听见街上有个耳熟的声音：

"白书记，尝尝我们的烧鸡？"

"看个朋友，要肥的……"

老石定眼一看，原来是下午请老倪看电影那一班人。他们围着围巾，戴着口罩，每人露着两只笑嘻嘻的眼睛……

老石没有理会，自己走自己的路。不一会儿，他们超过他了，翩翩向前走去。老石走到自己家门口时，一抬头，只见他们走入老倪居住的那条巷子里了。他打了个沉，心里生疑，蹒蹒跚跚地跟了过去。

老石走到老倪门口，两扇黑漆街门已经关得严严的。他想，他和老倪有约在先，他们不会待很久的。于是，蹲在一个背风的地方，等一等吧。

西北风越刮越大了，黑洞洞的巷子里，没有一点声息，只有空中的电线哼哼地响。雪花在暗夜里飞舞着，打在他的脸上，落在他的狗皮帽子上，灌到他的脖领里去。等了好大工夫，那两扇黑漆街门仍然关得严严的。

他站起来了，盯着两扇黑漆街门，眼里放出古怪的光。但是过了一刻，他又蹲下了……

他耐心地等着，老倪忽然站在面前了，枯瘦的身体，苍白的脸色，帽舌压得很低，看不清眉目。那是一个寒冷的早晨，他挤在肉铺门口那片乱哄哄的人群里，白白冻了两个小时。几个买肉的人，肩膀一横，先后站到他的前面去。他们好像因为自己没有老倪那样的厄运，理所当然地应该站到老倪前面似的……唉唉，何苦呢？

老倪过来了，空着手，苍白的脸上挂着苦笑。他认识老倪，老倪不认识他。当时不知出于一种什么心情，他贸然叫了一声：

"倪县长，买肉来？"

"呵呵，卖完了，改日再买……"

"他卖完了咱不吃，打个鞋掌吧！"他大声说，好像跟谁吵架似的。

"这是新鞋。"老倪跷起一只脚说。

"新鞋打个掌更结实，白打，分文不取！"

老倪定定地看着他，苦苦一笑，真的脱了鞋。他忘不了老倪那眼光，但说不清那是一种什么眼光。他抢着小锤子，钉一个钉，嚷一句："他卖完了咱不吃！"钉一个钉，嚷一句："他卖完了咱不吃！"——淡话，买不着吃什么呢？

几句淡话，他们成了朋友。从此以后，他一出摊，老倪就坐在他的身旁，看看行人，聊聊天，打发那寂寞的时光。遇到刮风下雨的日子，不能出摊了，他就约老倪下棋、喝酒，他从不失约……

今天，他失约了，那是因为客人们缠着他，他走不脱啊，他心里不定多么焦急呢！

"白书记，尝尝我们的烧鸡？"

"看个朋友……"

"屎！"他又站起来了，狠狠吐了一口唾沫。那一年，老倪的老伴死了，我守了三天三夜灵，看见你们哪一位了？"刮台风"的时候，没收我营业证的，板着脸数落我"敌我不分"的，不就是老白么？……

他冷笑了一声，抖掉肩上的雪，跺跺发麻的脚，整了整衣帽；他要推开街门，大大方方地走进去，和他们一起喝酒、吃鸡！待到有了几分醉意，他要使酒骂座，问一问老倪办丧事的时候，各位在哪里；问一问老白那年为什么没收他的营业证……

他刚要推门，院里传出一阵隐约的笑声。他的手一缩，火烧电灼一般，迅速扭过身来。他一扭身，一团雪雾扑到他的怀里，急忙闭住眼睛。他一闭眼睛，"豆腐菜，开锅的豆腐菜……"仿佛又看见那满街灯火了。他一想起那满街灯火，就又变得心气平和，脸上挂起适意的微笑。唉唉，做官的人总得和做官的人在一起吧。他们不在一起，怎么共事？他们要在一起共事，他们就得和和气气。倘若他们失了和气，又分起"敌我"来，世道就又乱了。世道一乱，大街上不就又变得黑咕隆咚、冷冷清清的了么？至于朋友交情，也不在今夜那一壶酒。从前咱和老倪喝酒，有一把花生豆、一块臭豆腐就行了；他们呢，他们得买好几只烧鸡呢，哈哈哈……

他这样想着，不知怎样来到自己家门口了；抬头看见窗上的灯光，心里一沉，他又站住了。他向老伴夸下海口，言说老倪下刀子也来，回去怎么交代呢？实说么，老伴以后会不会冷淡老倪呢？他朝电线杆上一靠，暗暗发起愁来。雪花在暗夜里飞舞着，打在他的脸上，落在他的狗皮帽子上……忽然，他眼前一亮，径向大街走去；到酒馆里买了二两白酒，就着那牛肉包子喝了，才蹒蹒跚跚地回到家里。

"老倪呢，来了么？"石大妈问。她困了，懒懒地打了个哈欠。

"他不来了。"老石笑眯眯的，搓着手说。

石大妈听了，慢慢张大眼睛，紧紧盯着老石，脸色阴沉下来。愣了半晌，鼻子里哼了一声，收拾桌上的菜碟子。她的手脚很重，菜碟子碰得叮当响。

"摔打什么？"老石仍然笑眯眯的，"我们已经喝过了，就在老倪的家里。孙局长也去了，白书记也去了，净是官面上的人。他们把我让在上座，这个敬我一盅，那个敬我一盅，差点把我灌醉了……不信，你闻闻！"说着，张开嘴，冲着老伴的脸哈了一口气。

石大妈闻到那酒味儿，把脸一躲，偷偷地笑了，顺手推了老石一下；老石两腿一软，歪倒在炕上，呵呵呵地笑得很响……

（发表于 1981 年）

午休

　　吃过午饭，村里静悄悄的，劳累了半天的人们都在休息。秦老八划了一上午麦地，却不肯休息，嘴里叼着一支纸烟，又蹲在貂棚里，静静观看那只临产的蓝宝石毛色的貂。天气暖和起来了，院里的槐树上长满新叶，满院子是花花搭搭的阴凉。

　　水貂，这种原产美洲、皮毛珍贵、黄鼬似的小动物，在那养鸡养兔都不许可的年代，这一带农民不知道它为何物。几经折腾，人们好像忽然明白了，鸡能下蛋，兔能卖钱，貂皮可以出口换取外汇，养一养这些东西并没有什么危害。于是人们就养起来了。

　　秦老八养着十只貂，存折上趴着怎样一个数字，谁也不清楚，人们只知道他抖起来了。老爷子年近古稀，面如红枣，背似巉岩，疏疏朗朗几根花白胡子，身体保养得相当好；一身黑色华达呢夹裤夹褂，洁白的夹布袜子，新做的厚底纳帮双梁鞋，颇有一种古朴庄重的乡村长者风度。人们说，自从变了穿戴，他的脾气也变了。去年冬天一横心，每年向孩子们征收的七十块钱生活费全赦免了，对人也有笑容了，说话行路也不再是从前那种横眉冷目的样子。可是这两天，他的笑容消失了，瘦长的脸上又罩了一团雾；无论是黄家院的人，还是秦家院的人，一律懒得理睬。

"八爷，吃了么？"

秦老八正在用心看貂，不知什么时候来了一个人，站在他背后说。他没有回头，一听嗓音便知是谁，从衣袋里摸了一支纸烟，从肩上扔过去。那人两手一捧，准确地接住了，然后对着秦老八的后脑勺儿笑了一下。

这人也姓秦，外号秦琼，人们说他不是瓦岗寨上的秦琼，而是秦琼卖马时的秦琼。他有三十多岁年纪，矮个，黄脸，眼泡有些浮肿；刚刚脱了棉衣，就披了一件灰不灰、黄不黄的单褂子，肩上、肘上缀着厚厚的补丁；那两只又脏又破的黑布鞋更有特点，一只色深，一只色浅，显然不是一双。——正如人们所说，他当了这么些年生产队长，除了睡觉可以记工，多吃了队上一些粉条什么的以外，并没有捞到更多的好处。

"八爷，我听说你这里下貂了，是么？"秦琼点着烟说。

秦老八叹了一口气，没有言语。前天中午他的一只黑貂产了四只仔貂，一只也没有成活。这时候，他望着眼前这只身子一天笨似一天的貂，很怕发生类似的事情。

"糟蹋了！"八奶奶听见有人提起那伤心事情，从里屋扭搭扭搭走到外屋，两手撑住门框说，"全糟蹋了！"

秦琼一惊，努力睁大浮肿的眼睛：

"哎呀，怎么就糟蹋了呢？"

"老貂踩死了两只，另外两只，平白无故地没有了！"

"没有了以后呢，那老貂拉黑屎么？"

八奶奶想了一下，说：

"拉！"

"那屎亮么？"

"亮！"八奶奶怕记错了，向老伴说，"喂，亮么？"

"吃了！"秦琼不等秦老八回答，断言说，"老貂把小貂吃了！八爷，前天中午，你听见屋后响了一枪么？"

秦老八抬起头来，望着秦琼那变幻不定的脸色。他想起来了，前天中午那貂生产不久，屋后确实砰地响了一声，随即一群麻雀从院里飞过去，落在门外的田野上。

"吃了吃了！"秦琼摇晃着脑袋说，"老貂下了小貂，最怕惊吓，一受惊吓就要吃仔。吃了，毫无疑问地是吃了！"

秦老八惊异地张大眼睛，想不到他也掌握养貂技术，于是又扔过一支烟去。其实，莫说养貂，家中如果没有那个勤快女人，只怕他连自己也养不活。这两天，得到秦老八死貂的消息，他什么活也不做，走访了好几个养貂人家，才得到这么一点知识。

"那一枪，是谁打的？"八奶奶急问。

"反正不是我。"

"是谁？"

"不要问了，不利于团结。"秦琼说着，转身要走。

"回来！"八奶奶喝住他，"到底是谁？"

他淡淡一笑，走到秦老八面前，用脚尖在地上划了一个字。八奶奶不认字，可偏偏认得这个字：

"黄……"

"黄大令。"

"是他？"八奶奶眼珠一定，陡地变了脸色。

呸，呸，呸，秦老八也变了脸色，嘴里飞快地吐起唾沫。其实他嘴里并没有唾沫吐出，只不过是舌尖巴住上嘴唇，狠狠地吹几口凉气儿而已。

秦琼闪在一旁，心里暗暗高兴，斜着眼珠观察秦老八的表情。秦老八是个烈性人，他的这个动作一旦发生，紧接着就要采取暴烈行动，就像关老爷一睁眼就要杀人一样。

原来，他们村有两大姓，一个秦姓，一个黄姓。记不清是哪一年了，为了房角地沿的事情，秦黄两姓爆发过一次战争，从此黄家院的人们再也听不得一个"秦"字，秦家院的人们再也听不得一个"黄"字。在秦姓中，秦老八辈分最大，出身最好，斗争也最坚决。例如1967年的春天，秦琼从城里串联回来，兴高采烈地向他报告消息："八爷，全县分成两大派了，一派是军管会，一派是五〇一，咱们站在哪一边！"他张嘴就说："咱们当然站在毛主席正确路线一边！"秦琼说："两边的传单我都找到了，咱们开个会吧，看看哪边代表毛主席的正确路线！""甭费那洋劲。"他斩截地说，"黄家院站哪一边？""他们站五〇一……""咱们站军管会，军管会代表毛主席的正确路线！"于是，秦黄两姓各做各的袖章，各造各的旗帜。又如1968年的夏天，黄家院一个院子碰坏了他门口一棵小树，赔树不行，赔钱也不行，老爷子非要那孩子的大人吐一口唾沫把那折断的小树粘上不可，于是发生了一个不大不小的流血事件。秦老八虽然就是这么一个水平，但在组织秦家队伍、打击黄家力量、维护秦琼在队上的领导地位的斗争中，却发挥了至关重要的作用。可是去年选举，形势一下发生了变化。选举的那天晚上，人们对秦琼格外客气，格外尊重，首先对他做了充分的肯定。大家说他担任队长这么些年，大大辛苦了，从来没有撂过挑子，从来没有闹过情绪，副业上赔光了也不悲观，社员们讨饭吃也不灰心，真是十年如一日，小车不倒尽管推，等等，等等。秦琼正自咂摸这些话的味道，黄大令的父亲竟在一片热烈的掌声中发表了自己的治队纲领。人们说他讲话水平不高，领导生产水平不低，相信他能带领大家过好日子。从此，这个拙嘴笨舌的东西，竟然变成队上的人物了，竟然常常和支书大队长一同说说笑笑去开会，一同去住县里的招待所，一同去吃招待所里的四个盘子！

　　秦琼长这么大，挨过饿，受过穷，却没有受过这种冷落！他中学毕业以后，回到村里，恰巧碰上那云天雾地的年代。正如人们所说，他没有给人办好事的本领，也没有作大恶的气魄，那时候无非是领人们喊一喊口号，贴一贴标语，打一打嘴仗。后来村里实现了大联合，两派共同掌权，一碗水才端平了：黄家院的人们从秦家院揪一个"阶级敌人"，秦家院的人们也要想法儿从黄家院揪一个"阶级敌人"；黄家院有一人当了干部，秦家院也要有一人走到领导班子里去。在这种情况下，他由小队读报员变成了大队广播员，由大队广播员变成了大队理论辅导员，由大队理论辅导员变成了小队政治指导员，后来变成了生产队长。前进的步子虽然不大，也总是天天向上的。如今变成了社员，心里很不受用，大队的喇叭上喊一次新队长的名字，他心里冒一次火。秦老八呢，新队长当选时虽然没有鼓掌，可是也没有吐唾沫。秦琼看出来了，秦家院的人心散了，秦老八的心思也变了。如今他心里只有三件事：一件是那一亩二分迟早要被雹子砸坏的责任田，一件是这几只该死的貂，一件是刘兰芳的评书。但是秦琼并不灰心，天天听着、看着、等着，总希望哪一天队上发生一点什么事情才好，比如谁和谁打一打、吵一吵什么的。吵一吵有什么用？没有用。十几年的斗争生涯，培养了一种特别的爱好。他爱好看吵架，爱好看人们闹分离，爱好看两口子打离婚，开会爱好听人挨吹，看戏爱好喝倒彩。哪个演员露了丑，吱吱地吹几声口哨，嗷嗷地喝几声倒彩，他心里就无比痛快，才觉得那两角钱没有白花。落选一年的光景，他一直是拿着看戏的架子的……

"谁？那一枪是谁打的？"他等了半天，却等到这么一句话。八奶奶好像耳聋，刚才没有听清。

"黄大令！"

"真的？"

"我亲眼看见的！"

"你小子要哄我呢？"八奶奶紧眯着眼睛，钉子一般盯着他。

唉，八奶奶那眼光真叫他伤心！如今不只在外面，在家里也是这样，无论他说什么话，他的女人也是用这种眼光盯他。妈的，秦琼卖马的时候，威信也不至于这么低！

"八爷，今天我要有半句假话，我是貂下的！"他几乎要哭了。

唉，秦老八的态度更叫他失望！嘴里吹了几口凉气儿，他的脸色又复原了，垂下眼皮忖量着什么，好像睡着了一般。

秦琼只好耐心等着，显出一种百折不挠的样子。四下里很安静。等了很久，只听见谁家院里的鹅哈哈大笑似的叫了两声。他实在忍不住了，弯下腰，嘴巴刚刚对准秦老八的耳朵，忽然听见街门那里有人嚷道：

"你，吃饭不吃，下午该浇麦地了！"

他回头一看，原来是他的女人，命令道：

"回去！"

女人一点也不怕他，依然站在那里，冷冷地盯着他。十余年如一梦，她从他的嘴里听了不少"革命理论"，定睛一看，自己身上仍然是那件结婚时的褂子。如今她一看到别人家那些打扮得花枝招展的媳妇们，就想和他生气。这两天，他什么活都不做，她知道他在用什么心思。

秦琼知道女人已经不怕自己了，也就不再下命令，嘴巴自管对着秦老八的耳朵唧咕什么。唧咕了一会儿，女人忽然说：

"八爷，甭听他，真假难辨！"

"那一枪，你敢说不是黄大令打的？"秦琼怒目而视。

"是！"女人气昂昂地走过去。她说，那天中午，她看见黄大令肩扛一杆火枪，手提一串打死的麻雀，到处转悠。——那孩子实在是打雀玩的。

"打雀？"秦琼冷冷一笑，"他为什么不在他的屋后打雀，而偏偏要在八爷的屋后打雀呢？他为什么不在平常日子打雀，而偏偏要在八爷这里下貂的日子打雀呢？他为什么……"

啪一声，女人响亮地拍了一个巴掌，两手一摊，说：

"这不是真假难辨的事么！八爷这里下貂，贴告示来吗？"

"贴告示？"秦琼眼珠一转，"谁家下貂贴告示？"

"八爷这里下貂，外人怎么晓得？"女人解释。

其实，不用解释，她的意思十分明白。但是秦琼积多少年大辩论的经验，抓住对方这样的话，只有穷追不舍，才能克敌制胜。他摇晃着脑袋说："休要狡辩，你就说谁家下貂贴告示！"

女人辩他不赢，心里一急，扑上前去，大声说：

"你能言，你善辩，你是英雄！你领导我们打了十年架，得到什么好处啦？着急、上火、尿黄泡，一年吃二百六十斤口粮！我告诉你，下午该浇麦地了，从前的工夫是队里的，如今的工夫是自己的！"

说着，抓住他的胳膊，一定要拖他回去。

"滚！"秦琼胳膊一甩，骂道，"八爷死了貂，心里正悲痛呢，你倒张牙舞爪地火上加油！你晓得不晓得，春天的仔貂，到了小雪就能扒皮，一张貂皮八十块钱，四张貂皮多少钱？他黄大令……"

"真假难辨！"女人嚷道。

"这不只是一个经济损失，更要紧的……"

"真假难辨！"女人又嚷了一声。

秦琼气极了，一跺脚，"我叫你真假难辨！"顺手抓起一把小铁锨。女人急忙一躲，躲到槐树后面，秦琼就去追赶。于是，两口子围着那槐树转起来，正转三遭，倒转三遭，大约转了七八遭，秦琼听见秦老八庄严地咳嗽了一声，才罢了手。女人跑到街里去，隔着墙头又扔过一句：

"真假难辨！"

"更要紧的……"秦琼喘着气，蹲在秦老八面前唧咕着。

秦老八仍然垂着眼皮，考虑着他的行动方案。那一枪的确是黄大令打的，这已经得到证实。关键在于一个说那孩子是打雀玩的，一个说那孩子是故意给他吓貂的，两种说法都可以信，都可以不信，因为谁也没有钻到那孩子心里看看去。再说自己这里下貂，那孩子怎么晓得呢？可不是真假难辨……

"孩子不晓得，大人呢？"秦琼看出了他的心思，努力地唧咕着……

呸，呸，呸，秦老八听着听着，嘴里忽然又吹起凉气儿。显然，他被秦琼的什么新的论据激怒了。秦琼望着他的脸，唧咕得更热烈了，一会儿蹙眉，一会儿咧嘴，一会儿拍巴掌，一会儿翻白眼，表情十分丰富。可是，秦老八吹了几口凉气儿，仍然没有行动。他点着一支烟，慢慢吸着，两道灰白长眉一松一紧地四下张望着。他朝天上看看，蓝蓝的天空没有一丝云，湖水一样明净；他朝门外看看，麦苗拔节了，菜花开得正好，远山近树，柳暗花明，田野上更显得宁静和平。天上地下看了一回，他的目光落在秦琼的脚上……

"八奶奶！"秦琼看他实在不好发动，希望得到八奶奶的声援。抬头一看，八奶奶不知什么时候从门框中间消失了，到屋里去歇息。

"八爷，我们找他去！"秦琼再也不能等待，猛然站起来，"我们不找那孩子，我们找他的大人去！党中央号召我们发财致富，他却支持他的孩子破坏我们的养貂事业，这是什么问题！经济损失无所谓，破坏党的政策不行！八爷，我陪你去，秦家院的人没有死绝！走啊，八爷……"说着，拉住秦老八的手。

秦老八吐了一口气，终于站起来，牵着秦琼的手慢慢朝外走去。秦琼心里自是欢喜，一边朝外走，一边讲"树欲静而风不止"的道理。哪想走到街门口上，秦老八站住了，轻轻一推，把他推出去。他一回身，秦老八的身子已经挡住那半开半掩的栅栏街门。他瞅着他的脚，细细研究了一会儿，摇头一笑，客客气气地说：

"滚蛋吧，有这闲工夫，你喂两窝小兔，弄个钱，把这两只鞋换换不好？"

说完，啪一声，关了那栅栏街门。秦琼抓耳挠腮还想说一点什么，但是可惜，他看见秦老八又走到貂棚里，蹲下，静静观看那只临产的蓝宝石毛色的貂。

村戏

在我们这一带农村，每到正月，村村都有一点叫人欢乐的东西。东关的高跷，西关的架鼓，南关的龙灯，北关的旱船，都是很活跃的。我们村有一台河北梆子戏，场里地里收拾干净，人们就喜气洋洋地传开消息：

"咱村的剧团今年要排新戏啦，《穆柯寨》带《辕门斩子》，新年开戏……"

可是，办一个业余剧团，和开展其他业务活动一样，并不那么容易。我们村从前也办过俱乐部，也有几个戏迷，但那时候村里穷，一切因陋就简，演员们的情绪很低。比如那年排演《智取威虎山》，买不起斗篷和靴子，少剑波和他的小分队每人只好披一个棉花包，穿一双夹布袜子代替。有一次演出，杨子荣打虎上山的时候，一抬脚，夹袜子掉了，他把马鞭一摔，当场就闹起情绪，结果也没有打成虎。如今村里公益金多了，干部们一发狠，给剧团买了新装，打了新箱，但是又发生了新的问题。眼看到了腊月，四乡的鼓声、钹声、唢呐声已经响起来了，我们村俱乐部里还没有动静，村里的人们都很着急。

我们村俱乐部在村南口一片空地上。一座露天舞台，舞台后面是一排新屋，那是排戏的地方。这天黑夜，演员们又集合在一起，等了很久，打大锣的老鹤大伯把锣槌一摔，终于生气了：

"今年的戏，我看是唱不成了！"

在这群年轻人里，老鹤大伯德高望重，最有资格发脾气。这台戏，是在五十年代初期，他和村里几个好事人每人捐一布袋花生、一布袋芝麻兴办起来的。他一摔锣槌儿，大家也生气了，纷纷说：

"这个元合，什么时候了，还不露面！"

"人家忙，时间宝贵。"

"如今谁不忙呀，明天我们也不来了！"

唯有"后台主任"双喜，一点也不生气，圆圆的脸蛋上依然挂着笑。这孩子很忠厚，但是心笨一点，唱戏没有嗓子，翻跟头怕挨摔，老鹤大伯开始让他学打板鼓，又常常出差错，于是他便自己封了自己一个"后台主任"做。排戏的时候，他负责叫人、烧水、扫地；演出的时候，他负责装台、卸台、看大衣箱。别人不爱做的事，他都做。这时候，他见大家挂了火，好像自己没有尽到责任似的，慌忙说：

"你们练着，我去叫。"

"哎呀，小涓呢？"双喜刚要走，一个姑娘惊叫。

"刚才不是还在吗？"双喜站住说。

"散伙吧，唱不成了！"老鹤大伯黑着脸，赌气走了。

小涓是剧团的主演，扮演穆桂英的。大家见她走了，感到问题严重，一齐望着小乐说：

"明天呢，明天晚上还集合吗？"

小乐是演丑角的，兼任团长，在《穆柯寨》中扮演穆瓜。听说小涓走了，他倒高兴起来，眨眨小眼睛，以穆瓜的身份说：

"集合！我们姑娘擒得了杨宗保，擒不来元合吗？"

大家明白了，一齐笑着说：

"老鹤大伯的工作谁去做？"

"我做。"双喜说，"明天我去做。"

　　大家说笑了一阵，就散去了。

　　小乐没有猜错。小涓听着大家的议论，觉得很刺耳，悄悄出来朝元合家走去。

　　小涓是元合的什么人？什么人也不是。他们在谈恋爱吗？没有。小涓才二十岁，心很静，除了关心责任田里的棉花，一心迷恋着学戏。从外表看，也不像是演员，平时很少说话，走路轻轻的，倒像一个安静的大学生。可是一上舞台，她就变成另外一个人了，唱念做打，手眼身法步，都不错。她不但每天坚持喊嗓、练功，说话想事情，也爱模仿剧团人们的样子。有一次，姑姑说她快到找婆家的年龄了，问她要什么条件，她想起剧团里的坤角们找对象时，不是找打板鼓的，就是找拉大弦的，于是，她脸一红，嘴里竟迸出一句："我要个打板鼓儿的吧！"

　　这话一定是姑姑传了出去，村里人都知道了。在俱乐部里，元合就是打板鼓的。假如元合老一点，丑一点，人们也不会有什么猜想。偏偏那元合，只比她大两岁，生得和她一样清秀，一样聪明。他们都是回村的中学生，都是团员，从小又都爱好文艺活动。这两年，元合家养蜂、养兔、搞编织，又变成了村里的富户，这就招来一些闲话。那些闲话，虽然不断撩逗着他们的心，但是他们并没有吐露过什么。

　　小涓走在路上，并不那么生气。腊月里，正是赶集做买卖的好时候，元合一定在忙着编锅帽儿吧？他手巧，一把菅草，几片秫秸眉子，在他手里拧一拧，就变成漂亮的锅帽儿了。他编的锅帽儿，一个人站上去，压不扁。这样的锅帽儿拿到集上，小的卖两三块钱，大的卖五六块钱哩。她和戏上那些小姐们不同，她不嫌贫，但爱富，她希望元合多编一些锅帽儿，编得越多越好。

　　元合没有编锅帽儿，今天他到石家庄去来。小涓来找他的时候，他正躺在沙发里，闭着眼休息。他瘦了，脸色有些发黄，一副很疲倦的样子。

"喂，醒醒！"小涓叫。

元合睁开眼，见是小涓，赶忙站起来说：

"小涓，坐下，新打的沙发！"

小涓坐在另外一只沙发里，颤颤身子，觉得很新奇。几个月不来，屋里变得更漂亮了，新吊的屋顶，新刷的墙壁，迎门放了一个米黄色立柜，也是新的。她笑了说："哈，几天不来，屋里变得亮堂堂的啦！"

"穷凑合。"元合摇头一笑，又躺在沙发里。

"大家等你好几天了，明天能去吗？"小涓问。

"涓儿，是涓儿吗？"元合还没回答，元合娘悄悄进来了，满脸是笑。这个小巧的女人，平常说话很响亮，半条街能听到，可是一到小涓面前，一言一笑就变得悄悄的了，显得很文雅。

小涓并不喜欢这位大婶。从前过穷日子的时候，她半月不梳一次头，不洗一次脸，比谁都可怜；如今刚刚过上好日子，对人说话就有一点骄傲气色，她更不喜欢她那斜眼看人的样子。

"大婶，还没睡？"小涓站起来说。

"没哩，坐吧。"

"大叔哩？"

"到县里开会去了，劳动发财光荣会，听说还发光荣证儿哩。"她笑弯着眉，从立柜里拿出一堆花花绿绿的东西，悄悄说，"涓儿，我正想找个懂眼的人看看哩，这是几个缎子被面，这是两身衣裳料子，元合今天办的货儿，你看颜色可以吗？"

"可以。"小涓说，"给谁买的？"

"元合大啦，以后谁进咱的门子，就是给谁买的呗！"说着，终于失了控制，嘎嘎嘎地大笑起来。

小涓脸一红，低下头，不再看她。她两腿一盘坐在炕上，斜着眼说：

"涓儿，今年还演戏吗？"

"演。"

"唉，那也是苦差！天天黑夜熬自己的眼，浪费自己的嗓子，大队支持吗？"

小涓说，大队非常支持。今年大队花了不少钱，给他们买来新戏装；又说他们演戏是为了活跃大家的文化生活，今年大队要给他们一定报酬。排一黑夜戏，每人记两分；白天社员们干活的时候，他们如果需要排戏，也给记工。

元合眼睛一亮，忙问：

"白天，社员们歇工的时候，我们排戏记工吗？"

"那不记。"小涓说，"大家不让我们吃亏，我们也不能超过大家去。"

"你呢，你排一黑夜戏，也记两分？"

"是呀。"

"那么，跑龙套的呢，跑一黑夜龙套，也记两分？"

"一样。"

"拉板胡的和拉二胡的，也没差别吗？"

"没有。"

"说了半天，咱们还是吃大锅饭呗！"

元合身子向后一仰，又闭上眼睛。小涓看了他一眼说：

"是的。打鼓的、打锣的、打钹的、打小锣的，都一样。演戏是业余活动，也是自己的爱好，分不了那么清楚。——明天，你去不去呀？"

"去。"元合赶忙笑了，"我不去，能开戏吗？"

小涓也笑了。她的语气一变，元合就打起精神，她感到了一种满足。

夜深了，四乡的鼓声、钹声、唢呐声已经平息下去；只有一个横笛声，从遥远的地方飘过来，听得很清晰。那是外村俱乐部在排戏吧？

小涓躺在炕上，听着那清亮的笛声，心里很高兴。她悄悄地做好了一件工作，明天黑夜，他们就可以响排了。她一合眼，村里开戏了，她把那粉红色新靠一披，七星娥子一戴，雉鸡翎一插，生龙活虎一个亮相，台下的乡亲们一齐给她喝彩；孩子们站在房上，爬在树上，也在给她喝彩。新年新岁，多少人需要看她呀？想到这些，她心里甜甜的，就像棉花获得丰收，领到超产奖金时一样快乐。

　　"俱乐部的同志们请注意，吃过早饭，到俱乐部里集合……"

　　清早，喇叭里的广播声把她惊醒，是小乐的声音。打开窗帘一看，院里一片银白，原来夜里偷偷下了一场大雪，梅花大的雪片还在飘落着。这样的天气，正好排戏。

　　小涓在家享有特殊的待遇。父母兄嫂觉得有她这么一个女儿、一个妹妹，很光荣，家务活从来不要她做。娘和嫂子在屋里做饭，她和平常日子一样，穿一身浅蓝色绒衣，一双白力士鞋，在院里扫开一片雪，练起功来。踢腿、下腰、玩枪花儿、舞剑，那柔美的身姿，像雪地里的一棵青竹、水上的一只紫燕……

　　吃过早饭，她高高兴兴来到元合家里。元合娘一见她，笑弯了眉说：

　　"涓儿，你自己去吧，元合今天不能去啦。"

　　小涓眉毛一蹙，瞅定元合：

　　"昨天黑夜，你怎么说的？"

　　元合躺在沙发里，脸色发黄，清早就是一副很疲倦的样子。他看了他娘一眼，迟迟疑疑地说："我肚子不好……"

　　可是小涓看见，外面屋里放了一些菅草和秫秸眉子。她愣了一下，再没有说什么，转身就走。

　　"小涓，你等等……"

　　走到影壁前面，听见元合叫她。她站住了，冒着雪等他，但是听见他娘小声说：

　　"编你的锅帽儿吧！你们从小唱歌演戏，唱这个放光芒，那个放光芒，顶什么用？我看什么也放不了光芒，票子到了手里才放光芒哩。笑什么？没有票子，屋里能变得亮堂堂的吗？"

"昨天黑夜，我们说好了的……"

"傻小子，你看不见下雪吗？"

"我怕小涓……"

"人敬有的，狗咬丑的，你好好编锅帽儿，愁她不找咱？"

屋里发出一阵咕咕的笑声，元合也在笑！

小涓望着门外大雪，忽然明白了。昨天黑夜，难怪他要问社员们歇工的时候，白天排戏记不记工，他们的账算得真细！她听着那刺耳的笑声，真想跑到屋里去，冲他娘儿俩发一顿脾气。你编锅帽儿，你放光芒，那是你们自己的事，你提俺的名字干什么呢？但是，乡里乡亲，她没有那样做，她蹚着雪跑到俱乐部里去。

"元合呢，来吗？"大家一齐问道。

"不知道！"小涓冲着墙壁说，眼里好像挂着泪花儿。

大家你看我，我看你，不知道发生了什么事情。老鹤大伯把锣槌儿一摔："散伙吧，唱不成了！"又要走。

"回来！"小涓嚷了一声，竟向老鹤大伯发起脾气，"你老人家不要光摔锣槌儿，那是钱买的东西！这台戏是你们年轻的时候给村里留下的一点好事，到了我们手里，能散了吗？"

"是呀，"小乐说，"你们那时候，每人捐一布袋花生、一布袋芝麻，我们现在有公益金！"

"光有公益金不行，得有热心！"几个姑娘看出问题。

"我有热心！"双喜着急地说，"可是，谁打板鼓呢？"

"你打！"小涓冲口说。

双喜一下愣住了，大家也愣住了。谁都知道，小涓聪明伶俐，对人也有一点傲慢，嘴很冷。那年唱《柜中缘》，双喜打板鼓，因为出了两次差错，她便宣布如果不换打板鼓的，她就不演。双喜胆子小，气量大，他怕小涓真的不演了，就把自己的位置让给元合。从此小涓事事小瞧他，冷淡他，常常拿他取笑，他在小涓面前也就事事小心，小涓说："地脏啦。"他就赶忙拿笤帚；小涓说："渴死人啦。"他就赶忙捅火烧水。为打板鼓，小涓伤过他的心，现在他还肯打吗？

"我，我打不好……"双喜红着脸说。

"瞎打！"小涓命令说。

双喜苦笑了一下，望着老鹤大伯说：

"那怎么行呢？板鼓是乐队的总指挥，打锣的、打铙的、打小锣的，全看着两根鼓扦子哩，我打乱了，就全乱了……"

老鹤大伯朝前一站，黑着脸说：

"乱不了。我们有经验，你打你的，我们打我们的，我们不看你就是了。"

"那，干脆不要打板鼓的算啦，我们的戏又不卖票……"

"不行！"小涓坚决地说，"我们不只在本村演，还要到外村去演，没有打板鼓的，那是什么影响？"

大家一致同意小涓的看法，纷纷说：

"是呀，唱戏不能没有打板鼓的！"

"双喜别谦虚啦，瞎打吧！"

"我……"双喜用手挠着后脑勺，嘻嘻笑了，"我还是当我的主任吧……"

"傻小子！"小乐忽然跳到他跟前，以穆瓜的身份说，"我们姑娘叫你打，那是我们姑娘看得起你，你不要不识抬举！"

说着，眨眨小眼睛，大家哄地笑了。姑娘们笑得弯下腰，老鹤大伯笑得背过身去，扮演孟良、焦赞的两个小伙子，故意放开大花脸的嗓门。小涓忽然想起什么，脸一红，照小乐身上狠狠打了一马鞭子，大家笑得更响亮了。

双喜不明白大家为什么要笑，抹一把脸上的汗，和谁斗气似的说：

"打！我们有什么本领呢，不就是会演几出戏吗？乡亲们一年到头用不着我们，正月里，大家等着看戏哩，我们能晾了台吗？

打不好，练，练不好我还老鹤大伯的花生和芝麻！"

"哎呀，别说啦，火快灭啦！"一个守着煤火的姑娘，向双喜嚷道。

双喜刚要去添火，小涓走过去，拿走火铲儿，啪地摔在那姑娘脸前：

"火快灭啦，你没长着手吗？"

大家看着她那认真的样子，又掀起一次笑的高潮。那姑娘并不生气，亲切地望了双喜一眼，也跟着笑起来。

双喜到底不明白大家为什么要笑，他见大家做好了排戏的准备，便坐到自己的位置上去，一定神，一运气，一个"急急风"开过，"大发点"的曲牌子响起来，穆桂英要"坐帐"了。

花生

　　小时候，我特别爱吃花生。街上买的五香花生、卤煮花生，我不爱吃，因为它们是"五香"的、"卤煮"的。我爱吃炒花生。那种花生不放作料，也不做过细的加工，那才是花生的真味。

　　然而这种花生，城里很少见卖。只有在冬天的晚上，城外的一些小贩，挎着竹篮进城叫卖：

　　"大花生，又香又脆的大花生……"

　　那诱人的叫卖声，弄得我睡不着觉。父亲便去叫住小贩，买一些给我吃。晚上吃了，早起还满口的清香。

　　也许是从小就爱吃花生的缘故吧，我二十一岁上，县里动员知识青年下乡插队时，我愉快地报了名，来到全县有名的"花生之乡"——梦庄。

　　我们来到梦庄，正是收获花生的季节。队长肩上背着一个小闺女，领我们安置好了住处，对我们说：

　　"今天晚上招待招待你们。"

　　"怎么招待？"我们问。

　　"你们城里人，爱吃山药，焖一锅山药吃吧？"

"不，"我说，"我们城里人，爱吃花生。"

"对，吃花生，吃花生。"同伴们都说。

"吃花生，吃花生。"小闺女拍打着他的光头，也说。

"哎呀，那可是国家的油料呀……"队长牙疼似的吸了一口气，终于说，"行，吃花生就吃花生。"

队长三十来岁，人很老诚，也很温和。不论做什么事情，他的肩上总是背着那个小闺女。那闺女有五六岁，生得又瘦又黄，像只小猫。房东大娘告诉我，队长十分娇爱这个闺女，她是在他肩上长大的。

晚上，队长背着闺女，来到我们的住处。保管员也来了，背着一筐花生和一布袋头沙子。我们点着火，他先把沙子放到锅里，然后再放花生。他说，炒花生，其实不是靠炒，而是靠沙子"暖"熟的。如果不放沙子，干炒，花生就会外煳里生，不好看，也不好吃。

花生炒好了，放在一个簸箕里，我们坐在炕上吃起来。那闺女坐在我们当中，眼睛盯着簸箕，两只小手很像脱粒机。

那花生粒大色白，又香又脆，实在好吃。我们一边吃着，不由得赞美起这里的土地。队长听了很高兴，说是村北的河滩里，最适合种花生了，又得光，又得气，又不生地蛆。早先，花生一下来，家家都要收拾一个仓房，房顶上凿一个洞；收获的花生晒在房上，晒干了，就往那洞里灌。一家藏多少花生？自己也说不清。

正谈得高兴，"哇"的一声，那闺女突然哭起来。我很奇怪，赶忙拣了一颗花生，哄她说："别哭，吃吧，给你一颗大的。"

哄不下，仍然哭。

"你怎么了？"我问。

她撇着小嘴儿，眼巴巴地望着簸箕说：

"我吃饱了，簸箕里还有……"

我心里一沉，再也吃不下去了。平时，梦庄对于这个闺女，是太刻薄了吧？

那年，花生丰收了，队里的房上、场里，堆满了花生。我一看见那一堆堆、一片片的花生，不由就想起了闺女那眼巴巴、泪汪汪的模样。一天，我问队长：

"队长，今年能不能分些花生？"

他说："社员们不分。"

"我们呢？"

"你们还吃油不？"

"吃呀。"

"吃油不吃果，吃果不吃油。"

和社员们一样，我们每人分了一斤二两花生油，没有分到花生。

第二年春天，点播花生的时候，队长给我分配了一个特殊的任务。上工后，他让社员们站在地头上，谁也不准下地，然后让我和保管员拉上小车，带上笸箩，到三里以外的一个镇子上买炸油条去。买回油条，他对社员们说：

"吃，随便吃。"

吃完油条，才准下地。我问他为什么这样做，他说：

"你算算，吃一斤油条四毛六分钱，吃一斤花生种子多少钱？再说，花生是国家的油料呀！"

"这个办法是你发明的？"我问。

他笑了一下，没有回答，笑得十分得意。

这样做了，他还不放心。收工时，他让我站在地头上，摸社员们的口袋。我不干，他说我初来乍到，没有私情，最适合做这项工作。

社员们真好，他们排成一队，嘻嘻哈哈地走到我面前，乍起胳膊让我摸，谁也不在乎。

就在那天晚上，我正做饭，忽然听到东南方向有一个女人的哭声。正想出门去看，我的同伴跑来了，气喘吁吁地说：

"快走，快走！"

"哪里去？"

"队长的闺女死了！"

我一震，忙问：

"怎么死的？"

同伴说，队长收工回去，看见闺女正在灶火前面烧花生吃。一问，原来是他媳妇收工时，偷偷带回一把。队长认为娘儿俩的行为，败坏了他的名誉，一巴掌打在闺女的脸上。闺女"哇"的一声，哭了半截，就不哭了，一颗花生豆卡在她的气管里。

队长家的院里，放着一只小木匣子，木匣周围立着几个乡亲。队长夫妇不忍看闺女出门，躲在屋里低声哭泣。黑暗中，谁说：

"钉盖吧？"

"钉吧。"

正要钉盖，"等等。"闺女的姥姥拐着小脚，从厨房屋里走出来。她一手端着油灯，一手攥了一把锅灰，俯身把那锅灰抹在闺女的脸上……

"你，你这是干什么？"我把她一搡，愤怒地说。

她也流着泪说：

"这闺女是短命鬼儿。这么一抹，她就不认识咱了，咱也不认识她了，免得她再往这里转生。"

那天黑夜，我提着一盏马灯，乡亲们抬着那只小木匣子，把一个早逝的、不许再"转生"的生命，埋葬在村北的沙岗上。

一连几天，队长就像疯了一样，不定什么时候，猛地吼一声：

"我瞒产呀！"

"我私分呀！"

"我……"

可是，一直到我离开梦庄，一粒花生也没私分过。

现在，我和梦庄的乡亲们，仍然保持着来往。每年花生下来，他们总要送一些给我。我看着他们送来的花生，心里很是高兴，庆幸他们终于结束了"吃油不吃果，吃果不吃油"的时代。

　　可是，每当吃了他们的花生，晚上就要做梦。梦见一个女孩子，满脸锅灰，眼巴巴、泪汪汪地向我走来。我给她花生，她不要，只是嚷：

　　"叔叔，给我洗洗脸吧……给我洗洗脸吧……"

　　我把梦中情景，告诉了老伴，老伴说：

　　"那个女孩子，就是队长的闺女。你把这个梦，跟队长说说吧，让他买一些纸，给孩子烧烧。"

　　我是唯物主义者，当然没有那么做。但是我却希望那个受了委屈的小魂灵，回到梦庄去，让梦庄的人们都做这样一个梦。

　　　　　　　　　　　　　　　　　　　（梦庄记事之一）

老路

　　队里的那头黄牛不行了，别说干活，路也走不动了。中秋节的前几天，队委会决定杀掉它，给社员们分一点牛肉。

　　可是，队委会决定这件事的时候，指导员老路没有点头，也没有摇头。在生产队里，指导员是一把手，他的态度暧昧不明，别人不好下手。一天晚上，队长让我去问问他，那头牛到底杀不杀，要杀，几时杀。

　　老路五十多岁，矮个子，黑胖子，说话没有标点符号，人们都有些怕他。但他和我十分友好，有时甚至形影不离。他整人时，需要我写定案材料；他挨整时，需要我写检查材料。他说我是他的"私人秘书"。

　　来到他家，他刚刚吃过晚饭，正在屋里听"小喇叭"。我问：

　　"老路，那头牛，到底杀不杀？"

　　"顾不上顾不上顾不上！"

　　他很烦躁。看那表情，听那口气，似乎是不想杀，不忍杀，又似乎是确实顾不上杀。——当时，阶级斗争吃紧，白天黑夜忙着专政。

　　我望着他的脸色，报告牛的近况：它不吃草了，不喝水了，一天比一天瘦下去了……他直着眼睛，正在踌躇，院里忽然响起一阵紧急的脚步声：

"路大叔，他跑啦！"

两个民兵的声音。

"谁？"

"路大嘴！"

"快去捉快去捉！"

两个民兵答应着，去了。

路大嘴是个富农分子。有一天，两个孩子当着老路把他一指："他说反动话来！"于是，老路就忙起来了：攻心，审讯，批判，斗争。路大嘴身上脱了一层皮，老路熬红了两只眼。

老路红着眼，挽挽袖子，紧紧腰带，已经进入了战斗的状态。我赶忙问：

"老路，那头牛……"

院里，又响起了紧急的脚步声：

"路大叔，捉住啦！"

"押到老地点！"

老路说着，脚一甩，甩掉了两只粗布鞋，换上一双大头皮鞋。那皮鞋很破旧，很笨重，鞋底上钉着几块铁掌。——那是"清队"刚刚开始的时候，他从旧货摊上买来的。他说，穿上这种鞋，不但能直接地打击敌人，光是那咯噔咯噔的响声，也能起到震慑敌人的作用。

生产队办公室里，一张桌子，一把椅子，五百度的电灯泡子。路大嘴低着头，站在中央，其他七个四类分子站在两旁——一人犯事，七人受株，这是老路一贯的政策。

老路坐定，审讯开始了：

"路大嘴！"

"有。"

"你为什么要跑？"

"我……"

"说！"

"我怕挨打……"

"放屁！"

老路一拍桌子，猛地站起来了。路大嘴赶忙改口说：

"思想反动。"

咯噔，咯噔，咯噔，老路倒背着手，围着路大嘴转了三遭，又问：

"路大嘴！"

"有。"

"你还跑不跑？"

"不跑了。"

"你还想跑不想跑？"

"不想了。"

"放屁！"

"想。"

"我叫你想！"老路大喝一声，一脚踢在路大嘴的胯上。路大嘴个子高，噗通一声，很像倒了一堵墙！

接着是四个项目：

请罪。——向毛主席请罪。

驮坯。——背上压三个坯，站两个小时。

互相帮助。——八个四类分子，互相打耳光子。

罚跪。——不是跪在地上，而是跪在墙头上。

做完这些事，已是后半夜了。我没有忘了队长的委托，又问：

"老路，那头牛，到底杀不杀？"

没有回答。他望着天上的星星，站了很久，咯噔，咯噔，咯噔，走到院子东头的牲口棚里。饲养员睡熟了，他没有惊动他，悄悄地蹲在牛卧处。暗夜中，他伸长脖子，努力地看它；看了一阵，伸出手来轻轻地摸它。摸它的角，摸它的嘴，摸它的背……
摸了一阵，一滴冰凉的大泪落在我的手上：

"不杀。"

"养着？"

"不，咱另想办法。"

早晨，社员们上工的时候，老路把牛牵到院里，让电工在牛
腿上装了一根电线；电线的另一头，接在办公室里的灯口上。安装
好了，他阴沉着脸，问大家：

"谁拉电门？"

"我拉。"一个青年说。

他瞅定他，问：

"你拉？"

"我拉。"

"我记得，你还是个'五好社员'哩，是吧？"

"是呀，我当了三年'五好社员'啦。"

"你好个蛋！"他猛地抬高嗓门，指着那头牛说，"它，给咱
干了二十年活啦，你他妈的有一点人心没有？"

那青年低下头，不敢辩驳。

"谁拉？"又问。没人言声。

"路大嘴来了没有？"

"那不是。"一个社员朝墙头上一指，路大嘴还在那里笔直地
跪着。

"下来，你拉电门！"

路大嘴从墙头上爬下来，一拉电门，那牛噗通倒下了。老路
赶紧闭上眼，皱紧眉，念咒似的对着牛说：

"不怨你，不怨我，都怨路大嘴这个坏家伙……"

"指导员，是你叫我拉的呀……"

路大嘴话没说完，啪啪啪！挨了三个大耳光："我叫你死，你
也死呀？"

牛死了。但是谁也不敢开剥，更不敢再提分牛肉的事。那牛

躺了三天，埋了。

这件事已经过去十几年了，可到现在我还常常想起那个杀牛的场面，常常想起那个"咯噔、咯噔"的声音。我一直想不明白，老路那样一个人，对牛，为什么那么爱，那么善，那么钟情？最近，临济寺来了一位老僧，我便向他请教。那老僧很有学问，儒、释、道，俱通。他听了这件事，闭着眼睛想了一下，说：

"人之初，性本善。路公亦然。"

可是，对人，为什么那么冷酷，那么残暴呢？据我所知，县、社、队，当时的哪一级领导，也不曾指令他买那么一双大头皮鞋呀。

（梦庄记事之二）

干姐

梦庄的媳妇有一个共同的特点：嘴臊。用今天的话说，就是语言不美。她们在一起干活的时候，或是奶着孩子在树凉里休息的时候，不是谈论哪个男人拈花惹草，就是谈论哪个女人招蜂引蝶。更有甚者，竟然赤裸裸地褒贬自己丈夫身上的东西。她们的丈夫并不在意，她们的公公婆婆也不责怪她们。于淑兰的婆婆曾经笑呵呵地对我说过这么一段话：

"我年轻时，嘴更臊。这是我们村的风俗，老辈子的流传。如今，我老啦，淑兰成了我的接班人儿啦，哈哈哈哈……"

在梦庄，于淑兰是个引人注目的媳妇。从外表看，她和她的婆婆大不相同。她很年轻，很俊俏，也很文静。尤其是走路的时候，下巴微微仰起，眼睛望着天，给人一种高不可攀的感觉。平时，她不爱说话，可是只要一开口，就是一颗"炸弹"。

她头一次和我说话，就是一颗"炸弹"。

那是一天上午，我和一群女社员在村南的麦地里撒化肥，想方便方便，就向远处的坏垛那里跑去。于淑兰尖着嗓子，忽然叫了一声：

"站住！"

我站住了。

"干什么去？"

我没理她。

"尿泡，是不？"

哄的一声，她们笑了。

"到底是城里的学生呀，真文明。"别人都笑，她不笑，一边干活一边说，"这里又没姑娘，净媳妇，我们什么没有见过？尿个泡，也值当跑那么远？想尿，掏出来就尿呗！"

麦地里，叽叽嘎嘎笑成一片，她们似乎得到了一种满足。

一个玩笑，一扫那种高不可攀的感觉。休息时，我凑近她说：

"你说话真粗。"

"可不是，我们吃的饭粗，说话也粗。"

"你们这样儿，男人不生气？"

"梦庄的男人都比女人老实。"

又是一片叽叽嘎嘎的笑声。

开始，我对这些女人曾经产生过一些猜疑。言为心声，莫非她们的作风下流？后来一了解，不是，她们冰清玉洁，品行端正，一个个都是好媳妇。

也许，梦庄的日子太枯燥了，她们喜欢谈论那些男女之事，就像我拉二胡，也是一种消遣、一种娱乐？

我猜对了。一个下雨的晚上，我在屋里正拉二胡，听见窗外有一种奇怪的响声。那声音一阵比一阵的繁乱，一阵比一阵的稠密，像是雨点儿击打着各种不同的东西。我开门一看，只见院里站着八九个社员，有的打着雨伞，有的戴着草帽，有的头上顶了一个簸箕。他们伸长脖子，一动不动地注视着我的窗口。雨水淋湿的脸上凝结着各式各样的笑容……我被他们的精神感动了，忙说；

"进来吧，进来吧。"

"不啦，不啦。"

他们讪笑着，似乎有点不好意思，踩着泥水散去了。

于淑兰没有走，她像一个天真的姑娘，一蹦三跳地来到我的屋里。她用一种好奇的眼光，看着那把躺在炕上的二胡：

"这就叫胡胡儿？"

"叫胡琴。"

"我拿拿它，行吗？"

"行，拿吧。"

她小心地拿起那把二胡，在手里掂了掂，立刻又放下了，很怕"拿"坏似的。我看她十分稀罕这件东西，就说：

"你拿吧。"

"不拿了，你再拉一个吧？"

"你喜欢听什么？"

"'天上布满星'吧？"

我又拉起来了。她侧身坐在炕沿上，眼睛盯着我的手指，听得十分认真。我拉完了，她好奇地看着我，就像刚才看二胡：

"你有这种手艺，怎么还到我们这个野地方来？"

"这不算什么手艺。"我说，"我们下来，锻炼来了。"

"多苦！"

"不苦。"

"多孤。"

"不孤。"

"你认了我吧？"

"认你什么？"

"干姐姐！"

我抬起头，望着她那一双亲切的眼睛，心里生起一种难以名状的感情。在异乡，在举目无亲的异乡，一个年轻的女人，愿意和我亲近，我感到很温暖，很幸福。她虽然只是想做我的干姐，而不是别的。

我说行。

"那你叫我一声。"

"干姐姐。"

"不行，去了'干'字。"

"姐姐。"

"哎。——弟弟。"

我干笑着，没有答应。

"答应呀！"

"哎。"

她高兴极了，以姐姐的身份，对我做了许多嘱咐。她说，村里的日子苦，干活悠着劲儿，要好好保护手指头；又说，衣服脏了，不要自己洗，拿给她。她一遍又一遍地嘱咐我，好好钻研拉胡胡儿，钻研出来有前途……

从此，在梦庄，我有了一个亲人。

她不是我的干姐，是亲姐。

那年秋天，我得了重感冒，她一天不知来几趟。她像我的亲姐姐一样，服侍我吃饭、吃药、喝水。最使我难忘的是，每当乡亲们来看我的时候，她总是以亲属的身份表示感谢：

"唉，让你们结记他。"

一天晚上，她又来看我。她一见我，吃惊地叫了一声：

"哎呀，怎么脸肿啦？"

"牙疼。"我说。

"哪边的疼？"

"左边。"

"等着！"

她走了。不一会儿，拿来一颗"独头蒜"。她把蒜捣碎了，抹在我左边的脸蛋上。

"还疼吗？"

我疼得冒泪花儿。

"等着！"

她又走了。不一会儿，拿来几个花椒，让我咬住一个，咬紧。

"还疼吗？"

我疼得直哼哼。

"哎呀，别哼哼了，想想李玉和！"

我真的想了一下李玉和。

"怎么样？"

"不顶事。"

"那，我给你讲故事吧？"

我未加可否，继续哼哼着。

她坐在炕头上，给我讲起故事来。她没有什么好故事，不是哪个男人拈花惹草，就是哪个女人招蜂引蝶，有真事，也有演义。奇怪，听着她的故事，似乎减轻了一点病痛。

"好些吗？"

"好些。"

她高兴，滔滔不绝地讲起来。最后一个故事最精彩，很像一个谜语。她说，从前有个媳妇，结婚三年了，不生育。有一天，姑嫂对话："嫂子，你两口儿不呀？""不不呀。""不不怎么不呀？""不不还不哩，要不更不啦。"她让我猜，其中的每一个"不"字，代表什么意思？

我努力猜着，牙，一点也不疼了。

一连几天，她和她的故事，伴着我战胜了疾病。

我能做饭了。

也能下地干活了。

晚上，我的小土屋里，又响起了二胡声。

一天，我们在青纱帐里掰玉米，我悄悄地对她说：

"姐姐，我猜着了。"

"猜着什么了？"

"猜着那几个'不'字了。"

她一旺，两眼直直地望着我，好像不认识我。望了一会儿，突然说：

"我白操了心了！"

她很生气，咔、咔地掰着玉米，向前走去。我赶上她说：

"姐姐，你怎么了？"

"你，小小的年纪，城里的学生，怎么变得和我一样了？你光用这种心思，怎么钻研拉胡胡儿？"

"那天晚上，不是你让我猜的吗？"

"那天晚上，你不是牙疼吗？"

从此，她和我疏远了，再也不到我的小土屋来了。

我几次约她，她总说没工夫。

我很孤独，陪伴我的只有二胡。

真没想到，那年冬天，在全县的文艺汇演中，我的二胡独奏得到了领导的赏识，让我到文化馆当"合同工"去。在离开梦庄的前夕，干姐突然来了，我含着眼泪叫她：

"姐姐！"

"你几时走？"她问。

"明天。"我说。

她坐在炕沿上，我也坐在炕沿上。她侧着身望着我，我侧着身望着她。我们中间躺着那把很旧的二胡。沉默了很久，她噙着泪花儿笑了说：

"走吧，你到底拉出来了……"

为了保护我的手指头，她送给我一副驼色的毛线手套。

一晃十几年过去了，我再没有见到她。

十几年中，按照她的嘱咐，我一直坚持拉二胡。

我拉二胡没有别的幻想，好像只是为了她的嘱咐。

我学会了不少曲子，但是每当拿起二胡，我总要先拉一拉那首过了时的"天上布满星"……

（梦庄记事之三）

定婚

这几年，每当我参加青年人们的婚礼的时候，每当我听到谁家弟兄之间、妯娌之间，为了一点物质利益而发生纠纷的时候，我不由就想起了十几年前，我在梦庄插队时，王树宅定婚的情景；不由就想起了树宅的弟弟树满和那个叫小芬的姑娘——另外一对恋人。

我得声明，我并不喜欢那个年代，更不留恋那个时代。然而也许正是因为这件事情发生在那个我所不喜欢的时代里，我才觉得那四个青年，就像是黑夜里的四颗小星，时时在我记忆中闪烁。

我记得，树宅是在那年秋天定婚的。乡亲们割着谷子，掰着玉米，高兴地传播着这个消息。我知道，大家高兴，不仅是为了树宅，也是为了树满。

树宅和树满是我在梦庄结识得最早的两个朋友。我们下乡时，就是树宅和另外一个车把式，赶着两辆大车，把我们从县城拉到梦庄的。他的个子黑粗傻大，满脸黑胡楂子，头上箍着一块油渍麻花的羊肚手巾。一上车，我们都叫他"大伯"。他立刻红了脸说："别这么叫，我今年二十七啦。"

我们那一车人，对他的年岁和模样发生了兴趣，都问：

"你真的二十七啦？"

"这还有假？"

"结婚了吗？"

"没。"

"有对象了吗？"

"也没。"他苦笑着摇摇头说，"我不行，我没吸引力。树满行，他是中学生，他有吸引力。"

"树满是谁？"我问。

"我弟弟。他行，他是中学生。"他说着，得意地甩了一个响鞭儿，两头骡子意气风发地奔跑起来。

显然，他很爱树满。

树满是他心中的骄傲。

到了梦庄，我很快就认识了树满，很快就和他混熟了。

树满比树宅小五六岁，只上过一年中学。不知是什么原因，他长得清清瘦瘦，并不漂亮，但姑娘们确实喜欢接近他。他呢，对姑娘们却一律地疏远，一律地冷漠。锄地时，他占哪一垄，姑娘们就去占挨近他的那几垄；姑娘们刚刚占好垄，他便离开了，去占别一垄。拉车时（那时队上牲口少，主要是靠人拉车），他把绳子拴在大车的左边，姑娘们也把绳子拴在大车的左边，姑娘们刚刚拴好绳子，他便解下自己的绳子，拴到大车的右边去。渐渐，姑娘们也和他疏远了，背地骂他是个"石头人儿""木头人儿"。村里的赤脚医生偷偷对我说，树满这家伙，大概是个"二妮子"吧？

姑娘们和他疏远了，唯有小芬，对他一直很痴情。小芬那年二十一岁，高高的个儿，粉嫩的脸皮儿，一年能做三百多个劳动日。不少人给她提亲，她都回绝了，偏偏恋上了树满。树满常到我的小土屋里闲坐，小芬也常来串门儿。但是，哪次谈话也不投机。小芬说，房村明天演电影；树满则说，村西生了棉铃虫。小芬说，谁家小子结婚；树满则说，谁家死人了。一天黑夜，我们正在一起闲谈，外面忽然下起雨来。树满要走，我给了他一把雨伞。小芬也说要走，树满便把雨伞朝她手里一塞："给你给你给你给你！"飞快地跑走了。

小芬气得背过身，望着窗，抽抽搭搭地哭起来。

我对树满的做法十分不满。哄走小芬，我把他找回来，狠狠地挖苦他、数落他。我说，树满树满，你太冷酷了，你太薄情了，你生理上莫非真的有毛病？你莫非真的是个"二妮子"吗？"胡说！"他火了，红着脸解开裤带，要让我检验。我拦住他，进一步数落他。我说树满你太高傲了，小芬这个姑娘，多么好，哪一点儿配不上你？我又问，你到底爱不爱她？你要不爱，我就托人给她介绍对象了，你可不要后悔。

他低着头，不作答。过了好大一会儿，才说：

"你不了解我的家庭情况。"

我看见，他眼里闪着泪光。

"什么情况？"我问。

他说：

"我九岁上，父亲就死了，母亲把我拉扯大，全凭哥哥帮着。哥哥很不容易。现在，他二十七了，还没定婚，我怎么能走在他的前头？"

停了一下，又说：

"农村的风俗，你不懂。哥哥不定婚，弟弟要是先定了婚，哥哥的事就更难办了。爱，我还不能。"

"可是，你也是二十多岁的人了啊！"我说。

"不慌，我不慌。"他说。

我望着他那清瘦的、平静的面孔，心里一颤，差点儿掉下泪来。我不知道他的想法和做法，是一种先人后己的美德，还是一种守旧的、愚昧的苦行？

树宅要定婚了，我和乡亲们一样地高兴。我高兴，不仅是为了树宅，也是为了树满。

一天黑夜，我坐在我的小土屋里，拿起二胡，拉起一支喜庆的曲子。我正拉着，树满来了，对我说：

"我哥要定婚了。"

"晓得。"我问，"哪村的姑娘？"

"房村的。"他从口袋里掏出一片纸，展开，放在我的小桌上，"请你做个中证人吧。"

那片纸上写着这样几行文字：

王树宅家有房屋三间，院内院外共有大小树木一十三棵，王树宅结婚后，家中房屋及树木均归王树宅一人所有。空口无凭，立字为证。

立字人　路继申

中证人

我看懂了，这是一个字据。

路继申，是树宅和树满的舅父。

这个字据，剥夺了树满的一个很重要的权利！

我把桌子一拍，大声说：

"我不做，我不做！"

"做吧。"树满对我笑了一下，依然很平静，"没有这个字据，人家就不定婚，那就苦了我哥。"

"可是，你哩？"我担心地望着他说，"你今后的日子怎么过？"

"我不要紧。"他又笑一下说，"我年轻，有力气，革命胜利了（指文化大革命），我还不能为自己盖两间房子吗？"

我被他的真诚感动了，被他的平静征服了。我拿起笔，忽然想到一个常识问题：中证人一般需要两个人做，另一个请谁做呢？

"我做。"我话音刚落，门一响，小芬进来了。她的眼圈微微发红，脸上却挂满着笑。

我一见她，心里十分难过。我指着那片纸说：

"小芬，你晓得这是什么？"

"晓得。"她仰着脸儿，淡淡一笑说，"三间房，几棵树。写吧，中证人，你，我。——树满，我能做吗？"

树满怔了一下，望着我说：

"她不能做。"

"我怎么不能做？"小芬也望着我。

"能做，能做。"我高兴地说，"你做最有力量了。"

"什么话！"他们把脸儿一沉，一齐望着我：

"我怎么有力量？"

"她怎么有力量？"

他们照我背上打了一拳，同时骂了我一声"坏家伙"。

我呵呵地笑着，在"中证人"的后面，签上了我和小芬的名字。——她在前，我在后。

签好名，我们三个反常地快活。

树满举起那个字据，发表宣言似的说：

"今天，我成了一个真正的无产阶级了！"

"那得庆贺庆贺！"小芬说。

"怎么庆贺？"树满说。

"我们唱个歌儿吧？"我说。

"行，唱个歌儿吧！"树满、小芬一齐说。

我们拍着手，欢笑着，唱了一支当时很流行的"文化大革命就是好、就是好"歌儿。

九月里，树宅定婚了，很顺利。

树满和小芬的行动，感动了大队干部。那年征兵时，大队干部让树满当了兵。——那时不像现时，当兵是很难很难的事。

树满和小芬的行动，也感动了他们的兄嫂。据说，嫂嫂坐月子时，把小芬叫去了，让小芬替她做双鞋。小芬拿着鞋样儿回到家里，在灯下一看，感动得泪如雨下。

原来，那鞋样儿，是用那"字据"铰的。

（梦庄记事之四）

离婚

　　我在梦庄待了十年，只见过结婚的，没见过离婚的。梦庄的老人们自豪地对我说：

　　"离婚？自从盘古开天地，梦庄没有这个例！"

　　这不是大话，是真的。

　　梦庄的男人们没有闹离婚的。媳妇不好，打、骂、拧、掐，都可以，但是决不离婚。即使媳妇做了那伤风败俗的事，也不离婚。"离婚？那是我花钱娶的！"他们说。

　　梦庄的女人们也没有闹离婚的。她们受了丈夫的气，不用人劝，自己就能劝导自己："唉，他还年轻哩，老了就好了。"她们受了婆婆的气，也不用人劝，自己也能劝导自己："唉，婆婆能跟几天哩，婆婆死了就好了。"她们能忍，也能熬。

　　可是，就在我离开梦庄的前一年，梦庄却发生了一个离婚案件，那便是路老白夫妇。——这是我所没有想到的事。

　　路老白那年二十八岁，农历五月结的婚。新媳妇叫乔姐，和他同岁，小何庄的老闺女。虽是老闺女，人样儿并不老，白生生、笑盈盈，干活很麻利。老白做梦也没想到，他能娶这么一个媳妇。结婚前，他下了半月的工夫，天天蹲在村口上，看那些十八九岁姑娘们的打扮装束。十八九岁的姑娘们穿什么衣服,就给乔姐买什么衣服;十八九岁的姑娘们穿什么鞋袜,就给乔姐买什么鞋袜。结婚后,更是知冷知热,傻亲傻亲。夫妻同桌吃饭,总是蒸两样儿干粮:一样儿山药面的,一样儿玉米面的。乔姐爱吃豆腐,老白就用麦子换了一些黄豆,卖豆腐的梆子一响,他就挖上一碗黄豆,赶紧去换豆腐。吃饭时,你从他家门口路过,常常听到这样的对话:

"你吃吧,你吃吧,你吃吧!"

"你吃吧,你吃吧,你吃吧!"

夫妻相亲相爱,但也潜伏着矛盾。据传,结婚的五天头上,他们的矛盾就显露出来了。

那天早晨,乔姐洗过脸,梳好头,对老白说:

"喂,咱们进趟城吧?"

"进城干什么?"

老白一愣。他长这么大,从没进过城,也没想到要进城。乔姐说:

"照个相去。"

"不照不照。"老白急说,"照相吸血,伤身体。"

"没有的事。"乔姐换了一身新衣裳,兴致很高,"照相怎么会吸血呢?不吸血,不伤身体。"

"照去?"

"照去。"

"怎么照?"

"肩膀儿挨着肩膀儿照。"

"唉——"老白摇摇头,咧着嘴笑了,"天天挨着睡觉哩,照什么相?算了。"

相没照成,乔姐很不高兴。经人指点,老白知道自己错了,便天天给她换豆腐吃。

到了六月,矛盾有了发展。一天中午,乔姐收工回去,对老白说:

"喂，大队买了电视啦。"

"什么叫电视？"老白问。

"一个小匣子，北京唱戏能看见。"

"那叫千里眼。"

"不，叫电视。"

"叫千里眼。"

"叫电视，不信你去打听打听。"

老白一打听，果然叫电视。

村里有了电视，乔姐在家待不住了，每天晚上去看。开始，老白和她做伴儿看。可是看不多久，老白就打哈欠、流眼泪，不看了。

老白不看了，她自己看。可是看不多久，老白便来找她，找不到，便叫："乔——姐——回家睡觉！"惹得满院子人哄哄地笑。

乔姐扎着头，只好跟他回去。

一次两次，三次五次，乔姐顺从了他。到后来，乔姐开始反抗了，他一叫，她便说："不回去！讨厌！"满院子人又是一阵哄笑。

乔姐不回去，老白也不回去。他站在大队门口，过一会儿叫一声，过一会儿叫一声，叫魂儿似的：

"乔——姐——回家睡觉！"

"乔——姐——回家睡觉！"

老白的做法，乡亲们实在看不下去了。让我去劝劝他。一天黑夜，我来到他的家里，他正蹲在猪圈沿上生闷气。

"老白哥，大嫂哩？"我问。

"那不是。"他朝房上一指。

我抬头一看，房上坐着几个妇女，一边乘凉，一边谈笑。

"天天这样，天天这样！"老白黑着脸说，"不看电视，就闲扯。什么沙奶奶、李奶奶，什么西哈努克来了，西哈努克走了。

你说，放着觉不睡，扯这些干什么？"

我说，这不能生气。每一个人都有自己的爱好，都有自己的兴趣。

他说，她有她的兴趣，我有我的兴趣！

我说，你得学会做丈夫，学会爱。

他说，爱不爱，你问她。结婚不到两个月，我叫她吃了多少豆腐？

他越说越气，仰起头粗声问：

"乔姐，你下来不下来？"

"不下去，凉快哩。"乔姐在房上说。

几个妇女见势不好，都劝乔姐：

"睡觉吧，明儿再歇。"

"我不想睡觉。"乔姐故意地说，"我歇到明儿早起了。"

老白急了，顺手拿了一个馒头，要上房。我问他干什么，他说：

"我刨房顶子呀！"

我赶忙拦住他，劝了几句，走了。

到了七月，他们的矛盾终于尖锐化了，明朗化了。

上旬，乔姐住了几天娘家，回来一看，老白摔了七八个饭碗！

中旬，乔姐的妹妹结婚，她又住了几天娘家。回来一看，老白砸了一口铁锅！

下旬，开始吵架了。吵架常常是在夜里，谁也不知为什么。一天黑夜，几个小子（也有我）潜伏到他的院里去偷听。等到半夜，终于吵起来了。他们吵得很急，但是噪音很低，吵什么，听不清。一会儿，屋里灯亮了，窗纸上映出一个惊心动魄的特写镜头：老白左右开弓，呱唧、呱唧、呱唧，自己打着自己耳光，急怪怪地嚷叫着：

"娶媳妇为嘛？"

"娶媳妇为嘛？"

"娶媳妇为嘛？"

乔姐也嚷起来，嗓音也很尖锐：

"寻男人为嘛？"

"寻男人为嘛？"

"寻男人为嘛？"

他们到底为什么吵架，一直没有听清楚。

早晨，他们打起来了。

他们打得很凶，抓脸，揪头发。

乡亲们听说了，都来劝解，但是谁也劝不下。

他们就像疯了一样，跳着脚，拍着胯，一人咬住一句话：

"娶媳妇为嘛？"

"寻男人为嘛？"

"娶媳妇为嘛？"

"寻男人为嘛？"

正吵得凶，支书来了：

"老白，你少说一句！"

支书不仅是支书，辈儿也大，他们该叫"爷爷"。

老白不吵了。

乔姐也不吵了。

支书撅着八字胡，一人看了他们一眼，十分严肃地说：

"不像话，太不像话！全国人民都在抓革命促生产，你们打架！老白，你说吧，你们还过不过？要不过了，离婚，我给你们办手续！"

一听离婚，老白软了：

"我，我没说离婚。"

"你不离，我离！"乔姐脸色苍白，大声说。

支书一惊，似乎也软了：

"你离？"

"我离！"

"老白叫你吃得乍古？"

"不乍古。"

"老白叫你穿得乍古？"

"不乍古。"

"这不得啦。"支书说，"吃得穿得不乍古，离什么婚呀？"

乔姐正想说什么，支书叫：

"老白！"

"听着哩。"

"你也不是好东西！"

"我是不是好东西。"

"往后还打媳妇不？"

"不打啦。"

"一会儿对着毛主席像，表个决心。"

"行，表个决心。"

梆、梆、梆，听见街上梆子响，支书赶紧结束了自己的讲话：

"得啦得啦，做饭吧。老白，换豆腐去。"

那天，老白换了很多豆腐。

乔姐没有吃饭，找到大队要离婚。

大队征求老白的意见，老白坚决不离婚。

于是大队给他们办了个学习班，让他们"团结起来，争取更大的胜利"。

乔姐不找大队了，直接找到公社里。公社秘书了解一点他们的情况，竟然也是那几句话：

"老白叫你吃得乍古？"

"不乍古。"

"老白叫你穿得乍古？"

"不乍古。"

"吃得穿得不乍古，离什么婚呀？"

"跟着他不自由。"

"怎么不自由？"

"看个电视也不叫。"

"那是对你有感情。"

"晚上歇凉儿也不叫。"

"那也是对你有感情。"

"我住了几天娘家，他就砸锅、摔碗。"

秘书忍不住，哈哈笑了：

"那更是对你有感情啦。"

"有感情，你跟他过去吧！"

乔姐走了。

乔姐谁也不找了。

乔姐夹了个小包袱，一去不回头。

乔姐的行动，引起了梦庄老人们的反感。他们拄着拐棍儿，站在街上骂了好几天：刁妇，野种，看你到哪儿吃豆腐去！

乔姐的行动，在梦庄的妇女中却产生了深远的影响。据说，到今天，她们在和丈夫吵嘴的时候，还常常使用乔姐那句话：

"寻男人为嘛？"

"寻男人为嘛？"

"寻男人为嘛？"

男人们听了，都有点儿害怕。

（梦庄记事之五）

俊姑娘

梦庄人不欺生，在那吃穿紧缺、自顾不暇的年月，对我们下乡"知青"无处不好。但是不知什么原因，唯有对我们的玲玲另眼相待。现在回忆起来，还有些不愉快。

玲玲那年虚岁十九，人们都说她是个俊姑娘。究竟怎么俊，我也说不出，也许真的不丑。那年秋天，我们一进村，她就引起了人们的注意。村里的姑娘媳妇们，纷纷走近她，拉她的手，摸她的辫梢，看她胸前的"光荣花"；村里的小伙子们，抢着给她扛行李，拿东西。住下了，不仅姑娘、媳妇、小伙子们喜欢她，就连那些不懂事的娃娃们也喜欢她。谁家的娃娃淘气，哭了，大人哄不下，便去找她。她一哄，便不哭了，叫吃就吃，叫喝就喝，叫尿就尿，然后朝她怀里一偎，"姐姐、姐姐"地叫个不停。

于是，玲玲的名字，在村里传开了：城里来了个俊姑娘，身上的俊气，能治淘气。

还有一件事，更奇。梦庄有个疯子，整天在街上乱嚷乱跳，马车过来也不躲，汽车过来也不躲。可是，玲玲过来了，那疯子就像中了"定身法"，啪的一个立正，给她敬礼，像是士兵接受首长的检阅。

于是，玲玲的名字，在外村也传开了：梦庄有个俊姑娘，身上的俊气，能降疯魔。

我记得，村里的老人们，常常这么夸她：

"玲玲这姑娘，就是不一般。她不光脸蛋儿俊，眉眼儿俊，手指甲尖儿上都透着一股俊气。她从街上一走，朝街上一站，就像是大年三十那天，家家挂起了红灯笼，贴上了红对子，满街里都显得新鲜、瑞气！"

我们有玲玲，感到很骄傲。

可是，过了不久，她便得了一个外号："小白鞋"——平时，她总爱穿一双白力士鞋。

听到这个外号，她哭了一次。

又过了不久，她又得了一个外号："水蛇腰"——她走路时，腰身总是微微地扭动着。

听到这个外号，她又哭了一次。

后来，"小白鞋""水蛇腰"叫俗了，人们又叫她"哆咪索"——休息时，她不"恋群"，总爱拿个歌片儿，哼着学识谱。

三个外号，损坏了她的形象，确定了人们对她的认识。春天队里评工时，那些年龄和她相仿的姑娘们，有的评了八分，有的评了七分，她呢，六分半！

她又哭了，哭得很悲痛。我知道，她并不计较那半个工分，而是有一种羞辱感。我劝了她几句，决定去找队长反映意见。

找到队长，我说：

"队长，玲玲的工分，是不是评得太低了？"

"不低！"队长说，"评工是凭劳动，不是凭模样儿。"

"玲玲劳动也不错呀。"我说，玲玲下乡以来，很少回城，有"扎根"思想；又说，玲玲干活不怕脏、不怕累，从不偷懒；我又列举了一些事实，说明玲玲"爱国家，爱集体"。队长认真地听着，不住地点头，末了却是这么一个结论：

"你谈的这些都是事实，不过，评工不是凭模样儿。"

于是，在姑娘们当中，玲玲又多了一个外号："六分半"。

玲玲到底是个孩子，事情过去，也就忘了，该干什么干什么。我们上工，她也上工；我们休息，她也休息。我们写了入团申请书，她也写了入团申请书。但是我们被批了，唯独没有她！

得到这个消息，我立刻去找团支书打听落实。

那天晚上下着大雨，团支书家院里积着很深的水。我蹚着水走到屋里，团支书正和几个姑娘在炕上打扑克牌。我明知故问地说：

"团支书，我们的入团申请批下来了没有？"

"批下来了，有你！"她对我笑了笑，继续打牌。

"玲玲呢？"我又问。

她脸色一沉，不吭声了。出过几张牌，才说：

"入团是凭表现，不是凭模样儿。"

我一惊，她的回答竟和队长的结论完全相同。我问：

"玲玲表现怎么了？"

"她净写信！"一个黄头发姑娘说，"上月，我给她统计了一下，她一共寄了四封信！一个姑娘家，给谁写信呀？她是下乡锻炼来啦，她是下乡写信来啦？"

"她不光爱写信，还爱打电话！"一个胖胖的、脸上有雀斑的姑娘说，"最近，她往大队办公室跑了三趟，打了三个电话！一个姑娘家，给谁打电话呀？她是下乡锻炼来啦，她是下乡打电话来啦？"

"不光这些，她还有更严重的问题！"一个长得很白净的姑娘说。

"什么问题？"我问。

"你等着！"白净姑娘跳下炕，冒着雨走了。不一会儿，拿来一件东西，猛地放到桌上：

"你看，劳动人民谁吃这个？"

我一看，是一个水果罐头瓶子，空的。白净姑娘说，这个罐头瓶子，是从玲玲屋后捡到的。

新团员公布了。我担心玲玲还得哭一场。

这一回，她没有哭。不但没有哭，反而拿起一个歌片儿，放声地唱起来了。我想和她谈谈心，她说不用了，我已经锻炼出来了。

从此，玲玲的性格发生了显著的变化。她变得高傲了，冷淡疏远一切人；她变得懒惰了，三天两头地旷工。人们干活的时候，她故意打扮得十分妖艳，呵呵地笑着、唱着，到沙岗上采野花，在田野里扑蝴蝶，尽情地放荡着自己，同时也丑化着自己！

她不只变得高傲了、懒惰了，而且变得很任性。那年秋天，大队决定拆掉村里那座关帝庙，让我们参加两天义务劳动。她听说了，梳洗打扮了一番，非要回城不可。我急忙拦住她，苦苦劝告，她才答应参加这次集体活动。

谁知，我的劝告害苦了玲玲。拆庙时，西山墙突然倒塌了，一片烟尘冲天而起，仿佛扔下一颗炸弹！烟尘散去，玲玲不见了。找了半天，在一堆坯块瓦砾下面，看见一条辫子，一张惨白的、流血的脸。

她的伤势很重，尤其是左腿，属于粉碎性骨折。医生说，这种骨折很难医治，弄不好，要变拐。

乡亲们被惊呆了。

梦庄的空气凝固了。

沉默了几天，才听到人们的叹息声、埋怨声：

"唉，多好一个姑娘呀，拐了！"

"拆庙，拆庙，那庙拆得么？"

"关老爷也是不长眼，偏偏砸坏个人尖子！"

队长到医院看望了玲玲。

指导员也到医院看望了玲玲。

团支书和姑娘们看望玲玲时，还买了几个水果罐头。

俊姑娘要变拐姑娘了，所有的人们慷慨地拿出了自己珍藏着的同情和怜爱之心。

年终的一天晚上，队里评选"五好社员"时，黄头发姑娘率先发言：

"我提一个——玲玲！"

"同意！"

"赞成！"

"差不多！"

大家一齐附和着。有人说。玲玲下乡以来，很少回城，有"扎根"思想；有人说，玲玲干活不怕脏、不怕累，从不偷懒；还有人列举了一些事实，说明玲玲"爱国家，爱集体"。我听着他们的发言，忍不住说：

"我不同意！"

"你不同意谈谈理由！"人们一齐望着我，似乎对我很不满意。

我说，她有三个外号啊！

"扯淡！"一个小伙子，正颜正色地说，"人家爱穿白鞋，碍你什么？穿白鞋卫生！"

"就是，就是。"人们说，"至于走路爱扭腰……"

"人家扭得好看！"胖胖的、脸上有些雀斑的姑娘说，"叫我扭，我还扭不成哩！"

"就是，就是。"人们又说，"至于爱唱'哆咪索'……"

"那不是毛病，而是才能！"白净姑娘很激动，站起来说，"整个梦庄，谁会识谱呀？我早说，让玲玲下地劳动有些屈才，该让人家当个民办教员，教唱歌！"

我又说，她还有个令人怀疑的毛病：爱写信。话音刚落，立刻遭到姑娘们的攻击：

"爱写信也算毛病？"

"一个姑娘家，给谁写信呀？"我说。

"给爸爸！"

"给妈妈！"

"给姑姑！"

"给姨姨！"

"人家给谁写信，难道还要向你报告吗？"

姑娘们尖着嗓子，一齐冲我嚷起来，黄头发姑娘嚷得最欢。她说我"人气"不好，玲玲眼看要变拐了，还要吹毛求疵。

争论了一会儿，队长站起来说：

"今年的'五好社员'，玲玲算一个，同意不？"

"同意！"大家齐声说。

"同意的举手！"

正要表决，"等等。"一个黑胡子老头站起来说，"玲玲还没出院，她，肯定得变拐么？"

"得变拐，医生说的。"几个姑娘说。

突然，一个白胡子老头，从灯影里站起来了。他紧眯着眼睛，几乎把每一个人都看了一遍，才说：

"那么，她要拐不了呢？"

人们肃然地望着他，静默了十几秒钟，一齐举起手来。

直到现在，我也弄不明白，在那静静的十几秒钟里，富于同情心的乡亲们都想了一些什么？

（梦庄记事之八）

丑大嫂

丑大嫂婆家姓祁，当面儿得叫祁大嫂。

其实，乍一看，祁大嫂并不丑。匀称的身材，剪发头，圆圆的脸蛋上总是堆着一团笑；走起路来，脚很轻，两只手像船桨，轻轻地划动着，很优美。细看，才能发现她的丑处——左眼里有个"萝卜花"。

也许，祁大嫂过于爱美了，一个"萝卜花"，使她完全自暴自弃了。她整天不洗脸，不梳头，一件灰布褂子，肩、肘都破了，还穿着。我劝她做件新褂子穿，她说我穿那么新的褂子干什么？我说你正年轻，应该打扮漂亮一些。她说，我丑。我说一俊遮百丑呀，她说一丑遮百俊呀。——就是不做。

这一切，大概都得归罪于那个"萝卜花"。

祁大嫂虽然脏，虽然丑，但是人们都很喜爱她，尊敬她。村干部们常常当着众人，把她树为妇女的楷模：

"看人家这媳妇，多么朴素！"

婆婆不仅喜爱她，而且信任她，常常对人夸耀：

"丑媳妇好啊，媳妇丑了，儿子放心！"

每逢听到婆婆夸耀媳妇，公公便捋着胡子，请出朱柏庐：

"就是，就是，婢美妾娇非闺房之福。"

祁大嫂的丈夫在水库上当民工，经常不回家，听了老人们的评论，很是高兴，对祁大嫂更放心了。

大家都放心了，祁大嫂的名节便有了保证。村里的光棍们，总是喜欢接近女人的。一般女人都对他们保持着很高的警惕。祁大嫂呢，却不怕。她和他们在一起，敢说，敢笑，还敢摔跤，而没有任何闲话。一天黑夜，巡夜的民兵连长到她家避雨，她竟说：

"天不早了，你就在这儿睡吧！"

"不不不……"民兵连长有些惊慌失措。

"怕什么？"她说，"炕不小。我在里头，你在外头，中间放条裤腰带。早晨起来检查检查，谁要过了裤腰带，谁不是好东西！"说完哈哈大笑起来。

民兵连长把这件事传播出去，人们不但不怀疑她的品行，反倒觉得她更可信，更可爱了。

这一切，大概又得归功于那个"萝卜花"。

但是，那个"萝卜花"，也给她带来过一些痛苦。那年春天，村里治沙造田时，她参加了"红大嫂战斗队"，她们干得十分出色。有一天，报社来了一个记者，要给她们照相。"红大嫂"们兴高采烈，都被光荣地摄入了镜头，唯有她，躲了。

一连几天，她很少说话，脸上也没有了笑容。

我很同情她，并且想了一个帮助她的办法。一天晚上，我拿着我的那副淡茶色眼镜，来到她家。我说：

"大嫂，我送你一件东西。"

"眼镜？"她望着我手里的眼镜，不明白我的用意。我把眼镜放到桌上，说：

"送你了，大嫂，戴上吧！"

"我能戴？"她的右眼一亮，高兴地望着我。

"能戴。"我说，"戴上这种眼镜，又挡风，又遮光，很舒服。"

她拿起眼镜，又放下了：

"我不能戴。"

"能戴，你戴上试试。"我说。

她看看眼镜，看看我，迟疑了半天，脸一红说："试试就试试。"说着，到院里端来一盆凉水，认真地洗起脖子，洗起脸来，用了很多肥皂。洗过脸，找了一个梳子。又梳起头。梳洗完毕，她才拿起那副眼镜，小心地戴上了。她戴上眼镜，照了照镜子，看了看灯光，然后冲我笑着说：

"我戴上好看吗？我能戴吗？"

我细细地打量着她，一时被她的容颜惊呆了。原来，她的皮肤那么白嫩，她的笑容那么俊美！我望着那副架在她鼻梁儿上的淡茶色眼镜，不由得想起了"画龙点睛""点石成金"一些美好的成语。我禁不住拍着手说：

"大嫂大嫂，好看好看，能戴能戴！"

第二天上午，祁大嫂花朵儿似的出现在治沙造田的工地上了。为了衬托那副眼镜，她把衣服也换了。穿上了那件结婚时做的紫红色灯芯绒褂子。人们看见她，不由叫起来：

"哎哟，这是谁呀？"

人们认清是她，都说好年轻好漂亮，简直变成另外一个人了。有人说她戴上这副眼镜，像个"电影明星"；有人说她戴上这副眼镜，像个"洋学生"；也有人说她戴上这副眼镜，像个"女特务"！

说她像"女特务"的人，大半是那些和她年龄相仿的妇女。整整一个上午，她们远远地看着她，不住地咬耳朵：

"这个小媳妇，今天是怎么啦？"

"火轮船打哆嗦——'浪'劲儿催哩！"

"她不是很朴素，很正派吗？"

"她呀，和平演变了！"

休息时，她们围住她，问她这副眼镜是从哪里挣来的？注意，她们不问是从哪里买来的，也不问是谁送给的，偏偏要问是从哪里"挣"来的。

祁大嫂心眼直，如实地说明了眼镜的来历。

于是，我成了她们注意的目标、侦察的对象。收工时，几个妇女拦住我，悄悄地问：

"你多大啦？"

"二十二。"我说。

"好年纪，好年纪，好年纪！"

"怪不得，怪不得，怪不得！"

她们怪笑着，走了。我不懂她们的话，也不懂得她们的笑。

一天中午，祁大嫂的公公突然来到我的小土屋里，把我上下打量了一遍，问：

"你是城里来的学生，是吧？"

"是呀。"我点点头说。

"你不是本村人，是吧？"

我又点了点头，不知他要干什么。

"你听着。"他把手一背，两眼钉子似的盯住我，"我，贫农，社会关系四面见线儿，没有一个黑点儿。你不要以为我儿子不在家里，想怎样就怎样。我告诉你，祁家也是一大户。我有四个儿子，八个侄子，还有两个外甥。他们，干别的不行，打架哪个也不含糊，都是不要命的！"

这些话，我听懂了，以后再也不敢接近祁大嫂。

祁大嫂也很敏感，那副眼镜只戴了一天就不戴了。她像一个犯过错误的人，默默地上工，默默地下工，只干活，不说话。

祁大嫂虽然只戴了一天眼镜，但那一天的影响久久没有消除。人们十分注意她的行动，几乎每天都能听到关于她的"快报"：

某天晚上，某某到她家串门去了，一直歇到十一点钟；

某天中午，某某帮她拉了一车柴火；

某天早晨，她站在街门口上，好像对着某某笑了一下……

听到这些消息，我很气闷，也很不平！我知道，祁大嫂的这种境遇，完全是我造成的。我不该送给她那副眼镜。不该用那副眼镜遮住她眼里的"萝卜花"。可是，我怎么也想不明白，祁大嫂的公公、婆婆、丈夫，还有那些发布"快报"的人们，为什么那么喜爱祁大嫂眼里那个"萝卜花"呢？

我得去找祁大嫂，我得要回那副眼镜——为了她，也是为了我自己。

我找到民兵连长，一同来到她的家里。我说：

"大嫂，眼镜呢？"

"不戴它了，戴它惹气！"她低着头说。

"你把它还给我吧？"

"什么，还你？"她抬起头，望着我怔了一下，突然说：

"摔了！"

"摔了？"

"赔你钱吧！"

"那副眼镜好几块钱，你赔得起？"

"赔得起！"

她卖了一些鸡蛋，真要赔钱，我没有收。

眼镜摔了，我放心了。

祁大嫂的公公婆婆听说了，也放心了。

大家都听说了，都放心了。

可是，大约过了两三年，一个夏天的晚上，民兵连长突然找我来了。他的脸色阴沉着，眼里带着"敌情"：

"你说，她这两年表现怎么样？"

"谁？"

"萝卜花！"

"表现不错。"我说，"眼镜早摔了，衣服早换了，表现很好。"

"那是白天！"

　　我一愣，没有听懂他的意思。他把我一拉，让我去看一个"奇景"。

　　他领着我悄悄来到祁大嫂家院里。院里很静，窗上亮着灯光，屋门插得很紧。我从门缝朝里一看，不由吃了一惊：她，穿一件很新的月白色褂子，拿一面镜子，正背着身照自己；照着照着，许是听到什么动静，一扭头，鼻梁儿上架着一副淡茶色眼镜……

（梦庄记事之九）

坏分子

那年冬天，四清运动快结束了，一个下雪的晚上，工作队的老吴又来到我的小土屋里，告诉我："小蝴蝶"的问题弄清了，今晚给她写检查。

老吴笑眯眯的，很快活。

我点着灯等候着。

四清运动刚刚开始的时候，我给不少村干部写过检查，后来被工作队制止了。因为我给他们写的检查，不仅文字通顺，而且认识深刻，一次就能过关，不利于他们"洗手洗澡"。大概是为了让他们多洗一些时候，洗得更干净一些，工作队不准我随便给人写检查，指定给谁代笔，才能给谁代笔。于是那些犯了错误的干部们，都希望有一天，能到我的屋里来。因为我一下手，就意味着他们的问题已经弄清，即将定案，他们就要"下楼"了。

"小蝴蝶"不是干部，是个年轻的小媳妇。我到梦庄不久，便听到了这个名字，因为不在一个生产队里劳动，我一直没有见过她。她不是本村人，娘家是个富户，她的父亲为了让她改换门庭，她便嫁到梦庄来了。她丈夫比她大十岁，人很老实，平时从不和人来往。自从娶了她，家里一天比一天热闹起来。尤其是晚上，大队干部们常常拿着酒肉，到他们家去吃喝，半夜不散。人们去了，她丈夫便侧着身躺在炕上，脸对着墙壁，装睡。在那样的场合，她学会了吸烟，学会了喝酒，学会了打情骂俏。终于，她和一个年轻的大队干部发生了那种不光明的事情……

老吴十分重视这个问题。他常说，"懒、馋、占、贪、变"中，应该再加一个"淫"字，"淫"是万恶之源。据说，他下了将近半年的工夫，才把这个"花案"弄清了——所以很快活。

院里有了脚步声，她来了。

老吴咳嗽了一声，声音很重。

因为是写那样的检查，我不好意思看她。我对着那盏墨水瓶儿做的煤油灯，板板地坐在桌前，给她一个脊背。只听老吴让她坐，她大概坐下了。老吴开口便问：

"一共几次，说吧！"

"四次……"

"想想！"

"六次。"

一个很严肃，一个很害怕。

"头一次在哪里？"

"在村南的玉米地里。"

"谁先脱的裤子？"

"他……"

"想想！"

"我……"

老吴问什么，她答什么，我便写什么。老吴问得真细，不仅问每一次的时间、地点，而且问头朝哪里、脚朝哪里，怎样的姿势？那时我还没有结婚，听着他们的问答，羞得抬不起头，但是又想听下去……

老吴整整问了三个小时，她全回答了。老吴让她回去好好想一想，从世界观上找找原因，明天晚上再谈一次。

她没有走，嘘嘘地哭起来了。我扭头一看，心里一颤，不由生起一种怜悯的感情。她哪里是个淫荡的媳妇，分明是个娇羞的少女！她的身材很小巧，衣服很单薄，小巧单薄得叫人可怜；她坐在门槛上，仰面望着老吴，哭得泪人儿似的。她说，她没有世界观，她不会找原因；她请求工作队宽大她，千万别给她戴帽子。又说，她肚里已经有了孩子，如果戴上帽子，怎么做妈妈呢？

"回去吧！"老吴说，"最后怎么处理，要看你的态度，你要相信党的政策。"

她走了。老吴拿起我的笔录，一页一页地看起来，像是玩味一个有趣的故事。我望着他那似笑非笑的脸孔，不由得问：

"老吴，干吗问这么细？"

"花案儿，都这么问。"他说。

老吴正看着，院里又有了脚步声，"小蝴蝶"又回来了：

"睡了么？"

"没有，来吧！"老吴望着窗户，热情地说。

"我不进去了，只说一句话儿。"她扒着窗台说，"第二次我记错了，不是头朝东、脚朝西，我记着是脚朝东、头朝西……"

她一定很冷，声音颤抖着。

老吴笑了，很快活。

第二天晚上，老吴又来了，"小蝴蝶"也来了。老吴并不要她从世界观上找原因，只是和她闲聊起来。他问她多大年岁了，哪一年结的婚，生活上有什么困难？"小蝴蝶"低着头，又哭起来了，哭得比昨天晚上还痛！

老吴耐心地劝导她、鼓励她。老吴说，你还年轻，犯了错误不要紧，改了就好，哭什么呢？又说，你娘家是富农，可婆家是贫农，只要改正了错误，靠近工作队，前途还是光明的——可以当四清运动的积极分子，可以加入贫协会，还可以入党……

"什么，入党？""小蝴蝶"抬起头，望着老吴摇摇头说，"不，叫我做个人，就行了……"

"太悲观了太悲观了！——哎哟！"老吴叫了一声，紧紧闭上眼睛。他说不知什么东西，跑到眼里去了，很疼。他让我端着灯，让"小蝴蝶"给他翻开眼皮看看。我犹豫了一下，端起灯，对"小蝴蝶"说：

"你端着灯，我给他看。"

"小蝴蝶"瞅着灯，一下变了脸色，她把我手腕一打，啪一声，满屋子的煤油味儿！

"坏分子！"老吴在黑暗中急怪怪地骂起来，"地地道道的坏分子！"

她走了，脚步腾腾的，很有劲儿。

（梦庄记事之十二）

孔爷

    1968 年冬天，梦庄和全国的农村一样，也成立了一个"贫下中农管理学校小组"。学校里的老师们听到这个消息，非常高兴，因为这个小组的组长不是别人，而是孔爷。

    孔爷姓路，不姓孔，叫老孔。他是大队贫协主席、革命委员会委员，还兼任着大队治保主任。关于他的别的情况，我一无所知，当然也就不知道老师们为什么那样欢迎他了。

    一天，孔爷领着三个老头儿、两个老婆儿，到学校里来了。我作为学校负责人（那时不叫校长，叫负责人），立即把老师们召集到办公室里，请孔爷讲话，欢迎孔爷指导工作。

    孔爷蹲在椅子上，板着脸孔，说：

    "你们不用请我讲话，我是个粗人，不会讲话。你们也不用欢迎我指导工作，我这两下子也指导不了你们的工作。咱们还是解决一点实际问题吧。解放这么些年了，咱们梦庄学校一直是分两个地方上课，一个'南学'，一个'东学'。这个'南学'还凑合，那个'东学'，根本不是人占的地方。明年，我想在'南学'后面，盖一排新房子，把'东学'搬过来，你们看怎么样？"

办公室里响起一片热烈的掌声！掌声未落，孔爷就领着那三个老头儿、两个老婆儿走了。一个本村的老师告诉我，这就是孔爷的作风。

不久，大队革命委员会就做出了关于建设新校舍的决定：明年春天备料，麦收以前施工。备料由我负责。

据说，大队形成这个决定，并不那么顺利。讨论的时候，有的委员说，现在大队还很穷，一切应该因陋就简；有的委员说，目前的中心工作是"斗、批、改"，好像不是盖房子……孔爷不耐烦了，把桌子一拍，板着脸孔说：

"你们说到底盖不盖吧？"

"盖！"委员们立刻统一了思想。这个说，孩子是革命的后代；那个说，孩子是祖国的花朵儿……

那个本村的老师告诉我，平时大队讨论问题，总是这样：孔爷不用讲什么道理，也不用去做谁的思想工作，只要他把桌子一拍，脸色一变，他个人的意见就变成了集体的意见。因为，孔爷革命的时候，别的委员还在吃奶。

第二年春天，我们开始备料了。备料主要是拉砖、拉土、拉沙子、拉石灰，由各生产队出车出人。所谓由我负责备料，就是站在工地上，告诉人们把砖卸到哪里，把土卸到哪里，并不累。我很想利用这个机会，和孔爷交谈交谈，了解一下他的革命历史。

一天下午，孔爷扛着一把铁锨，来到工地上。他一见我就板起脸孔：

"今天来了几辆车？"

"三辆。"我掏出一支烟说，"孔爷，歇歇吧，我很想了解一下你的革命历史。"

"哪个队没有出车？"他仍然板着脸孔。

我告诉他，两个队没有出车。

晚上，他便通过高音喇叭，把那两个队的队长臭骂了一顿，他骂他们是"绝户头心肠"！

我记得，几次想和他交谈，都失败了。他的心思完全扑在工程上，整天忙于催车、骂人。老师们和我开玩笑说：

"你负责备料，他负责操心。"

关于他的个人经历，他只向我讲过一件事，并且讲得很详细。那是一天傍晚，淋完石灰，我们到操场南边的垄沟里洗脸、洗脚，我无意中说：

"孔爷，我给你提个意见吧？"

"提吧。"

"以后不要骂人了，那样影响不好。"

"如今的工作不好推动。"他洗着脚说，忽然又问了一句：

"你看我黑不黑？"

"黑。"

"瘦不瘦？"

"瘦。"

"横不横？"

我笑了笑，不好直言。他说：

"你别看我现在这么黑，这么瘦，这么横，我年轻的时候，长得可俊哩，丹凤眼，柳叶眉，杨柳细腰儿，嗓门儿也好听。我在村剧团里是唱坤角儿的。那年正月，我们到胡村唱了两天戏，胡村的村长非要娶了我不可。有人告诉他，我是男的，他还不信。我化着妆到茅房里尿泡的时候，他扒着墙头看了看，才死了心。"

我望着天边的落日，不由哈哈笑了。我一直想不明白，对于这件事，他为什么那样津津乐道？莫非，那是他一生当中最大的荣耀？

料备齐了，孔爷召集各队的队长开会，让他们出木工、出瓦工、出壮工。队长们说：

"孔爷，你看什么时候了，麦子黄了梢儿了！"

过了麦收，孔爷又召集他们开会，他们又说：

"孔爷，锄草灭荒正吃紧，挂了锄再说吧！"

挂了锄，哩哩啦啦下起雨来，半月没有晴天。孔爷又召集队长们开会，队长们说："等晴了天……"话犹未了，孔爷把桌子一拍，板着脸孔说：

"你们到底干不干吧？"

"孔爷你下命令吧！"他们这才改变了口气。

几个壮工，冒着小雨干起来了。刚刚挖好地槽，打完夯，就到了秋收种麦的时候，就又停了工。

种上麦子，各队的木工、瓦工才到齐了。但是，那时人们干"社务工"一向是不积极的，工程进度很慢，气得孔爷常常自言自语：

"妈的，很像是给日本人当伕哩！"

眼看要上冻了，还没上梁。

孔爷天天盯在工地上，似乎也不见效。

一天，孔爷急了，指着干活的人们骂：

"你们滚回去吧，我调我的人马呀！"

他的"人马"是指四类分子。那时候，他兼任着大队治保主任。

四类分子们来了，孔爷板着脸孔给他们订立了三条劳动纪律：一、不准吸烟；二、不准喝水；三、不准拉屎撒尿。他还提了一个战斗口号：掉块子肉，脱层子皮，上冻以前也得给我上大泥！

房子终于盖成了，上冻之前，总算上了大泥。

孔爷一松心，病了。

孔爷生着病，每天还要来看看新房子。他的心情很好，但是仍然板着脸孔，没有一丝笑容。一天，我扶他看着新房子，不由得说：

"孔爷，我向你提个问题吧？"

"提吧。"他说。

"我到梦庄好几年了，不管什么时候见到你，你总是板着脸孔，你猜人们怎么说？"

他站住脚，眯着眼睛听。

"人们说，孔爷天生的不会笑，这是真的吗？"

他仿佛笑了一下，说：

"我不是不会笑，我是觉得我的工作不能笑。我是贫协主席，代表着贫下中农哩。贫下中农能嘻皮笑脸的吗？我又是治保主任，管着四类分子哩，对四类分子能笑吗？你看见了，我要是笑着，这排房子能盖起来吗？"

"孔爷！房子盖起来了，你笑吧，你尽情地笑吧！"我说。

他真的笑了。他笑得挺好看，很像一个和蔼的老太太。

孔爷笑过不久，便辞去了所有的职务，到村北的树林里看树去了。他辞职的理由是：年老体弱，不能胜任现在的工作。

后来，我才知道了孔爷"辞职"的真正原因。有一天，公社革命委员会的主任来检查整党工作，在党员大会上，突然提出一个问题，让大家进行路线分析，老孔让贫下中农"滚"回去，请四类分子修建校舍，属于什么性质？当天晚上，他和孔爷谈了一次话，孔爷便辞了职。

放了寒假，我和几个老师到树林里去看他。一个女老师，一看见他就哭了说：

"孔爷！他们这样对待你，你冤不冤呀？"

"不冤，冤什么？"他却笑眯眯地说，"组织上宽大，同志们温暖，不往深里追了，还不便宜咱？你们说，要往深里追一下，不是阶级立场问题是什么？咱更戗不了了！"

"孔爷，你当时怎么没有想到这一层呢？"我问。

"咱没文化，想不了那么深刻。"他仍然笑着说，"要不我常说，没文化不行啊，要不咱得努力办学啊！"

他说话的声音很大，底气很足，而且满脸是笑，仿佛返老还童了。他让我们参观了他的小屋，参观了他的锅灶，还领我们到树林里转了转。走到林子深处，听见几只鸟叫，他便放开嗓子唱了两声：

"老了老了真老了，十八年老了我王氏宝（呃）钏……"

他的嗓子确实不错。

（梦庄记事之十八）

飞机场上

　　就像做梦似的，我们这个小小的县城里，忽然有了一个飞机场。买张飞机票，天上转一圈儿，可以看全城。

　　城里有什么？九楼四塔八大寺，建于唐宋元明清。还是这些古董，从前叫"四旧"，现在叫"国宝"，不但中国人要看，外国人也要看——也像做梦似的。

　　自从有了飞机场，给我添了不少麻烦。一些农民朋友，经常找我"走后门"，让我买飞机票。飞机票的生意很兴隆，尤其是在旅游的旺季，飞机票很难买到手的。

　　正月里，梦庄来了一群妇女，也让我买飞机票。年轻的一时认不清了，我只认得和我年纪相仿的魏嫂、路嫂和黄嫂。三位大嫂红光满面，穿戴一新，魏嫂代表她们说：

　　"嫂子们求你来了，请你去买几张飞机票。咱村不少人，坐过飞机了，他们说飞机飞得可高哩，坐上可晕哩。正月里，我们也来晕一晕！"

　　说着，把一叠很新的票子，塞到我手里。我笑着说：

　　"魏嫂，你也敢坐飞机？"

"我怎么不敢坐飞机？"

"那飞机，比电碾子更可怕呀！"

路嫂和黄嫂，哈哈地笑了。

那年秋天，大队油坊里安了一个电碾子，魏嫂看了，大惊失色，满街里嚷叫："快去看吧，油坊里闹鬼儿哩，一个小碾子，没有人推，没有驴拉，自个儿骨碌骨碌乱转！"这件事情曾在村里传为笑谈。

魏嫂也哈哈笑了，高声大嗓地说：

"我不怕，八十年代的老太太，嘛都不怕了！"

飞机场坐落在县城东北方向的城角楼下。原先这里是一片庄稼地，现在变得宛如一个繁华的小城镇，一行行树木，一排排新房，一片片做生意的车、棚、帐。我领她们到了那里，买票的人们排着长长的队伍，飞机正在天上飞翔。我从后门进去，买了飞机票，便领她们到"清心茶馆"等候飞机。"清心茶馆"说是茶馆，里面也卖香烟，也卖食品，也卖各种饮料。三间门脸儿青砖青瓦，古色古香，黑漆门柱上贴着一副醒目的大红春联：

生意春前草
财源雨后泉

因为是我给这个茶馆取的名字，题的匾额，茶馆的王掌柜和我十分友好。见我领着客人来了，赶忙在靠近窗子的地方，抹干净一张桌子，清声亮嗓地说：

"老兄好久没有来了，这里坐吧！大嫂们坐飞机吗？好啊，俯览古城全貌，领略无限风光……"

说着，沏了一壶茶水，端上瓜子儿一碟。我让她们坐下了说：

"三位大嫂来了，三位大哥怎么没有来呢？"

"原说要来的，临时又变了卦。"魏嫂说，"去年冬天，他们三个做伴儿到山西卖花生，坐了一次火车，今天就说：'坐过火车的不坐飞机了，没有坐过火车的坐飞机去吧。'——三个土蛋，舍不得花钱！"

说完，又哈哈地笑了。

"奶奶，我吃甘蔗！"一个戴皮帽的男孩子说。

魏嫂掏出一块钱，给了男孩子。

"奶奶，我吃冰糖葫芦！"一个扎小辫子的女孩喊叫。

路嫂掏出一块钱，给了女孩子。

两个孩子拿着钱，一蹦三跳地跑出去了。

茶客多起来了，阳光从窗子里照进来，茶馆里既热闹又暖和。三位大嫂嗑着瓜子儿，喝着茶水，谈天说地十分快乐。可是，当我问到村里的情况，路嫂突然拍了一个响亮的巴掌，说：

"完了！"

"什么完了？"我一惊。

魏嫂和路嫂，一唱一和地说：

"地早分了！"

"牲口早卖了！"

"好好儿一个集体，完了！"

魏嫂说着又拍了一个巴掌。

"她们两个吃了饭净在一起发牢骚，迟早要当反革命。"黄嫂指着魏嫂和路嫂，笑模悠悠地说。

我在村里的时候，魏嫂、路嫂就爱发牢骚。她们"根正苗红"，胆子也大，敢在大街上叫唤"吃不饱"，埋怨"布票不能顶钱花"。黄嫂就不同了，别人发牢骚的时候，只是静静地听着，从不答话。她时刻记着自己是个富裕中农，应该夹着尾巴。

"我不是发牢骚，我说的是实话！"魏嫂一气儿喝干一碗茶，诉苦似的对我说，"从前种地队长操心，如今种地自己着急！你就说那个电吧，能把人气哭，也能把人气笑。黑夜该你浇地了，它停了，一等不来，二等不来，你刚刚钻了被窝儿……"

"它来了。"王掌柜趴着柜台，忽然插了一句。

"赶紧穿上衣裳，往地里跑吧，你刚刚跑到地里……"

"它又停了。"王掌柜给我们续着水，笑眯眯地说，"这位大嫂讲的是实情，不是反革命。"

魏嫂好像遇见了知己，望着王掌柜说：

"这位大哥，也是乡下人？"

"城东的。"王掌柜眯着一双小眼睛笑着，谦虚地说，"去年春天，在各级领导的关怀下，在这里租了一块地皮，开了个小茶馆，个体户。"

"生意发财？"

"凑合。"

"好啊，你不用着急了！"魏嫂撇下王掌柜，指着自己的头发对我说，"你看看，你在村里时，我墨黑的头发，如今呢，头发都给急白了！"

"娘，二十年了，你不着急头发也该白了。"一个长得白白净净的媳妇，用手背掩着嘴角笑了说。

这个媳妇很腼腆，很俊俏。我看了她好大一阵，才说：

"你是……"

"我是燕巧。"她笑了。

"我是她婆婆！"魏嫂也笑了，骄傲地说。

燕巧不是大队林果技术员吗？我在村里时，经常在果园里看见一个身材苗条的姑娘，施肥，浇水，除虫，剪枝，嘴里总是哼着歌儿……

"奶奶，飞机下来了！"一片隆隆的声音，两个孩子跑回来了，兴奋地指着飞机场说。

一架银白色的飞机，挟着巨风，正在机场上滑翔降落。三位大嫂伸长脖子从窗子里望着那个闪闪发亮的庞然大物，惊奇地说：

"噢，这就是飞机！"

"三个翅膀，看清了么？"

"看清了。"魏嫂担心地说，"飞到天上停了电，可怎么着？"

两个孩子不怕停电，嚷着要坐飞机。我告诉他们等下一班再坐，他们就又跑出去了。

飞机又起飞了。三位大嫂望着窗外，继续讨论飞机到了天上会不会停电，我关心着梦庄的果园：

"燕巧现在还当技术员吗？"

"果园早就被人承包了，她到哪里当技术员？"一个半天没有说话，脸色黑黑下巴尖尖的媳妇说。

我望着这个媳妇，一点印象也没有了。黄嫂告诉我，这是路嫂的儿媳妇，李庄的娘家，名叫兰娥。

"现在，果园的收成如何？"我问兰娥。

"不晓得！"兰娥看了燕巧一眼，忿忿地说。

提起果园，燕巧也变了脸色。她说承包果园的时候，只定经济指标，不定施肥指标、病虫防治指标和果树生长指标。结果，承包者只求高产，不肯投资，不少果树已经得了腐烂病……

我放下茶碗，也忿忿然了：

"村干部不管么？"

"村干部？"兰娥冷笑着说，"有人说村干部入着股，村干部说没入股，谁晓得到底入股没入股？"

"乡政府也不管么？"

"乡政府？"魏嫂哈哈笑了，"乡政府那么忙，哪顾上管这等事？"

"他们忙着干什么？"

"路嫂，你说吧！"

"魏嫂，你说吧！"

结果谁也没有说。

"那么，燕巧现在干什么呢？"

"立着！"兰娥嘴快。

"立着？"我没听懂。

"立着！"路嫂向我解释说，"你到村里看看去，从村南口到村北口，天天立着一堆人，东看老鸹西看燕儿。那么一点土地，搁不住种，不立着干什么？"

我明白了。去年春天，在下乡扶贫动员大会上，县长反复地讲，在我们这个地区，下乡扶贫的主要任务是解决农村剩余劳力的问题，我想指的就是农民"立着"的问题了。

"县里派了不少干部下乡扶贫，咱村有人去了么？"

"有人去了。"燕巧说，"去了一个老孙，一个小吴，他们说：'要想富，上项目。'我找他们要项目，他们让我卖烧饼。"

"我找他们要项目，他们也让卖烧饼！"兰娥说。

"你听听，你听听。"魏嫂又被气笑了，高声大嗓地说，"都鸡巴卖烧饼，谁鸡巴吃烧饼！"

"反革命。"黄嫂指着魏嫂，咕咕地笑了。

满屋茶客都笑了，我也笑了：

"这么说，你们属于没有脱贫的户了？"

"我们脱不了贫！"路嫂冷着脸儿说，"一等人去承包，二等人做买卖，我们是三等人！"

"三等人一样坐飞机！"魏嫂突然站起来，虎视眈眈地说，"路嫂，别把咱们看得太低气了，卖半布袋花生，卖几把子辣椒秧茄子秧，谁敢不叫咱们上飞机？"

"别说了，飞机下来了！"黄嫂也站起来，指着窗外说。

一片隆隆的声音，两个孩子又跑回来了。我付了茶钱，正要领她们走，王掌柜忽然瞅定路嫂说：

"这位大嫂，你说我是几等人？"

"你是二等人。"路嫂说。

王掌柜摇摇头，苦眉苦眼地笑了笑说：

"你们的话，我都听见了，我也说几句吧。刚才，就在你们发牢骚的时候，物价局来了一位同志，买了我五袋橘子粉，我不要钱，人家非给不可。推让了半天，我才收了钱。一袋橘子粉进价一块九毛八分钱，五袋橘子粉，你们猜给了多少钱？五块钱。我还得说：'哎呀，同志，你真廉洁呀，哈哈哈！'——你们说我是几等人？"

三位大嫂都笑了，一齐指着王掌柜说：

"咱们发牢骚，他也发牢骚，真是没想到。"

外面阳光好灿烂，一架银白色的飞机，真实地落在她们眼前。我领她们朝那里走着，忽然想起一句话，还没有问清楚：

"魏嫂，你们告诉我，乡政府到底忙着干什么？"

"催粮催款！"魏嫂说。

"刮宫引产！"路嫂说。

黄嫂不怕当反革命了，也说：

"卖书卖报，推销耗子药！"

她们朝我笑了笑，大姑娘上轿似的，上了飞机。

飞机开动了，在一片浩大的隆隆的声音里，挟着巨风向前冲去。

隆隆的声音变弱了。

飞机变小了。

她们满腹牢骚飞到天上去了。

（梦庄记事之十九）

会上树的姑娘

　　我到梦庄不久，便听到一句歌谣："王庄的姑娘会织布，梦庄的姑娘会上树。"王庄离梦庄三里地，那里的姑娘们怎样织布，我并不关心，梦庄的姑娘们怎样上树，却引起我很大的兴趣。

　　我们房东家，有个姑娘就会上树，据说身手不凡的。那姑娘叫小欢，当时不过十六七岁，小巧的身材，墨黑的头发，长得很白净。我们无法想象，这么一个姑娘，怎么会上树呢？一天，在地里干着活，和我一块儿下乡的石小芳故意逗她：

　　"小欢，你都会干什么活呀？"

　　"我会绣花儿。"她说。

　　"别的呢？"

　　"我会做鞋。"

　　"那是细活，粗活呢？"

　　"我会锄地，也会摘棉花。"

　　小芳忍不住了，指着井台上的一棵大杨树说：

　　"那棵树，你上得去吗？"

　　"你哩？"

　　"我们城里姑娘，哪会上树呀？"

"你不会，我也不会！"

她的脸红红的，眼里像有敌意。

那天中午收工后，我们正要做饭，听见她父亲叫她：

"小欢，上树捋点榆钱儿吧，吃'苦累'呀。"

她家院里就有不少树木，有榆树，有槐树，我们屋的窗子前面，还有一棵合欢树。她在院里洗了洗脸，到屋里去了。我们以为她去拿篮子，就在院里等着观看。可是等了很久，她再也不出来了。她父亲两手一摊，朝我们笑了笑说：

"看，你们来了，欢儿变娇了，不肯上树了。"

小欢的父亲还不到四十岁，长得很是糟糕。他的头顶早秃了，头顶四周立着几根黄黄的头发，像是旱坏的禾苗；他像有什么病症，眼里总是含着泪，嘴角里也湿汪汪的，显得水分很充足。可是他爱说话，吃饭的时候，他便端了一只大碗，蹲在合欢树下，不住地和我们说话。他说梦庄紧挨着老磁河沙滩，属于风沙地带，1949 年春天，华北人民政府在附近的一个村里成立了冀西沙荒造林局，他们就开始栽树了，村里村外，栽的净是树。他又告诉我们，村里粮食紧缺，花钱困难，庄稼人的生活来源一半指望地里，一半指望树上。春天，孩子们上树捋榆钱儿、采槐花儿，榆钱儿槐花儿掺一点玉米面蒸了，就是一顿饭，村里人叫"苦累"；秋天，孩子们上树扒槐角，打出槐籽能卖钱。他说去年秋天，小欢上树扒槐角，给他"扒"了一个皮袄，给她娘"扒"了一条棉裤。我们听了咯咯地笑，小欢便在屋里摔打一件什么东西。他听见了，赶忙吸溜一下嘴角的水分，笑笑说：

"不说了，不说了，欢儿急了。"

真的，我们到了梦庄，好像破坏了这里的风俗，姑娘们当着我们的面，再也不肯上树了。一个春深夏浅的日子，我们几个下乡知青到村西的沙岗上玩耍，路上看见几个姑娘，手里拿着篮子，站在一棵大槐树下，是要上树的样子。我们就悄悄躲在附近一片小树丛里，等着观看。她们把辫子盘在脖子里，正要行动，一个姑娘忽然叫了一声："有贼！"我们暴露了目标，她们就像一群惊弓之鸟，笑着跑散了。

那年秋天，终于得到一个观看姑娘们上树的机会，那年村里成立了俱乐部，为了置买服装、乐器，大队长让我们参加一天义务劳动，到村北的树林里扒槐角去，他把我们分成几个小组，每一个小组里，有会上树的，有不会上树的。我们那一组里，有我，有小芳，我们属于不会上树的；会上树的是三个本村姑娘：文雁、春女和小欢——小欢嗓子好，也被动员参加了俱乐部。

大队长做了动员，问我们能不能完成任务，我们说能，以小欢为首的姑娘们却唱歌儿似的一齐回答：

"不能——！"

"怎么不能？"大队长问。

"我们来例假啦！"小欢大胆地说。

我们都笑了，姑娘们低着头，也偷偷地笑了。

大队长生气了，对姑娘们做了严肃的批评。他说你们参加了俱乐部，成了村里的文艺工作者，可是你们不能忘了，你们都是梦庄的闺女，你们不能丢了梦庄的传统。一个人来例假，都来例假吗？姑娘们偷偷地笑着，不再言声了。

那天早饭后，我们一人背着一个荆条筐子，来到村北的树林里。她们走得很快，到了林子深处，她们还不住脚。那真是一片好林子啊，一棵棵洋槐树，遮天蔽日，林中光线像是到了黄昏时候。林间的草地上开着野花，生着一丛丛的紫穗槐，小鸟一叫，像有回声。走到一片野花盛开的地方，小芳不走了，催她们上树。她们放下筐子，文雁看看春女，春女看看小欢，小欢两脚向后一踢，脱了鞋，命令我们说：

"你们朝前迈十步吧！"

"迈十步干什么？"我说。

"你不要问，要不你们上树。"

我和小芳笑了笑，只好向前迈去。她们数着我们的步子，一齐喊着：一，二，三，四，喊着喊着，忽然不喊了。我们回身看去，不见了她们的影子，树下放着她们的鞋。仰头一看，文雁高高坐在一根树枝上，悠着脚丫，朝我们笑；春女躺在一个倾斜的树桠子上，两手抱着肩，像是睡着了；小欢上得更高了，人也变小了，一串串槐角从天上落下来，下雨一般……

　　她们上得真快呀，我只看见了树上的姑娘们，到底没有看见姑娘们上树。

（梦庄记事之二十）

写对子

梦庄是个贫苦的地方，可是过年的时候，人们很爱贴对子，并且贴得很铺张：街门上贴，屋门上也贴，树身上贴个"栽子"，影壁上贴个"斗方"，猪圈的草棚上也要贴个"黑猪满圈"，队里的大车上也要贴个"日行千里"，贴得村里一片火红，十分好看。——遇到雪天，白雪红对子，更好看。

村里能写对子的人好像不多：一个是西街的黄玉明，一个是东街的路老鹤，后来我也算一个。一到年根，我们就在街上放一张桌子，给人们写对子，东街一摊，西街一摊，大队门口一摊。谁写对子谁拿纸，大队供给墨汁。

现在回忆起来，那是一件很愉快的工作。暖和的阳光下，人们众星捧月似的围绕了我，人人喜气洋洋的，情绪像梅红纸。干部们喜欢写新词，社员们喜欢写古词。新词报纸上有，古词在人们心里：春回大地呀，万象更新呀，三星在户呀，五福临门呀……尽是人间最美好的话语。

有一天，村南口的路老杏也来写对子。路老杏五十多岁了，高大的身材，焦黄的脸，我到梦庄一年了，从没见他和人说过话，人们也不和他说话——他头上戴着一顶富农的帽子。治保主任见他拿着红纸过来了，说：

"路老杏，你也写对子？"

"行么？"他问。

治保主任也姓路，叫铁棍，平时脸色如铁，说话像棍，人们都很怕他。这时候，却也笑着说：

"行，过年嘛，我们炮轰金门、马祖，还停炮七天哩。——你写吧！"

我却有些作难了，给他写什么词句呢？他想写个"天增岁月人增寿，春满乾坤福满门"，人们便笑着呵斥他：

"不行，你有了福气，我们就该受罪了！"

"要不，写个爱国的内容吧？"

"你爱国也是假的！"

他也呵呵笑了，笑得十分好看。他知道人们是在"批逗"他，而不是批斗他——一年到头，他是难得这么一回"批逗"的。他像戏台上的丑角，又是蹙眉，又是咂嘴，抓耳挠腮地表演了一番，然后望着我说：

"你是城里的学生，有文化，你给琢磨两句吧！"

我想了一下，挥笔给他写了一副：

有空多拾粪
没事少赶集

横批：

奉公守法

人们看了哈哈大笑，都说我写得好，编得也好，果然有文化。路老杏也很满意，"好，就是它了，年年是它了！"墨迹未干，他便一手提了一幅，飞一般走了。"飞"到拐弯的地方，他还故意蹦了两蹦，像扭秧歌，人们笑得更欢了。那天地上有雪，铁棍放声笑着，竟然望着他的背影喊了一声：

"慢走呵，大伯，别摔倒了！"

铁棍嗓门大，一声呐喊，震得树上的雪簌簌落了一片。

（梦庄记事之二十一）

妙光塔下

　　南门里头，一排高低错落的民房中间，矗立着一座古塔，那便是慧云寺的妙光塔了。慧云寺早已断了香火，妙光塔也明显地倾斜了，酥裂了，像一个人到了风烛残年。平时人们一走近它，就会听到老街长的呼喊：

　　"喂，闪开些，小心砸着了，那里危险！"

　　老街长就住在慧云寺旁边的一个栅栏小门里，看着这座古塔，不知呼喊了多少年，如今头发霜白了，还在不断地认真地呼喊。

　　这天晚上，月亮刚刚出来，人们又听见他在庙台上呼喊，不过内容变了，声音也很柔和：

　　"乡亲们，大热的天，钻在家里干什么，出来凉快凉快吧！"

　　听见呼喊，一群孩子首先跑过来了。他们知道，老街长很会讲故事，也很喜爱孩子们。他们众星捧月似的坐在他的身边，有的趴在他的背上，嚷着要他讲故事。

　　老街长摇着芭蕉扇子，笑眯眯地望着孩子们问：

　　"你们想听什么故事？"

　　"我们想听神话故事！"孩子们一齐说。

老街长望着古塔，稍微想了一下，就给他们讲起来了。他说当年造塔时，来了一个乞丐，坐在寺外监工，工匠们遇到难题就去问他。可那乞丐从不说话，工匠们问什么，就在地上画什么。他说那个乞丐就是八仙中的吕洞宾……

"老街长，又在讲吕洞宾呀？"

这时候，大人们摇着扇子，拿着板凳儿，也凑过来了。老街长对着他们笑了笑说：

"呵，讲着玩哩。"

大人们坐下了。又说：

"最近，吕洞宾又来了，要修这座古塔了，晓得了吗？"

人们想起来了，那是一天下午，一辆黑色轿车停在这里。车上下来一个姑娘、一个官员，最后下来一个清清瘦瘦、头发稀稀的老头。那老头戴一副金丝眼镜，脖子上挎着照相机，一口北京话。他们在慧云寺里整整看了一个下午，谈了一个下午。从那天起，老街长天天光着脊梁到寺里去，拔寺里的野草，清寺里的狗粪，中午也不休息……

人们望着古塔，高兴地说：

"早该修一修了，这座古塔，是城里一景哩！"

"塔刹呢，塔刹哪里去了？"

"四座小塔修不修？早先还有四座小塔哩，环绕着大塔，乾隆爷看了都喜欢……"

"修。"老街工摇着芭蕉扇子，对大家说，"大塔也修，小塔也修，大殿也修。不过，那个北京老头说了，要把那些丢了的古砖找回来，才能修哩。他说这叫'修旧如旧'……"

"哼，抽风哩！"宰牛的马老大蹲在庙台上，冷冷地说，"从前叫拆庙，如今又要修庙，修就修吧，还要'修旧如旧'！"

一阵凉风，从东边的菜地里吹过来，把大人们的笑容吹走了。

孩子们不管大人的事情，一心想着吕洞宾：

"老街长，吕洞宾画了一些什么呀，你还没讲完哩！"

"往上看，"老街长指着塔上说，"他的作品，塑到塔上去了。"

"在哪里，怎么看不清？"

"在那里，仔细看……"

老街长正给孩子们指点，卖菜的蒋五婶忽然插了一句：

"老街长，你这么大年纪了，还负责看塔呀？"

"嗯。"老街长点点头。

"白干？"

"不，有补助。"

"一个月多少钱？"

"四块钱。"

"噢，四块钱！"蒋五婶扑哧笑了一声，又说，"这么多年了，又炼钢铁，又破'四旧'，那些古砖怕是早失灭了，到哪里去找呀？"

"好找好找，那些古砖没有走远……"一个瘦长的影子，摇摇晃晃走到庙台上来。蒋五婶眼尖嘴快，立刻冲着那人说：

"王老婆，你说古砖没有走远，你家藏着多少？"

"我家藏着炸弹，没有藏着古砖。"王老婆说着，哈哈地笑了。

王老婆自从摘了富农的帽子，天天喝得醉醺醺的，说话也很尖刻。那年在庙台上批斗他，有人说他藏着武器，他便招认了，他说他家后头院里埋着一支手枪，埋着一颗炸弹……

今天他又喝了酒，打败蒋五婶，笑吟吟地望着老街长的脸说：

"老街长，那些古砖，要是垒了猪圈呢？"

"拆。"老街长说。

"要是垒了厕所呢？"

"拆。"老街长又说。

"要是盖了房子呢？"

老街长看看大家，迟了一下说：

"也拆。"

大人们低下头，谁也不说话了。孩子们好像明白了一点什么，偷偷观察着他们的脸色。静了一会儿，不知是谁小声说：

"那个北京老头真古怪，偏偏稀罕那些烂砖……"

"烂砖？"老街长仿佛生了气，望着那人脊背说，"那是唐砖！"

"唐砖，就是唐朝的砖。"王老婆脱了鞋，大模大样地坐在庙台上，装出一副知识渊博的样子说，"一块唐砖，拿到美国，值好多美元哩……"

"王老婆！"马老大忍不住了，大喝了一声，"你什么时候到过美国？"

"我，我是听说……"

"我们说话，你不要多嘴多舌！"马老大不客气地说。

王老婆怔了一下，笑吟吟地说：

"我的帽子已经摘了，我们是一家人了……"

"你们是一家人，你们歇着吧，我走！"蒋五婶拿起板凳儿，真的走了。

两个老头站起来，也说要走，王老婆赶忙说：

"好了好了，我走我走，你们歇着……"

王老婆蹬上鞋，灰灰地走了。

两个老头又坐下了。

蒋五婶转了个圈儿，又回来了。

"拆，也不白拆。"老街长依然摇着芭蕉扇子，对大家说，"那个北京老头说了，只要能把那些古砖收回来，拆你一个旧猪圈，赔你一个新猪圈，拆你一个旧厕所，赔你一个新厕所……"

"要是拆我两间旧房子呢？"蒋五婶问。

"那就赔你两间新房子。"老街长说。

"真的？"

"真的。"

蒋五婶笑了，马老大也笑了，许多人都笑了。大家笑着夸共产党好，夸那个北京老头不错……

"这么说，大家都要住新房子了。"从前种地，现在仍然种地，一向不爱说话的陈大爷发言了，"那年我盖房子，打根脚的时候，也用了寺里的古砖——我也要住新房子了。不过，我有一个问题还没想清楚：国家该不该赔偿我们呢？"

"怎么不该？"马老大站起来，用手拍打着芭蕉扇子，在人们脸前跳来跳去说，"法律保护私有财产！法律……"

孩子们看着有趣，哈哈笑起来了。老街长也笑了：

"马老大，刚才你说什么，你再说一遍。"

在孩子们的笑声里，马老大抬头看看那座古塔，话到嘴边又咽下去。这时候，圆圆的月亮游到塔尖儿上去了，照得古塔更清晰……

"要不，我们自己拆了吧，省得心里不上不下的……"

"不要赔偿了？"

"不要了，那些古砖本来就是老祖宗的东西……"

"那，那得拆多少房子呀？"

"是呀，我们的损失……"

人们正讨论着，菜地那里忽然传来了说话的声音：

"老婆叔，干什么去来？"

"我呀，列席了一个会议。"

"哪里开会呀？"

"那不是，贫下中农正在讨论修塔的问题……"

王老婆哈哈笑着走远了。

大人们急了，一齐望着那个方向，骂王老婆不是东西！

老街长好像并不关心这些事情，耐心地回答着孩子们的问题。一个小姑娘问：

"老街长，人们怎么晓得那个乞丐是吕洞宾呢？"

"塔造好了，那乞丐要走了，人们问他的姓名，他便走到路南的茶馆里喝水去了。你们猜怎么喝？他躺在地上，张开嘴，从壶嘴里接了一滴开水喝……"

"哎呀，不烫？"

"不烫。"

"那就晓得是吕洞宾了？"

"你们想啊，上面一个壶嘴，下面一个人嘴，嘴，又叫什么呢？"

"口！"孩子们一齐说，"两个口……"

"中间还有一点水呢？"

孩子们"啊"了一声，拍着手笑了，都说有趣、有趣。

大人们没有那兴致，继续着那个沉重的话题：

"老街长，你看怎么办好呢？"

"怎么办怎么好，怎么好就怎么办吧。"老街长困了，打了个哈欠说，"大家要是觉得国家不该赔偿呢，就自己拆了，把那些古砖送回寺里；大家要是觉得国家应该赔偿呢，那个北京老头也放下话了，拆你一个旧猪圈，赔你一个新猪圈，拆你一个旧厕所，赔你一个新厕所……究竟怎么办好，大家再想想吧。呵，我要睡了。"

说完，回家去了。

待了一会儿，大人们也散了，低着头去想办法。

孩子们没有散，他们依然仰着头，静静地注视着那座古塔。明净的月光里，他们终于看清了，塔身上那一块块酥裂了的泥巴，竟是一幅幅美丽的图画：那是一头狮子，那是一只大象，那是一尊菩萨，那是一朵莲花……

林掌柜

府前街是个丁字街。丁字那一横是条繁华的东西大街，丁字那一竖是条僻静的南北小街。丁字街口朝北一点儿，面南蹲着一对石头狮子，面北蹲着一对石头狮子，四只石头狮子龇牙咧嘴，同心协力地驮着一座古旧的木牌坊，上书四个大字："古常山郡"。木牌坊南边是我家的杂货铺子，木牌坊北边就是林掌柜的"义和鞋庄"了。

"义和鞋庄"不大，只有两间作坊、两间门市，黑漆板打门。那时的铺子都是板打门：门脸下面一道石槽，门脸上面一道木槽，中间那一扇扇活动的黑漆木板，叫"板打"。日出开板打，日落上板打。上板打是一种沉重的体力劳动，为了上得严丝合缝，每上一扇都要努力碰一碰。于是，天黑的时候，整个城里就会响起一片巨大的啪啪、啪啪的声音，此起彼落，经久不息，显示着一种繁荣，充满了一片生气。

不知什么原因，林掌柜的作坊是"闲人免进"的，更不许孩子们到里面玩耍。他家的门市我记得却很清楚：一排货架子，陈列着各式各样的鞋，让人想到一片干净周正的脚；门口的柜台上，放着算盘、笔砚、账簿，还放着一把特制的铡刀。那把铡刀小巧玲珑，好像一个古董，又像一个玩具。据说，只要顾客问一声："掌柜的，鞋底里面，垫的是纸是布呀？"林掌柜便微微一笑，一手接过鞋，一手抬起小铡刀，咔嚓一声，把鞋铡作两截，送到顾客眼皮下看——林掌柜又叫"铡刀林"。

林掌柜五十来岁，长得方脸方口，硕大的鼻头也是方的。夏天，一条黑布裤子，一件白布褂子，总是刮洗得光头净脸；冬天，灰布棉袍，豆包靴头，一顶帽壳。他给人的印象：方方正正，干干净净，和和气气。跟人说话时，不论贫富长幼，总是一脸笑容，满口的"好，好，好"。有一年冬天，邻居一个孩子身穿重孝，趴在他的柜台前面磕了个头，然后说："我娘没了。"他也说："好，好，好。"——惯了，和气也不看什么时候。

因了那把小铡刀，林掌柜的生意格外好。每当他家门前顾客多起来的时候，我便凑过去，很想看他铡一双鞋。可是，在我的记忆里，那把小铡刀从来没有用过，只是那么放着，并且总是擦得明晃晃的。

一天，我正骑着石头狮子玩耍，杨跛子过来了，一跛一跛地走到林掌柜的柜台前面，说：

"买鞋！"

那天顾客不少，林掌柜见他来了，赶忙拿出几双鞋，让他挑选。他拿起一双鞋，朝柜台上一扔：

"铡一双看看！"

林掌柜望着他，笑而不语。

"不敢铡？"

"敢铡。"

"不敢铡就不是好货！"

"这么着吧，爷儿们！"林掌柜拿起那双鞋，一面用纸包着，一面笑着说，"这双鞋，拿去穿，钱，不忙给；鞋底磨通了，鞋帮穿烂了，好货赖货一看便知。"话儿也柔和，手儿也利落，话说完了，鞋也包好了，朝他怀里轻轻一扔，"别客气爷儿们，拿着，穿坏了再来拿！"

杨跛子真的不客气，白白拿走一双鞋！顾客们都很气愤，林掌柜却依然笑着，说是："只当铡了一双。"

杨跛子住在后街里，土改的时候，表现很积极，后来不知什么原因，贫农团开会不再叫他了。他没有职业，但是整天泡茶馆子，泡戏园子，泡澡堂子。买卖人都很讨厌他，林掌柜为什么对他那么客气呢？晚上我问父亲，父亲笑着说：

"要不怎么叫'义和鞋庄'呢！"

父亲和林掌柜是至交。遇到下雪下雨的天气，或是生意不忙的时候，林掌柜便来我家铺子里闲坐。他总是叫我父亲"老鸟"，我父亲也叫他"老鸟"。直到今天，我只知道那是一个戏称，但不知道"老鸟"的真实含义。

两个"老鸟"到了一起，就要喝一点酒，"老鸟，喝点儿？""喝点儿，老鸟。"他们到里间屋里，在炕上放个小桌，对面坐了，慢慢地喝。——我家卖酒，也卖松花、咸蒜、豆瓣酱。林掌柜非常欣赏我家做的豆瓣酱，吃到一个姜丝儿，不住说"好"。每次分别的时候，两人总要互相奉承一句：

"我最佩服你的豆瓣酱。"

"我最佩服你的小铡刀。"

我也深深喜爱林掌柜的小铡刀。有一次，他们喝着酒，我问：

"林大叔，你那小铡刀快不快呀？"

"快呀，飞快飞快。"

"一年铡多少鞋？"

"早先铡一些，后来就不铡了。"

"既然不铡了，要它干什么？"

"放着。"父亲说，"世界上有些东西，一定得有，用到不用的时候，便是用好了。"

林掌柜乐了，举起酒杯说：

"知我者，老鸟也！"

他们每次喝酒，总是这么快活。

后来，很有一阵子，林掌柜不到我家铺子里来了。父亲也很忙，不断到什么地方去开会。人们都说城外的庄稼人已经到了社会主义社会，城里的买卖人也准备向那里迈进了。

林掌柜最后一次到我家铺子里来，是在那年腊月，一个下雪的晚上。那时候买卖家已经不再进货了，关门也早，大家怀着各种不同的心情，等待着敲锣打鼓那一天。

那天天很晚了，父亲站在货架子前面，正自盘算什么，林掌柜把门一推，头上顶着几片雪花进来了。父亲说：

"你也没睡？"

"睡了，又起来了。"林掌柜结着扣子说，"我想看看你。"

"看我什么？"

"有人说工商业者黑夜哭白天笑，我看看你哭哩笑哩？"

父亲低下头，说话变了嗓门：

"我也不哭我也不笑，只是心里麻烦……"

"你有'蛰财'？"

"没有。"

"你能变成'亨茂号'？"

"休想，那是大买卖。"

"这不得了！"林掌柜把手一拍，"那你麻烦什么？"

父亲抬起头，眼里含着泪说：

"老鸟，以后挪了窝儿，咱们还能坐在一起摆个龙门阵不？"

"就为这个？"

父亲点点头。

"能摆，什么时候也能摆个龙门阵！"林掌柜说着，哈哈笑了。

父亲擦擦泪，也笑了：

"你不麻烦？"

"我不麻烦。"

"你不麻烦起来干什么？"

"我想喝两盅。"

"没菜。"

"有菜！"

林掌柜自己下手，弄了一碟韭菜花儿，弄了一碟豆瓣酱，然后从酒坛里舀了一小壶酒，说是一醉方休——林掌柜心地坦和，总是那么快乐。

可是，他刚抿了一口酒，突然皱起眉头：

"酒里掺水了？"

"没有。"父亲一愣。

他又抿了一口，红着脸嚷起来：

"掺水了，肯定是掺水了！"

父亲尝了一口，脸也红了，急得拍着桌子说：

"咦，这就奇了！"

"你从哪儿进的酒？"

"专卖处！"

"最近，谁来打过酒？"

"昨天，前天……杨跛子！"

"披一件破大袄？"

"披一件破大袄！"

"要赊账？"

"要赊账！——三斤的瓶子灌满了，提下柜台，才说要赊账。我说不赊账，他就不打了……"

"酒呢？"

"我又倒回去了！"

"坏了！"林掌柜仰起脖子，咯咯咯地笑起来，笑得没了声音没了眼睛。他说，杨跛子打酒，惯用此法：他的破大袄里另外藏着一只瓶子，里面装满凉水……

父亲听了，也被气笑了：

"你说，这半坛酒……"

"洒了！"

"洒了？"

"再卖倒字号。"

"快关门了，还怕倒字号？"

"人也有字号。"

"半坛酒，总有七八斤呀……"

"不喝了，睡觉！"林掌柜好像生气了，起身要走，父亲赶忙拦住他：

"怎么了，老鸟？"

"你不听朋友劝告！"

我赶紧开开门，抱起酒坛子，把"酒"洒到街里去了。林掌柜拍着我的头顶笑了笑，说是："这小子长大了做买卖能发财。"我要去给他们打好酒，他说不用了，父亲也说不用了，催我去睡觉。

我不想睡觉，躲在灯光照不到的地方，看他们喝酒，听他们说话。他们的话题很散漫，脸上的表情很复杂，一会儿谈到城里，一会儿谈到乡下……父亲脸上刚刚有了一点欢快的颜色，林掌柜却把嘴一撇，瞅着那两碟小菜哭起来了。父亲好生奇怪：

"老鸟，醉了？"

"我也麻烦！"

"你有'蛰财'？"

"没有。"

"你能变成'永泰昌'？"

"休想，那是大鞋庄。"

"这不得了！"父亲也把手一拍，"刚才怎么劝我来？"

林掌柜抬起头，眼里含着泪说：

"老鸟，以后见了面儿，还能吃上这么好的豆瓣酱不？"

"就为这个？"

林掌柜点点头。

"能吃，什么时候也有卖豆瓣酱的！"父亲说着，忍不住笑了。

林掌柜擦擦泪，也笑了。

雪悄悄下着。一阵阵寒风，不时把一两片雪花从板打缝里扔到柜台上来。鸡叫头遍了，他们的话还没说完，最后三举杯，倾注了半生的情意：头杯酒，三十年打早摸黑，苦巴苦干，两家都有吃有穿，没饿着没冻着，喝了；二杯酒，两家相识相知，老不哄少不欺，谁也没有做过亏心的买卖，喝了；最后一杯没有喝，他们把酒洒在地上，敬了天地财神，算盘和秤，还有那把小铡刀。

钱掌柜

　　一棵古槐，树干已经空朽了，枝叶依然茂盛，葱葱茏茏像把大伞，半遮半掩着一个杂货铺——公私合营第四门市部。

　　这个门市部，两人经营着，一个是我父亲，一个是钱掌柜。钱掌柜是组长，我父亲是组员，一官一兵。

　　钱掌柜比我父亲大两三岁，看上去却比我父亲年轻得多，精神得多：一头黑发两只笑眼，肥头大耳满脸光气。公私合营前，他在十字街上开一小铺，名叫"荣盛源"，买卖越做越小，但他一点也不着急。黑夜上了板打，小铺里照例飞出一台戏："我说苏三走动啊！""苦哇！""仓台七台仓台七台仓台七台台仓——""喂呀！忽听得唤苏三我的魂飞魄散，吓得我战兢兢不敢向前……"又是丑又是旦，又是哭又是笑，又有京胡伴奏，又有口念的锣鼓点儿，唱到精彩处，"好！"——还会爆发叫好的声音。站在门外乍一听，不知屋里有多少人，其实就他自己。

　　公私合营后，他仍然爱唱，门市后面的小屋里经常挂着一把京胡。一天晚上，他正唱得热闹，零售经理部的李书记来了。李书记说："老钱，怎么啦，这么高兴？"他哈哈一笑，嘴里竟然冒出一句妙语："有人说工商业者黑夜哭白天笑，那得看谁李书记，我老钱可是自拉自唱着进入社会主义的！"李书记听了，十分欢喜——他当门市组长，大概就是得益于这句妙语。

但是，他这个门市组长，很少在门市上待。他一上任就说："老贾，我这个人太浪荡，坐不住，重活我干，责任我负，守门市靠你啦。"于是，他们这里不是组长指挥组员，而是组员指挥组长。组员说没醋了，他便拉上小车儿去拉醋；组员说没点心了，他便去拉点心——早晨出去中午回来，中午出去晚上回来，一走就是半天。有时组员也批评他两句，他总是哈哈一笑说："我这个嘴好呱呱，熟人又多，碰见谁不得呱呱几句？"——"好呱呱"，就是好说话。

有一天，他去拉醋，早晨出去，次日中午才回来。弄得组员哭不是笑不是：

"老钱老钱，我当把你丢了呢！"

"丢不了，昨天黑夜我到石家庄去了一趟。"

"拉醋用到石家庄？"

"尚小云来了，我看了看尚小云。"说着，拿起鸡毛掸子，扭动胖大腰身，学起尚小云来。

钱掌柜平时浪荡，到了关键时候，真干。

钱掌柜果然犯了错误。反右派的时候，虽然没有戴上帽子，但被狠狠"挂"了一下，遭到了辩论。他的主要错误是丑化党的领导，具体言论是："你看咱们李书记，上身长下身短，穿上什么衣服也不顺眼。"——他说是"不合体"，群众揭发是"不顺眼"，辩论了好几个回合，他才抱头痛哭，承认是"不顺眼"——果然是吃了"好呱呱"的亏！

钱掌柜犯了错误，不再"呱呱"了，但是依然爱唱——胡琴筒里塞块毛巾，小声唱。一天父亲中了暑，让我去请假，他正坐在柜台后面眯着眼睛哼哼着唱哩。他说他用旧曲调，编了新唱词儿，全是歌颂大跃进的；又说国家提出了"超英赶美"的口号，他也不能落后，他要赶超尚小云……

"老钱，不忙啊？"

他正向我讲解怎样赶超尚小云，一个又黑又瘦的中年人走进来，行唐口音。他赶紧打整精神，笑脸相迎：

"哎呀，李书记，你真稀罕！"

原来在我想象中，李书记是个非常严肃、非常厉害的人。其实，他很随和，也很朴素，穿一件肥大的圆领背心，拿一把破旧的芭蕉扇子，像个卖西瓜的；钱掌柜虽然犯了错误，但是他的眼光里，没有一点冷漠和歧视。他看了看货架上的货物，摇着芭蕉扇子说：

"老钱，最近县里要开全面跃进誓师大会，你对咱们公司的跃进规划有什么意见，提提吧！"

李书记是来征求意见的，跃进指标如何，具体措施怎样，群众有什么反映，都问到了。不管他问什么，钱掌柜总是笑呵呵地说："挺好。"

"对我个人有什么意见也可以提一提。"李书记又说，"比如，思想方面的，干劲方面的，工作作风方面的，都可以提——我们现在的主要任务就是反对右倾保守和本位主义思想，扫清跃进的障碍！"

李书记的扇子向前一推，做了个扫清障碍的姿势，然后坐下了——看来一时半会儿走不了。钱掌柜拍着脑袋想了想，笑着说：

"那我就提一条！"

"提吧。"

"我也是听反映。"

"反映也行。"

"不一定对。"

"错了也没关系。"

"要说你李书记，哪一方面都好，就是太爱喝酒了……"

"什么？"

"一喝就是一斤半！"

"我？"

"喝醉了就骂人——这是不是跃进的障碍？"

"别的呢？"

"没有了。"

李书记哈哈笑了，钱掌柜也哈哈笑了。两人哈哈笑了一阵，李书记走了，一边走还一边笑。

李书记走远了，钱掌柜指着他的背影对我说：

"小子，你看他是不是上身长下身短？"

"像。"我问，"他真能喝一斤半酒？"

"他有肝炎，滴酒不沾。"

"那你……"

"这叫技术。"他笑了笑，嘴巴对着我的耳朵说，"领导征求意见，不提不行，提对了更不行，瞎提没事儿——你看他乐了不是？"

那一次，他给我留下的印象很不好。他的一举一动、一言一笑，好像不是原来的钱掌柜了！

那年秋天，大炼钢铁的熊熊烈火遍地燃烧起来的时候，父亲被调到焦化厂小卖部工作，我也上了中学。一晃两年，我和父亲都没见过钱掌柜，也听不到关于他的消息了。春节到了，他把年货预备得非常齐全，天天顶门市，不到天黑不关门；中秋节到了，他便拉上小车儿带上胡琴，下乡卖月饼，走一村唱一村："八月十五月光明，老钱送货出了城，社会主义无限好，老钱的月饼甜得不行。"——十分招人喜爱；县里检查卫生了，他便亲自收拾门市，打扫库房，看见一只苍蝇，举着蝇拍儿从屋里追到院里，从院里追到街里，直到消灭为止……于是，不到一年光景，四门市的墙壁上便挂了不少小红旗。每领一面小红旗，他便自己掏腰包，请我父亲吃一顿。他说这些成绩的取得，全是我父亲努力的结果，鼓励我父亲戒骄戒躁，再接再厉——真像一个领导干部似的。最难得的是，父亲跟他打了将近两年伙计，从来没有发生过错账短款之类的事故。父亲常说，跟老钱打伙计，身子虽然"拴"得慌，可心里踏实。

我也喜欢钱掌柜。每次看望父亲的时候，他见了我总是朝后一指，悄悄地说："小子，到屋里等着去。"我刚走到屋里，他便跟进来了，塞给我一块槽子糕，一块"大八件"，让我"咪希咪希"。他这么做的时候，总是蹑手蹑脚，满脸贼笑，但是"贼"得可爱。

一天晚上，我问父亲什么是"咪希咪希"？父亲说那是一句日本话，就是吃的意思。我听了很惊奇：

"钱大伯会说日本话？"

"他跟一个日本人学了两句。"父亲说，日本人占领县城时，钱掌柜因为贩卖了两箱火柴，被抓到贾村据点，那是杀头的罪过。受审时，他见日本人屋里也挂着一把京胡，便说："你们让我唱一段儿，再杀行不行？"日本人竟然答应了。他一拉一唱，日本人大喜，不但没杀他，还请他吃了一顿饭，跟他交了朋友。

"哎呀，那不变成汉奸了吗？"我问。

"别瞎说，不是汉奸。"父亲板起脸儿说，钱掌柜不但不是汉奸，他还忍着羞辱，保护过一群中国孩子。有一天，那个日本人来到"荣盛源"，让他拉胡琴。一群孩子看见了，冲着日本人骂："操你娘！"日本人不懂这句话，便问钱掌柜，那是什么意思？钱掌柜告诉他，那是祝你长寿。后来，那个日本人见了钱掌柜，总要彬彬有礼地说一声："钱先生，操你娘。"钱掌柜只好点头微笑："谢谢，谢谢。"——钱掌柜能是汉奸吗？

原来，我不相信真有其事，可是后来不断看到人们这样逗他：

"钱掌柜，那年你给日本人唱了一段什么呀？"

"'打渔杀家'，小口儿！"他津津乐道。

"日本人也会拉京胡？"

"唉，吱呀吱呀的，像推碾子！"

"你真会说日本话？"

每当这时，父亲便看他一眼，重重咳嗽一声。但他并不理会，叽里咕噜来几句日本话，然后洋洋得意地说：

"怎么样？地道的东京味儿！"

于是，父亲开始埋怨他了，嫌他"嘴松"，嫌他不会小声说话，嫌他喜欢炫耀自己。他呢，嘻嘻哈哈，满不在乎，我行我素。

一天，他又让我"咪希"，父亲急忙赶到屋里说：

"老钱！别让他吃了，犯错误！"

"犯错误不在吃东西。"他说。

"在什么？"父亲问。

"在说话。"他好像预感到了什么，沉下脸儿说，"老贾，你瞅着，我迟早得犯错误。"

"怎见得？"

"我这个嘴好呱呱。"

"既然晓得了，就要注意。"

这一回，他认真地听着，不再嬉皮笑脸的了。

最后一次见到钱掌柜，是在那个饥饿的冬天。那是一个下雪天，我到焦化厂看望父亲，路过四门市，看见钱掌柜仍然在柜台后面坐着。他看见我，笑着向我招了招手，我走到柜台前面，他把嘴一伸，小声说：

"小子，怪饥不？"

"不饥。"我说。

"不饥是假的。"他看了看点心匣子，两个手指一撒，比了个"八"字，"八块钱一斤了，不能'咪希'了。"

想起当年情景，我不禁笑了：

"钱大伯，如今还唱戏吗？"

"唱，就是进步不大。"他说，"咱们国家没有赶上英国，我也没有赶上尚小云。"说完也笑了。

钱掌柜老了，头发稀稀的白了一半，眉毛也开始变白了；他的脸色像干菜，"胖"得难看，牙齿也脱落了好几颗。他过去不吸烟，那天手里夹着个烟嘴儿，烟嘴儿上按着个烟头儿，吸一口咳嗽半天。我问：

"钱大伯，你不是不吸烟吗？"

"不吸不给烟票。"

"如今买烟也要票？"

"嘿，买什么不要票？"

"你不吸烟，何必要烟票呢？"

"不兴烟票不吸烟，兴了就得要，不要白不要。"

说着，把烟嘴儿叼到嘴里，烟头儿朝天像个小高射炮。他刚吸了两口，两眼一怔，忽然站起来了：

"你听，又一个！"

一片哀哀的哭声，簇拥着一辆马车过来了，马车上拉着一口棺材。马车前面，一个孩子身穿重孝，扛着一个白幡，马车后面跟着死者的亲属。钱掌柜好像看清了什么，从点心匣里抓了两块饼干，傻了似的走到街门口上，肃然而立。一片纸钱飘飘摇摇落在他的肩上，他都没有察觉……

送葬的队伍过去了，我问：

"钱大伯，谁死了？"

他不说话，呆呆望着飘走的白幡，好像遥望自己的归宿。白幡看不见了，他才轻轻叫了一声"老李"，把两块饼干扔到街心里去……

"哪个老李？"我问。

"我们李书记……"

"他？"我也一惊，"那年整你，不就是他吗？"

他摇摇头，不让我再说下去。他说老李人不错，大家浮肿了，他也浮肿了；病重的时候，天天还到食堂打饭吃，买个馒头，照样拿细粮票……说着，他拼命吸了两口烟，烟头儿早已熄灭了。他一挥手，连烟嘴儿也扔了。我说：

"钱大伯，你的烟嘴儿……"

"不要它了，困难时候，凑什么热闹呢……"

他拍拍身上的雪花，擦擦眼泪，又到柜台后面坐着去了。

后来我下乡了，再也没有见过钱掌柜。我只听说，在那动乱的时候，他到食品公司开办的养猪场里喂了两年猪，挨了两年批斗，最后死在一个学习班里，罪名是"日本特务"。后来平反，又说他不是"日本特务"了。

王掌柜

　　王掌柜其实是个农民，半辈子种菜卖菜。年轻的时候，他在大街上卖菜，买菜的人们叫他一声"老乡"，他便不高兴，说是："一个卖烟卷的，卖瓜子的，都称'掌柜'，我的买卖难道不比他们大？"人们投其所好，便叫他"王掌柜"了，一直叫到现在。

　　王掌柜住在南仓，紧挨着城角楼。古时候，正定府是个兵马重镇，南仓是聚草屯粮的地方。南仓居民半农半商，以农为主，种粮又种菜。这里出产的大白菜很有名望，到了清代，地以物传，干脆就叫"南仓大白菜"了。这种白菜棵大叶肥，颜色白嫩，里面的叶子互相重叠，外面一叶满球包顶，不但好看好吃，而且好熟，所以又叫"开锅烂"。早先，这种菜籽运销湖北、湖南、山东、山西，半个中国都晓得"南仓大白菜"——王掌柜种的就是这种大白菜。

　　自从山里修了水库，南仓虽然还种大白菜，但已不是"南仓大白菜"了。南仓原来属于"二阴地"，分布着不少水塘，用王掌柜的话说：碱从水来，水随气散，淋下的东西是什么？硝。——种植"南仓大白菜"需要含硝的土壤。一修水库，滹沱河断了水，水塘没有了，硝也不复存在了。再说，这种白菜喜大水肥，不能用化肥"催"，只能用粪干"奶"，还要施以豆饼、茅渣、鸡毛。那时候"以粮为纲"，谁还费这个劲呢！

可是，城里的老人们，谁也没有忘了"南仓大白菜"。王掌柜分到责任田，老人们一见他就说：

"王掌柜，我们可等着哩！"

"等着什么？"

"等着吃'南仓大白菜'呀！"

王掌柜听了，摇摇头，笑笑说：

"不种啦，老啦，歇啦！"

王掌柜六十来岁，老倒不老，但是真的"歇"了。不歇，孩子们不行。三个媳妇到了一起，时常念叨：婆婆受了一辈子苦，没得早，现在只有这么一个老人了，又赶上好时候，应该让他享些福。媳妇们说到做到，庄稼活抢着干，好吃东西抢着买。王掌柜的小屋里，奶粉、罐头、麦乳精，什么都有，手里没有断过零花钱——三个儿子都当工人，个个都给钱。

王掌柜喝了一阵麦乳精，街上卖小吃的便多起来了。一天，他把三个媳妇叫到屋里，指着那些食品说：

"往后你们别花这个闲钱了，我也不服这些洋东西。'花花正定府，锦绣洛阳城'，咱们正定府的好吃东西多着哩。改革开放了，市面儿一天天火爆起来，好吃东西都得出来！你们上街的时候，看见什么好吃东西出来了，回来报告一声，就算你们尽了孝心——钱，不让你们花。"

三个媳妇一齐说："行！"

正定府的好吃东西确实不少。尤其是才解放那几年，一个十字街上就蹲了七八个饭庄，布棚小摊、肩担小贩，比比皆是。"正定府三大宝，扒糕、粉浆、豆腐脑"，那是为了念着顺口，其实，比"三大宝"更精美的食品有的是：糖麻花、蜜麻叶、豆花糕、煎素卷，做法南北罕见；鸡丁、崩肝、肥胁、肘花儿，味道天下少有。单说炸麻糖，就有多少样："对拼""白片""盘算""有饧""荷包""二水"……可惜到了后来，只剩下一样："油条"！

王掌柜在大街上卖菜时，见的多，吃的也多。因为好吃，由贫农"吃"成了中农。四清复议阶级成分，实行自报公议。王掌柜没有这方面的经验，自报的时候，竟然吹起来了，他说："我老王从小种菜卖菜，靠劳动吃饭，凭力气干活。大福咱没享过，大罪咱也没受过。山珍海味吃不起，烧饼麻糖油炸糕，他吆喝什么咱吃什么……"他还没有说完，四清工作队的同志便黑下脸说："行啦，别说啦，中农！"那时尚且如此，如今有了经济条件，没了思想顾虑，更该吃了，他想。

春天，槐花开放的时候，老大媳妇报告来了：

"爹，卤鸡出来了！"

"谁家的？"

"马家的。"

王掌柜说了声"好"，悠悠打打上街去了。

正定卤鸡自古有名，马家卤鸡尤其地道：生鸡洗净，一只翅膀别向背后，一只翅膀叼在口中，脖颈弯回，爪入膛内，形状宛如小琵琶；卤煮要用老汤做底，作料不下二十种：丁香、桂皮、沙仁、豆蔻、白芷、三奈、花椒、大料、葱、姜、色酱等——按比例下作料、看鸡龄定火候。鸡煮好了，黄里透红，颜色鲜亮，不破皮不脱骨，不塞牙不腻口。据说，光绪二十七年十二月，西太后从西安回京驻跸正定，吃了马家卤鸡，都说鲜、香、嫩！老马掌柜卖卤鸡时，王掌柜是老主顾了。

现在卖卤鸡的是小马掌柜。小马掌柜眼睛有功夫，一看行人脸色，便知谁想吃鸡：

"王大伯，尝尝！"

王掌柜离他的摊子还很远，他便用筷子扎起一只卤鸡，响亮地招呼——他的卤鸡好像不是卖的，而是供人"尝"的。

王掌柜走过去，撕了一点鸡皮，扔到嘴里说：

"老汤煮的？"

"没有老汤，能是这个颜色？"

"多少年不煮了？"

"我六岁上关的门。"

"从哪儿得的老汤？"

"关门的时候，老掌柜留下一罐老汤，用黄蜡封了，埋在地下了。"

"好，老掌柜能掐会算，知道有今天！"

王掌柜说着，咂巴了几下嘴唇，忽然皱起眉毛。小马掌柜忙问：

"味道怎么样？"

"好像缺料？"

"哎呀，大伯真是神嘴儿！"小马掌柜红着脸说，"丈母娘来了，一闻见沙仁、豆蔻味儿，就头疼，所以这一锅……"

"那就不该煮！"王掌柜毫不客气。

"她明天就走……"

"我明天再吃！"说罢扬长去了。

小马掌柜不但不生气，心里反倒十分喜欢。第二天中午，真材实料煮好一锅鸡，特意给王掌柜送去两只，说什么也不要钱。王掌柜问："为什么不要钱？"小马掌柜说："就因为你认识我们马家卤鸡。"王掌柜夸奖他会做生意，他称赞王掌柜嘴巴神奇。王掌柜哈哈一声说："全是你爹培养的。"

过了几天，王掌柜刚刚做好午饭，老二媳妇报告来了：

"爹，豆腐脑出来了！"

"什么豆腐脑儿？"

"什么豆腐脑都有。"

王掌柜说了声"好"，悠悠打打上街去了。

正定豆腐脑有三种：一种是"老豆腐脑"，卤水点豆浆做成的，吃时放韭菜花儿、辣椒酱；一种是"石膏豆腐脑"，石膏点豆浆做成的，吃时放姜末、蒜泥；一种是"卤豆腐脑"——石膏豆腐脑浇卤。王掌柜最爱吃"卤豆腐脑"，并且专吃老牛掌柜的"卤豆腐脑"。碗儿大是次要的，主要是卤好：金针、木耳、粉条、面筋，什么都有，一撮香菜，俩大香油珠子，看着就醒脾！

现在卖豆腐脑的是小牛掌柜。小牛掌柜不如小马掌柜，做买卖散散漫漫，精气神不行。他给王掌柜盛了一碗豆腐脑，放在地桌上，竟然忘了拿小勺儿。

王掌柜看着那碗豆腐脑，不由皱起眉毛：

"这就是卤豆腐脑？"

"错不了，吃吧！"

"金针呢？"

"没金针。"

"木耳呢？"

"改革了，没木耳。"

"面筋呢？"

小牛掌柜一愣，眨眨眼睛：

"什么叫面筋？"

"你贵姓？"

"姓牛。"

"多少钱一碗？"

"三毛。"

王掌柜掏出三毛钱，放在地桌上，一口没吃，走了。走到十字街里，回头嚷了一声：

"哼，不知什么是面筋，你也敢姓牛！"

后来，未经媳妇们报告，自己上街吃了几回东西，结果都不满意。吃了一回饸饹，怀疑不是真正荞麦面做的，煮得也"糟"；吃了一回馄饨，埋怨没有"高汤"，白水煮的；吃了两回崩肝，一回嫌崩得太老，一回嫌崩得太嫩。想喝一碗豆沫儿，贵贱没有卖的——那东西利皮儿薄，没人做了。于是什么也不吃了，天天坐在院里的槐树底下喝茶，想念过去的好吃东西。

一天，他正喝茶，老三媳妇报告来了：

　　"爹，刘掌柜的烧麦出来了！"

　　"哪个刘掌柜？"

　　"老刘掌柜，你的好朋友！"

　　他的眼睛一亮，立刻站起来了。早先，城里卖烧麦的不下五六家，哪一家的烧麦也不如刘掌柜的讲究。剁馅儿，只用牛的"中肋"，别处一概不取，那地方一层肉丝儿一层花油，香；拌馅儿，葱花、鲜姜、黄豆酱、花椒、大料、小茴香水，还必须得用小磨香油。包子出笼了，用荷叶裹了卖，肉香、油香、荷叶香，吃到嘴里清香清香，味道绝了！——刘掌柜的包子馆就叫"得味长"。

　　王掌柜上街去了，不大一会儿就回来了。老三媳妇问：

　　"爹，吃了吗？"

　　"不吃了！"他坐在院里的捶布石上，脸色很不好看。他说，老刘掌柜赚钱也赚糊涂了，卖烧麦也用塑料袋，竟然没了荷叶，没了荷叶还叫什么"得味长"！

　　晚上，妯娌三个坐在房上乘凉，老三媳妇发起牢骚：

　　"咱爹的嘴头儿真刁，往后咱不给他报告了！"

　　"你才知道？"老二媳妇说，"不光嘴头儿刁，耳朵也刁。大嫂，你把那年剁饺子馅的事儿，给她讲讲！"

　　"我早忘了，"老大媳妇不愿背后议论老人，笑着说，"该报告了，还得报告。"

　　"你不讲我讲！"老二媳妇忍着笑说，"那年腊月二十九，我正和大嫂打扫院子，咱爹从屋里出来了。他说今儿几啦？我说二十九啦。他说怎么不剁饺子馅儿？我说饺子馅儿早拌好啦。他说怎么没有听见剁？我说我买了个绞肉机。他把脸儿一沉，那不行，饺子馅儿就得剁，噔噔噔噔的，听着瑞气。院子里不闹个动静儿，像过年吗？我说绞的快当，他说剁的热闹；我说绞的剁的一样吃，他说味道不一样。咱大嫂孝顺，赶紧说：'爹，你等着，我再买二斤肉去，给你闹个动静儿！'——白说又买了二斤肉，给他'噔噔'了半后晌！"

说完，妯娌三个都笑了。

这时候，王掌柜正在房檐底下坐着喝茶，听见她们的话，也偷偷地笑了。

转眼秋风凉了，三个媳妇忙着秋收种麦，顾不上向他报告了。一天中午，王掌柜熬了一锅稀溜溜的大米绿豆粥，切了一碟绿萝卜咸菜，用香油拌了，"请"她们过来吃饭。她们一进门，满院子清香，一直香到街门口上去了。她们走到屋里，王掌柜指着扣在饭桌上的一张大荷叶说："吃吧！"她们揭开荷叶一看，哈，烧麦！一个个热腾腾、油滚滚的小包子儿，皮儿又薄，馅儿又大，模样儿又俊，很像一个个小石榴。她们拿起筷子，一人夹了一个，咬一口，顺嘴流油，但是一点儿也不腻口——有那荷叶的清香呢！

老大媳妇说："好吃！"

老二媳妇说："真好吃！"

老三媳妇说："就是好吃！"

王掌柜好像得了理，捏了个小包子儿，托在手心里说：

"凡是好东西，谁也消灭不了，就怕自己消灭了自己。改革？那得看怎么改，改什么，马家的卤鸡，改了老汤行不行？刘家的烧麦，改了这张荷叶行不行？行是行，可就不是那个味道了！"

吃着饭，他给媳妇们布置了两项新的任务。一、打听一下哪里还有"三桩包头大白菜"籽；二、赶集买硝，看见就买，贵贱都买。他说明年不歇着了，他要振兴"南仓大白菜"了。

西街三怪

城里西街上，居住着三位老人，人称"西街三怪"。他们是于老、杜老和黄老。于老外号"药罐子"，杜老外号"火锅子"，黄老外号"神算子"。他们的故事，琐屑荒唐，没什么意义；刊物约稿，记个梗概，讨人一笑而已。

药罐子

于老喜欢生病。——不，应该说是时常生病。他是食品公司的退休职工，按照规定，看病应到商业局诊所，或是县医院。但他生了病，从来不到指定的地方治疗，一定得请李先生。

于老生在富人家，早先是"永茂酱园"的少掌柜。他从小多灾多病，一直仰仗李先生：六岁肚里生虫子，请的是李先生；十二岁长秃疮，请的是李先生；二十一岁打摆子，请的也是李先生。李先生去世了，以后看病，还是请李先生——李先生的儿子也行医，也是李先生。奇怪的是，文化大革命中，李先生戴了一顶帽子，他十年安然无恙，百病不生；新时期到来，李先生的诊所一开张，他的病就又来了：今天上火，明天肠干，伤风感冒不断，去了咳嗽添了喘，三天两头抓药、熬药，于是得了"药罐子"的外号。

于老个子小，嗓门高，禁不得半点病痛。身上稍有不适，便哼哼唧唧，大呼小叫，甚至还要嚷着给在西安工作的女儿拍电报。李先生一到，就更"蝎虎"了，脑袋一耷拉，说：

"哎哟，我不行了！"

"不行了"的病症，一剂"小柴胡汤"喝下便好，他就越发崇拜李先生了，硬说李先生是"东垣老人"的后代。人们不知"东垣老人"是谁，他便到处介绍：

"东垣老人，姓李名杲，字明之，晚号东垣，大金朝名医，咱县人氏！李东垣名扬天下，李先生错得了吗？你们看着李先生那相貌，天庭饱满，地阁方圆，高鼻梁大眼睛，活像东垣！"

他好像还懂相法，又像真的见过李东垣！

李先生究竟是不是"东垣老人"的后代，街上无人真正知道。但是，李先生人缘极好，却是人人称道。晚上，尤其是冬天的晚上，他的小诊所里总是歇半屋子人，谈天说地，十分热闹。李先生从来不嫌麻烦，白开水满足供应，和大家又说又笑。

一天晚上，大家正谈得热闹，"阿嚏！"——一个大喷嚏，于老来了。他穿得很厚，戴一顶皮帽子，围一条毛围脖，一个大口罩上面，只露着一对小眼睛。他说他又不行了，喉咙发干，四肢无力，浑身冷浸浸的。李先生赶忙给他倒了一杯开水，让他坐下，然后打开药橱，用小勺取出一粒药，放在桌上让他吃，服务热情而又周到。

李先生也很喜欢于老，称他是"模范病号"。平时看病，李先生怎么说，他就怎么办，一点也不含糊。李先生说"不要着凉"，夏天也得烧烧炕；李先生说"多喝白开水"，他一定得问清楚一天喝几壶才好；至于吃药，更是一丝不苟，谨遵医嘱。可是，今天却有些反常，相面似的瞅着那粒药说：

"这是什么？"

"'康泰克'，一种西药。"李先生告诉他。

"我不吃西药！"他说，"我这辈子，凡是挂'西'字的东西都不吃，西药治标不治本！"

说着，鼻子一皱，"阿嚏！"——又是一个大喷嚏！卖烧饼的老温吓了一跳，说：

"好家伙！听这声音，真是'不行'了！"

大家都笑了。

外号"火锅子"的杜老也在这里歇着。杜老爱抬杠，听出漏洞，当仁不让地说：

"老于，西瓜，吃不吃？"

"吃！"

"西红柿吃不吃？"

"吃！"

"西葫芦呢？"

于老知道上了当，不再言语。杜老看看大家说：

"我听人说，西瓜来自非洲，西红柿、西葫芦来自南美洲，西红柿又叫'番茄'，西葫芦又叫'美国南瓜'，都是挂'西'字儿的！"

大家又笑了。

李先生也笑了，像哄孩子似的，给他讲了一番道理。他说中、西两医，各有所长，各有所短，不能妄加褒贬；又说中医本身也是不断发展的，并非千古不变。东垣老人熟读《内经》《难经》，但又结合医疗实践，提出了自己的见解，创造了许多著名方剂。假如人云亦云，陈陈相因，怎么会有"内经说""脾胃论"？哪来的"补中益气汤""升阳益胃汤""沉香温胃汤"呢？他的"小柴胡汤"也是因症配伍的，君臣佐使，不断变化。所以，医家和病家，也应解放思想，破除迷信，不可拘泥一法，死认一门……

于老喝着水，望着李先生说：

"试试？"

"试试吧！"老温说，"这种药不错，电视上说了，打喷嚏流眼泪，一吃就好！"

"这种药是不错！"木匠老杨说，"今年春天，我们老爷子闹感冒，吃了一粒，立时见效。老爷子吃馋了，如今身上一不舒服，就吃'康泰克'，不吃别的药了！"

"那也不好。"杜老笑着说，"我们不能迷信旧东西，但也不能盲目崇拜新东西。盲目崇拜新的，就会迷信旧的。李先生说是不是？"

"极是！"李先生说，"天下万物，无旧不成新，无新不变旧嘛！——老于，吃了么？"

于老看看桌子上说：

"吃了！"

"喝水！"李先生又给他倒了一杯水。然后分析"康泰克"的好处。他说这种药研制得很科学，一个胶囊里面，既有速释小药丸，又有缓释小药丸，速释药丸可以很快发挥作用，缓释药丸可使药效持续十二小时。于老越听越科学，颇有兴趣地问：

"这种药是哪儿出的？"

"天津，中美史克制药公司。"老杨说。

"多少钱一粒？"

"六毛！"老温说，"一粒药，顶三个烧饼！"

"噢，怪不得呢！"于老站起来，突然嚷了一声。李先生问他感觉如何，他嘿嘿一笑，眉毛也舒展了，眼睛也亮堂了，模仿着电视广告说：

"不错，'确实好多了'！"

大家望着他那焕然一新的样子，好像打了个胜仗，一齐笑起来。李先生也笑了说：

"好好睡一觉，效果更好。"

"睡两个钟头行不行？"

"行。"

"睡三个钟头呢？"

"也行，你看着睡吧！"

李先生把他送到院里，人们又听见他说：

"不错不错，科学就是厉害！"

走到街里，又说：

"妈的，到底是中美史克！"

李先生送他回来，大家又有一番议论。老温说，"药罐子"相信了"康泰克"，真不容易；杜老说，李先生不仅治好了他的病痛，而且解放了他的思想，真是回春妙手！李先生呆呆望着桌子底下，好像发现了什么重要情况，怅然一笑说：

"唉，我在他心目中，也不过是一粒'康泰克'！"

说着，从桌子底下捡起一个什么东西，让大家看。大家看清了，哈哈笑了——于老喝水的时候，那粒药滚到地下去了，根本就没吃到肚子里。

火锅子

于老爱吃药，杜老爱吃饭。

杜老和于老同岁，虽是种田人，长得却富贵：高高的身材，圆圆的肚子，浑身上下都很丰满。个子虽大，干活却没力气，土地集体耕种的时候，一天挣八分半，顶个妇女劳力。

那时候，种田人吃不饱饭，他却不断"吃'火锅子'"——和于老一起"吃"。两人一见面，便说：

"老于，吃了么？"

"吃了。"

"吃的什么？"

于老知道他爱吃，也爱吹，便和他吹起来了：

"唉，这年头儿吃什么呀，半斤猪头肉，二两酒呗！"

"我不吃猪头肉，我嫌太凉。我吃的是'火锅子'……"

"我也是。我中午吃猪头肉,晚上吃'火锅子'——一个小铁锅儿,朝小火儿上一坐,白菜、豆腐、粉条一咕嘟,哎哟,美死了!"

"我吃'火锅子',光有白菜、豆腐、粉条不行,还得切几片儿红烧肉。开了锅,夹一片儿,颤悠颤悠的,用嘴一吸溜,哎哟,香死了!"

"我吃'火锅子',光有红烧肉不行,还得撒一把虾仁儿,哎哟,鲜死了!"

"我吃'火锅子',光有虾仁儿不行,还得放点儿海参,哎哟……"

于老摇摇头,甘拜下风:

"行了行了,我的'火锅子',不如你的'火锅子'!"

因为"吃'火锅子'",两人挨了一次批判:大家忙着革命,你们吃"火锅子"!一人请"神算子"写了一篇检查,才算完事。

从此以后,再也不"吃'火锅子'"了。

如今天下太平,杜老什么都不怕了,随心干活,大胆吃饭。他没有儿子,只有两个闺女,大闺女做了随军家属,二闺女招了个上门女婿。闺女、女婿心眼好,老伴也贤惠,每天都要给他做差样儿的饭:家里人吃馒头,给他烙饼;家里人吃青菜,给他炒鸡蛋。最近,每隔几天,女婿还要给他买两个猪爪子吃。女婿说,猪爪子含胶质物,吃了可以软化血管,还可以美容。吃了一阵,血管虽然不见软化,但他心里却十分温暖,无比幸福!

吃罢早饭,他喜欢上街转一转。碰见熟人,总要问人家一声:

"吃了么?"

"吃了。"

"吃的什么?"

"小米粥、油条。"

"我家吃的也是小米粥、油条。——不过我那油条,是用豆腐皮儿裹了吃的！"

"噢，你比我强！"

他便乐了。

吃罢午饭，喜欢在门口站一站。熟人过来，也好问问他：

"吃了么？"

"吃了。"

"吃的什么？"

"面条儿。"

"一锅饭？"

"一锅饭。——不过我那碗面条儿里面，藏了两个白果儿！"

"什么叫白果儿？"

"鸡蛋。"

"嘿，你比我强！"

他又乐了。

吃罢晚饭，喜欢到李先生的诊所里坐一坐。人们知道他的毛病，故意把自己的晚饭向好处说：包饺子、炸酱面、炒肉丝儿、大米饭……他听了，笑眯眯地说：

"你们猜我吃的什么？金黄的玉米面儿、蒸了几个窝头儿，一碟小葱拌豆腐，一碟水萝卜丝儿，一碗杂面。"

"嘿，真素净！"

他又乐了——还是比别人强！

其实，在西街上，杜老是生活水平比较低的人家。街上的种田人，除了种田，几乎都做小买卖。他不做，也不让闺女、女婿做。闺女、女婿时常在他面前念叨：卖烧饼的老温发财了，卖凉粉的老吴发财了，卖豆芽的叶大嫂也发财了……杜老虽然粗俗，但在"政治夜校"学过哲学，晓得从两方面看问题。吃饭时，便给老伴讲他的"哲学"，其实是让闺女、女婿听的：

"如今的年轻人，眼皮儿太薄，比这个比那个，甚至还比外国人！说什么外国人的生活水平高，中国人的生活水平低；还说什么外国人生活节奏紧张，中国人自由散漫……扯淡！知足常乐，自由散漫也是一种享受，咱要那么紧张干什么呀？"

杜老一如既往，每天到畦子里转一转，然后喝茶、聊天，吃闺女做的"差样儿饭"。

可是，一到春节，他便有些反常。整天少言寡语，食欲也明显下降。如果有人问他吃的什么饭，便说：

"正月里，吃什么饭！"

听那语气，便是受了虐待似的！

女婿怀疑他得了什么病症，便到诊所去问李先生。李先生听了，朝给病人扎针的小床上一指，笑着说：

"这得请教黄老先生！"

黄老先生就是"神算子"。他闭着眼睛坐在小床上问：

"你们平常吃什么饭呀？"

"家常便饭呗。"

"他呢？"

"他老了，我们做小的总得给他弄点差样儿的东西吃，也就是炒个鸡蛋、买个猪爪什么……"

"正月里，还给他炒鸡蛋吗？"

"不啦。"

"还买猪爪子吗？"

女婿摇头笑了说：

"正月里，又是鱼又是肉，又是鸡又是鸭的，还炒什么鸡蛋、买什么猪爪子呀？"

"问题就出在这儿了。"黄老说，"你那老泰山，有一种心病：口说知足常乐，心想高人一等。平常和你们吃的不一样，他就高兴；现在一样了，他就不高兴了。神州大地，芸芸众生，或轻或重都有这种心病。所以社会主义是个相当长的历史时期，实现大同，早着哪！"

李先生哈哈笑了说：

"黄先生有什么妙方不？"

"有。"黄老睁开眼睛，捋着胡须想了一下，对杜老的女婿说，"你们吃饭时，不要叫他。你们吃饱了，把剩下的菜呀、肉呀，朝锅里一倒，热了给他吃。"

女婿愣了一下说：

"让他吃剩菜？"

"不是剩菜，那叫'折罗'。"黄老一再叮嘱，"记住，得说'折罗'！"

正月十五晚饭，闺女、女婿如法做了，杜老果然吃得高兴！晚上观灯，于老碰见他问：

"老杜，吃了么？"

"吃了！"

"吃的什么？"

"你猜！"

"包饺子？"

"不对！"

"大米饭？"

"不对！"

"莫非摆酒席了？"

"也不对！"他呵呵一笑，说，"'火锅子'！'折罗'！"

于是，"火锅子"的外号就又叫起来了。

神算子

黄老是西街上的知识分子。早年卖字画，后来坐在邮局门口代写书信。他读过不少古书，很有学问，可惜生不逢时，一直没有施展的机会。到了"不惑"之年，一颗明珠才放出光彩，引起了人们的注目。

那是一个令人兴奋的时代。全县的农业生产合作社刚刚实现人民公社化，村村街街又办起了公共食堂，县委召开了"学河南，赶河南，超河南"的誓师大会，提出了鼓舞人心的高产口号；城里城外到处是炼铁的高炉，东西南北天天有报喜的锣鼓声音。黄老不是农业人口，除了到街道食堂吃饭，不受别的拘管，仍然坐在邮局门口代写书信。街上几个闲人，不断凑到他的摊子前面，谈论一些新闻：

"北关的麦子，一亩地打到两千斤了！"

"你猜西关是多少？六千！"

"东关里八千了！"

闲人们大惊小怪，黄老却说：

"不行，太低。"

果然。过了几天，闲人们又得到消息：南关的小麦亩产超过了一万斤！黄老听了，仍说：

"不行，低。"

果然，秋天，西街上放出一颗更大的"卫星"：粮食亩产三万斤，棉花亩产一千六百一十五斤，得了一台拖拉机，一面大红旗，敲了半天锣鼓，放了半天鞭炮！黄老听了，轻轻一拍手说："好了！"人们不解其意，他说：

"好便是了，了便是好。"

果然，那年冬天，县委派来工作组，开会反"五风"。西街上的粮食亩产仍然是三百一十九斤，棉花亩产仍然是三十九斤——果然是一"好"便"了"。

黄老说话有准，开始有了威信。晚上，他的小茅屋里，时常歇着几个面黄肌瘦的人，谈论生死大事：

"黄先生，咱街上饿死人了！"

"饿死几个？"

"饿死一个还不行？"

"不行。"他说。

果然，过了几天，街上一下死了三千人！大家惊慌失措，他却镇定自若，仍说：

"不行，定数未满。"

"死人还有定数？"

"天地之间，什么没有定数？"

果然，上级虽然采取了很多措施，但终未能改变定数。有一天，西街上死了十一个人，其中还有这样一个情况：儿子埋了父亲，从坟上回来也就死了。黄老又说了一声"好了"，没过多久，食堂便散了，各家的屋顶上又升起炊烟！

消息传开，全街轰动，他便得了"神算子"的美名。人们说，黄先生开了"慧眼"啦，能看到未来的事情，人家知道粮食亩产到了三万斤，棉花亩产到了一千六百一十五斤，就该反"五风"了；又说人家早有预言，食堂要散，街上一天得死十一个人，多一个也不行，少一个也不行……

有了这样的名声，文化大革命中必然有事。他不是地主，不是富农，也没什么破坏活动，定个"牛鬼蛇神"正好。他戴了十年帽子，扫了十年街道，吃了不少苦头。好在批斗他时，人们只是比划一下，并不真斗——人们不知哪位神仙附在他的身上，怕斗狠了，于自己不利。

木匠老杨说，黄老戴着帽子，还显过一次灵异。那时老杨才二十多岁，偷做木匠活。公社革命委员会的主任让他做了一套家具，既不给工钱，也不给料钱。快过年了，老杨去要账，那位主任又升到县里了，人也见不着。大年三十黑夜，老杨憋着一肚子气，偷偷去找黄老，一进门就说：

"黄先生，你说这叫什么世道，坏人上天，好人入地！"

黄老问他谁又上天了，他便攻击那位主任，历数那位主任的劣迹。黄老一点也不生气，拿出两个爆竹，让老杨去放。他说这种爆竹很别致，地下一响天上一响，同时还散一片焰花，十分美丽。老杨没有心思放爆竹，他便自己放。"砰，啪！"——果然散了一片焰花！

他朝天上一指，刚刚说了一句："响亮辉煌处——"吧唧，炮皮落地了，又说："便是落地时。"果然，不到一年，中央出了事，揪出四个人，那位主任也"落地"了。

老杨这么一传，黄老很快就摘了帽子。街干部说，这得算点儿事迹！

黄老真正受到人们的重视，是在人们刚刚分到责任田的时候。人们穷怕了，一举一动都想卜个吉凶。例如：今年地里种什么好，政策会不会变，做买卖朝哪个方面走顺利，都要问问他。他开始很惊讶，忙说自己不善此道。人们便说黄老别客气，时代不同了，我们需要你。他心里一高兴，便"开放"了：玄门真言、禅门偈语、毛主席教导、阴阳八卦，熔百家于一炉，给人们指示方向，解难析疑。先是无偿服务，后来变成有偿服务了。

自从变成有偿服务，他的打扮便有些怪异：一件破褂子，一把破扇子，故意趿拉着鞋。没人找他的时候，他便四处转悠。看见谁家盖房子，便说："哎呀，这房子怎么这么盖？"看见谁家婆媳妇，便说："哎呀，谁看的日子？"说罢哈哈一笑，扬长而去。人们渐渐讨厌他了，常常望着他的背影说：

"别理他，半疯子！"

首先对他这套产生怀疑的，竟是于老。一天晚上，大家正在李先生的诊所里歇着，他来了，于老便问：

"老黄，你什么时候学会算卦了？"

"哪个算卦了？"他说，"我那一套，全是哲学！"

大家哈哈笑了，杜老说：

"哲学家，你看我的晚运如何？"

"你三十挨刀，四十挨炮；五十遭雷打，六十被火烧！"

"哎哟，我今年都六十四了！"

在一片笑声中，他灰灰地走了；大家想起昔日的黄老，觉得很惋惜：黄老那么有学问，如今怎么变成这样一个人了？于老皱着眉头想了一下，说：

"我看都怨大家！"

"怎么怨大家？"

"老黄本来是个很有学问的人，智慧也不小。他过去预言的那些事情，自有他的道理——'物极必反'嘛！后来大家一捧他，他便忘乎所以了，自己把自己弄得妖里妖气，结果也落了个'物极必反'！"

"嘿，于老也是个哲学家！"木匠老杨说，大家又笑了。

"我看不能怨大家，首先得怨他自己！"杜老说，"外因是条件，内因是根据嘛！李先生说是不是？"

李先生点点头，看看于、杜二位，也笑了说：

"唉，咱街上净出怪人，又净出哲学家！"

"容膝"

　　东门里有个大觉寺，寺内有一方青石，上刻两个大字："容膝"；又刻一行小字："晦翁书"。原来这块石刻放在一个大殿的角落里，尘封垢染，无人问津。到了八十年代，寺内的工作人员把它拓片装裱，竟能重金出卖，以文补文。先是文人墨客喜爱，后来平常百姓也争着买。于是"容膝"拓片除了在寺内零卖，也批发到"四宝斋"。

　　"四宝斋"就在大觉寺的对面，卖文房四宝，名人字画，也卖泥塑陶器，玉雕古玩。"四宝斋"的主人是一对来自农村的年轻夫妇，一个叫文宵，一个叫玉素，一个能写一个爱画。改革开放后，别的买卖不做，一心开个"四宝斋"。他们说开办"四宝斋"的目的不是为了赚钱，而是为了繁荣古城文化。其实，古城文化繁荣了，钱也赚下不少。要不一座青砖青瓦、古色古香的小楼，怎么会盖起来？

　　不过，他们做买卖，确有与众不同之处。譬如：明知"容膝"拓片畅销，偏不肯多进货，每次只进三五幅，一幅挂起来，其余藏在柜台下面。有人买"容膝"拓片，先把人家上下打量一遍，然后交谈几句，好像是要考查一下人家的道德学问，配不配买一幅"容膝"拓片似的。

正月里，满城观不尽的繁华热闹，"四宝斋"的顾客仍然不多。文霄站在柜台后面，应酬两个看砚台的老人，玉素在后面的小屋里做画儿。"四宝斋"不是饭馆，不是百货商店，平时生意就很"清淡"——这里卖的都是高雅贵重物品，一天卖两三件，就能获得不少利润。

卖绿萝卜的老甘却是这里的常客。老甘是个种田人，认不得几个字，但是非常喜欢"四宝斋"。他说全城里的买卖，哪一家也不如"四宝斋"的买卖做得文雅，买的文雅，卖的也文雅。每天，他把放着半筐箩绿萝卜的小车儿朝"四宝斋"门口一撇，就钻到店堂里去了，一边取暖，一边瞅摊，一边看文霄夫妇做买卖。

看砚台的走了，老甘望着装裱精致的"容膝"拓片，问了一句：

"那个黑片子，卖多少钱？"

"七十。"文霄告诉他。

"呀，好贵也！"老甘吐吐舌头，悄悄说。——老甘嗓子野，站在城门洞里吆喝一声"绿萝卜"，十字街里都能听见；但是到了"四宝斋"，说话总是悄悄的，好像是怕嗓门大了，破坏了这里的文雅似的，并且时常动用"之乎者也"一类的字眼。

"写字的人贵。"文霄也很喜欢老甘，生意不忙了，爱和老甘聊天。他说"晦翁"不是别人，就是朱熹，南宋的大哲学家。宋宁宗庆元年间，朱熹因为得罪了一个姓韩的大官，遭到排斥，被贬官了。一天他到大觉寺拜佛，要求借宿一夜。大觉寺东侧有个专供香客借宿的院子，名叫雨花堂，大小十间房屋，大的两方丈有余，小的只能容纳一人，香客所住房屋大小，以向寺内施舍财物多少而定。住持僧看他青衣小帽，穷困潦倒，便把他安排到一间最小的屋子里去了。晚上，他躺在草苫上，思前想后，心里很不是滋味，长叹一声，便在石砌墙壁上挥笔写下"容膝"二字。他去世后，皇上因念他的功德，追封他为信国公，并诏令天下搜集他的墨迹。"容膝"二字成了国宝，住持僧便请匠人刻下来了……

"老朱有两下子！"老甘说，"这两个字，写得是不赖！"

"其实，'容膝'是陶渊明的话。"老甘正赞叹着，一个戴眼镜的中年人走进来，谈吐也很文雅。玉素在后面的小屋里说：

"对，是陶渊明的话。"

"是《桃花源记》里的话吧？"文霄向屋里问。

"不，是《归去来兮辞》里的话。"眼镜背诵，"'倚南窗以寄傲……'"

"'审容膝之易安。'"玉素在屋里接了下句。文霄一拍手说：

"对，是有这么两句！"

柜台里面一句，柜台外面一句，屋里一句，三个人津津有味地谈论着"归去来兮"。老甘努力听着，像听外国话，但也听清个大概意思：老陶在什么地方做了八十多天官，便辞官归田了，写了一篇文章叫《归去来兮辞》。"审容膝之易安"，是说他回到老家，不嫌房子小，容下膝盖儿就行了。

他们越谈越投机。眼镜问到"容膝"拓片的价钱时，文霄十分友好地说：

"别人买七十，你买……"

"我买一幅，也优惠优惠吧！"文霄还没说完，走进来一个胖老头，淡淡的眉毛，疏疏的胡子，披一件细毛羊皮袄，玩两个健身球儿。他说他最喜欢名人字画，客厅里挂了一幅"难得糊涂"，卧室里挂了一幅"吃亏是福"，书房里想挂一幅"容膝"……

"三间房屋？"眼镜问。

"四间，吃饭屋里就不挂什么了。"

"几口人？"

"两口，我和老伴。孩子们，我谁也不跟，他们那里人来人往，又有电话，麻烦！"

说完笑了，笑得十分得意。

文霄不知胖老头的来历，正要取货，"没货了。"——玉素从屋里走出来，似笑非笑地打量着胖老头说：

"这位先生也有书房？"

"有哇，人老了没事做，就爱读一点书——'有好友来如对月，得奇书读胜观花'呀！"说完又笑了。

"你读什么书？"玉素又问。

"刚读完了《笑话大全》，最近在读《麻衣相法》。"

文霄、眼镜都笑了。玉素也笑了，指着一幅国画说：

"我看你不如买了这幅《八骏图》吧，你看这八匹马，奋蹄扬鬃，一匹一个模样儿，多么精神！"

"多少钱？"

"一百。"

"行，它更名贵！"

胖老头买了《八骏图》，刚刚走出店门，玉素就把嘴儿一撇，说：

"哼，两口人四间房屋，好大的膝盖儿呀！"

"他买《八骏图》最合适了！"眼镜忍不住，哧哧笑了，"他那屋里可以跑马！"

笑了一回，玉素望着眼镜说：

"同志在哪儿工作？"

"县政府。"

"什么机关？"

"小机关。"

"机关再小也有名字。"

"地名办公室。"

"噢——"玉素看看文霄，"还有这么个办公室？"

"无权无势，清水衙门！"眼镜的脸红了，通红通红。

"住哪儿？"玉素又问。

"梁家胡同。"眼镜的脸又白了，寡白寡白，"一家三代五口人，住在两间平房里，一间不到九平方米……"

"看看看，"老甘两手一摊，"读'归去来兮'不如读《麻衣相法》！"

"这就叫苦乐不均！"眼镜嚷了一声，然后对玉素说，去年儿子考上大学，闺女当了文艺兵，老太太也去世了，才得松快松快。他也想买一幅朱子珍迹，在屋里挂一挂，冲冲晦气。玉素笑了笑说：

"真的没货了。"

"这一幅……"眼镜指指挂着的拓片。

"那是样品，不卖。"

眼镜望着那拓片，待了一会儿，只好走了。老甘看看文霄，看看玉素，奇怪地问：

"怎么，两位都不卖给？"

"一位有贪心，一位有怨心，都不适合挂'容膝'。"玉素说。

"谁挂才适合呢？"

"你挂最适合了。"玉素笑笑说，"你们老两口，两间小茅屋，屋前一棵垂柳，屋后一片菜畦，无忧无虑无争无求地过日子，多么安闲快活？'审容膝之易安'，最不容易做到的是那个'安'字，你做到了。"

"不也不也，我也没做到！"老甘摇摇手，也咧着大嘴笑了，"天一暖和，我也要盖新房了，不要那么大，也不能那么小，客厅、书房用不着，只能'容膝'也不行。老伴嚷着买洗衣机哩，买了放在哪儿？其实，老朱和老陶，也没做到。老陶不嫌房子小，住下就是了，写'归去来兮'干吗？老朱更不安分了，半夜三更，不好好睡觉，又是朝墙上写字，又是唉声叹气，折腾嘛哩？人生在世，贪心不可有，怨心不可有，但是哪能无所求呢？你看我现在就有所求了——"

外面过来一群红男绿女，老甘慌慌走出，野着嗓子吆喝起来：

"绿萝卜！又甜又脆的绿萝卜！"

文霄和玉素，听着那洪亮的叫卖声，相对无语。听了一会儿，两人一齐说：

"老甘，大觉人也！"

书橱

　　冯老师退休了，念他执教三十余年，又是高级教师，领导上在他六十寿庆的时候，给他解决了一套房子：四单元，二楼，三居室。

　　冯老师原来住在一条偏僻的小胡同里，一处独院，三间旧屋，是他的祖业老宅。儿子结婚前，他和老伴住东屋，一明两暗，儿子住西屋；儿子结婚时，两间东屋让给了儿子，自己去住西屋。校长、局长每次看望他，都说他的房屋太小了，他却总是笑着说："室雅何须大，花香不在多。不小不小。"

　　冯老师在老家居住时，大家都可怜他的房屋过于狭窄，迁入新居后，就更可怜了：一张桌子，两把椅子，一个立柜，一张床，三间屋子空空荡荡，看不见什么东西。孩子们看着不像话，都劝他做几件家具：两个女儿让他做个尺寸大一些的写字台，再做几个书橱；儿媳妇希望他做一对沙发，一张席梦思床，一套时兴的组合柜。儿子迷着两个歌星，不操这份心，只说父亲想做什么就做什么吧。

　　冯老师想做几个书橱。他一辈子没有别的嗜好，吃穿也不讲求，就喜欢买书。文、史、哲，儒、释、道，诸子百家，唐诗宋词，见书就买。他说财帛是身外之物，唯有把书读在肚子里，终生受用不尽，大则用以济世，小则可以修身。他爱书如命，家中一切东西，都可外借，唯有藏书一概不借——他有一套心爱的书籍，共十册，忘了是谁借去一册，至今未还，每到夜深人静的时候，便想此人是谁，苦苦想了两年。藏书不借，又不断买，日积月累便有了可观的数目。只是这么多年，由于房子太小，也委屈了那些先哲时贤：桌上桌下，床头柜顶，全是书籍！

太平街的张木匠听说冯老师要做书橱，主动找上门来，一定要揽这宗活儿。他一再表示：价格优惠，质量第一，尺寸式样，全听冯老师的。

冯老师根据屋子大小，经过一番精心设计，决定做四个书橱。每个书橱高一点九米，宽零点九五米，上面是四层书架，下面设暗橱，紫檀色，大开扇，铜环拉手，扇子上"起线"，暗橱上"起鼓"，腿上饰以空雕花沿儿——不用亮油，一定要用大漆。

冯老师要做仿古书橱，张木匠的兴致更高了。张木匠是祖传的手艺，曾经在一个京剧团里做过几年布景道具，专爱琢磨古色古香的东西。冯老师也算是地方名流，正好露一露自己的手艺。可是，正要下料，冯老师让人捎来口信：不做了。

张木匠若有所失，当天黑夜去找冯老师。冯老师不在新居，正在老家整理书籍。张木匠声音柔柔的，近于乞求。他说冯老师，料都下好了（其实还没下料），怎么又不做了呢？做吧，质量、价格，保你满意……冯老师摇摇头，笑了笑，朝东屋一指，没有言语。张木匠走到院里，东屋里开着收录机，正放一支流行歌曲。歌星的嗓音很低，两口儿说话的嗓音也很低：

"你真的支持咱爹做书橱？"

"做就做，不做就不做。"

"做书橱干吗用？"

"放书呗。"

"他有什么书？"

"嗬，多啦。"儿子说，"有孔子、孟子的书……"

"封建！"

"有佛教、道教的书……"

"迷信！"

"还有马列的书……"

"极左！"媳妇说，"咱爹死了，他做的书橱归谁？"

"自然是归咱们。"

"咱们要那玩意儿干吗用？"

"你问过多少遍了？"儿子好像不耐烦了，"盛碗！"

冯老师不做书橱了，也不藏书了。青少年们向他借书，他都乐于借给，并且一再嘱咐不用还了。青少年们感到奇怪，他便笑着念一首打油诗：

　　　　老夫藏下几本书，

　　　　哪个喜欢哪个读；

　　　　但愿身前散干净，

　　　　免得书橱变碗橱。

门铃

夏局长家安着个门铃。轻轻一按，叮咚作响，奏一曲电子音乐，十分好听。可是，那悦耳的声音一响，老夏就要把脸一沉，小声说一句：

"麻烦！"

总是老伴去开门。

老夏本来不会做官，只会作画儿。他做梦也没想到，机构改革那年，一定要让他当局长。组织部门和他谈话，他总是说干不了，最后惊动了县委书记。县委书记有文才，也有口才，先讲改革的意义，又讲人生的价值，最后引用了古人一句话：天地生才有数，若有济世之才，竟自遁世，岂不辜负了天地生才之心吗？老夏被感动了，但是仍不明白，自己除了画画儿，究竟有什么才能？后来才知道，那时配备领导班子，大学生要占一定比例——他有浙江美术学院的文凭。

老夏领导的局没有经济任务，压力并不大。上班谈工作，他不怕，吹拉弹唱，画画儿照相，指导民间艺术，保护文物古迹，他都不外行。他最怕下班回家，最怕门铃响。

老伴刚刚做好饭，门铃响了，是下属单位的一个女会计："夏局长，你说吧，我和老崔谁的贡献大！"他知道，评工资关系着每个人的切身利益，自己虽然上过大学，但不知道怎样回答这样的问题，只好说都大都大。刚刚送走女会计，门铃又响了，是老崔。老崔是老同志，怠慢不得，赶忙拿烟、沏茶。老崔不吸烟，不喝茶，黑着脸摆贡献，从抗美援朝一直摆到改革开放……

评工资不结束，门铃天天响。后来不评工资了，门铃响得更频繁——评职称开始了。星期天，刚刚铺下一张宣纸，想画一幅画儿，门铃响了，是老杜、小胡和小吴。小吴要求评"初职"，小胡要求评"中职"，老杜要求评"高职"，人人都有充足的理由。老夏说，评"初职"没问题，评"中职"要争取，评"高职"得会一门外语。老杜便急了，他说他会外语——八格牙噜咪希咪希不是外语？老夏便笑了，耐心告诉他，那不算会外语。老杜也笑了，原来他知道，那不算会外语。

评过职称，门铃声仍然不断，白天响，晚上也响。有要求调动工作的，有要求安排子女的，也有嘴上说什么事情也没有，其实是想要个一官半职的。老夏明知不能有求必应，但是答复一定得圆满。于是，有时需要金蝉脱壳，有时需要顺水推舟，有时需要大智若愚……他把"三十六计"至少发展到了四十八计，仍然有的满意，有的不满意。满意了的千恩万谢，不满意的指桑骂槐——当然，送一条烟，送两瓶酒，也是有的。送礼的刚刚走了，叮咚叮咚，又来了告状的……

老夏好静，早就厌烦了这种生活。客人一走，他便收了笑容，又对老伴说一句：

"麻烦！"

"麻烦什么？"

"天天有人！"

"人世界，能没人吗？"老伴总是这么说。——她是站柜台的，天天和人打交道，惯了。

老夏的门铃响了七八年，终于不响了。领导上根据他的请求，免去了他的局长职务，让他当了调研员。领导上一再声明，不是老夏同志犯了错误，而是为了给他腾出时间，让他集中精力为人民创造更多更好的精神财富。

老夏当了调研员，老伴也很高兴。老夏每天到局里晃一下（不晃也行），就可以回家了，除了看书、画画儿，还能做做家务活。她每天上班时，总要给老夏交代一些任务：

"该添火了记着添火。"

"水开了倒在暖瓶里。"

"中午喝粥也行吃面也行。"

老夏欣然答应着。除了完成老伴交代的任务，他还种了两盆花草，养了一缸金鱼，每天把屋里收拾得几净窗明。然后坐在窗前，看书，画画儿，有时还读几句诗。他爱读这样一首诗：

"吾心似秋月，碧潭清皎洁。无物堪比伦，教我如何说……"

可是，这样过了不到半月，他便坐不住了。他爱画画儿，哪能天天画画儿？他爱读书，也不能总是读书。楼道里一有脚步声，他便凝神细听，等候着那个悦耳的声音。脚步声消失了，门铃终于没有响。

一天，他望着门铃，对老伴说：

"拆了它吧？"

"为什么拆了它？"

"又不响。"

"拆了更不响，安着吧。"

门铃没有拆去，但是总也不响。小吴和小胡，怎么也不来玩一会儿呢？他卸任的时候，小吴、小胡曾经充满感情地说：

"夏局长，你在职时，我们不便多去看你；现在好了，你不在职了，我们可就去得勤了，你可别嫌麻烦……"

他呆呆地坐着，想着，门铃忽然响起来了，叮叮咚咚，清音绕梁，无比新鲜十分美好！开门一看，不由大失所望，是老伴回来了。他问：

"没带钥匙？"

"带着哩。"

"带着钥匙还按门铃？"

"你不是嫌它不响吗？"老伴笑着说，"我给你闹个动静儿。"

老伴看出了老夏的心情，近来话也多了，笑也响了，努力活跃家庭气氛，改善老夏心情。

以后听见门铃响，老夏便不理睬了。响了两遍，老伴用钥匙打开屋门，走到老夏跟前说：

"没听见？"

"听见了。"

"听见了怎么不开门儿？"

"我知道又是你！"

"知道是我更该积极开门儿。"

老夏精神不好，身体也不如以前了，胸闷、厌食、嗜睡，吃了几盒山楂丸，也不见效。一天傍晚，他正蒙头昏睡，门铃又响了，猜想是老伴，便不理睬。门铃响了好几遍，听见有人问：

"夏局长在家吗？"

是个女的，北京口音！

老夏立刻爬起来，从头顶到脚心，浑身热乎乎的。是小胡吧？小胡是北京人。小胡虽然没有评上职称，住房问题却是自己在职时解决的。不是小胡，小胡是男的，不是女的。是小燕？小燕不是北京人，但说普通话。这孩子很聪明，自己在职时，培养她当了会计。也不像小燕，小燕才二十多岁，那声音有些老。莫非是戏校的宋校长？性别、年龄都对，声音也像……

老夏深深感动了。人们都说宋校长恃才傲物，孤芳自赏，平常很少与人来往，想不到自己离职后，头一个来按门铃的竟是她！老夏用毛巾擦了擦脸，赶紧去开门。定睛一看，不由嚷了一声：

"唉，又是你！"

老伴笑着撇起京腔来了：

"不是我是谁呀？莫非另有相好的吗？你呀，有麻烦嫌麻烦，没了麻烦也麻烦，你还'吾心似秋月'哩！"

放下菜篮，又说：

"洗菜，炸酱面！"

说罢，小围裙一抖，系在腰间，到厨房里和面去了。

老夏洗着菜，回想着老伴的表现，身上顿觉一阵清凉，胜吃山楂丸。好个老伴，处上不晕，处下不卑，忙乱心不烦，清闲心不寂，她的心才是清静如碧潭，皎洁似秋月呢！

老夏吃了三碗炸酱面。

老底

　　辛未岁末，老底又要请客了，仍然是请"四大名人"。所谓"四大名人"，一个是老牛，县中医院的医师；一个是老赵，县京剧团的琴师；一个是老聂，县文物保管所的古建工程师；一个是我。老底称我们为"四大名人"，一半是抬举我们，一半是开玩笑的意思。

　　老底是个回民，生得又白又胖，天生一副好嗓子。早先没有固定职业，经常夹着一把菜刀给人操办酒席。他会做菜，也会应酬，懂得各种民间礼仪。市场一开放，自己开了个饭馆，卖酒、卖菜、卖牛肉饸饹，冬天有全羊锅子。他的饭菜干净实惠，我们有了客人，总是到他那里吃饭，慢慢成了朋友。

　　老底的饭馆在南大街上，门前有棵大槐树。门脸不大，门楣上方横着一块匾额，上写两个小字："清真"，三个大字："又一村"。前面是店堂，摆着几张餐桌，后面一溜三间小屋，是"雅座"。小屋粉刷得雪白，一间屋里挂着一幅国画儿："太白醉酒""八仙庆寿""渔翁垂钓"，淡墨褐笔，很是雅致。老底虽然不通文墨，求人墨宝，却是不惜钱财。他时常向人吹嘘，"又一村"三个字，是请省里一位书法家题写的，一个字一百块——那个"一"字也不例外!

老底爱热闹，逢年过节的时候，总要请我们到他的饭馆里聚一聚。他请我们没有别的目的，说是爱听我们说话。于是我们喝着他的酒，吃着他的菜，就不停地给他说话。老牛说扁鹊、说华佗，我说"竹林七贤""唐宋八大家"，老赵说梅、尚、程、荀、马、言、谭、奚。他最爱听老聂说话了，老聂不但对于县城里的文物和古迹了如指掌，而且晓得天安门是谁设计的。我们说话的时候，他插不上嘴，但是听得兴味盎然，听到稀罕处，轻轻拍一下掌，笑骂一句："妈的，你们真能叫唤！"（由于喜爱，他把我们比作鸟类了）然后到厨房里炒个热菜。酒到七分醉，唱戏。——老赵吃请时，总是夹着一把京胡。他唱花脸儿，唱《捉放曹》："恨董卓，专权，乱朝纲……"两句西皮原板，几句快板，别的不会。他唱完了，总得问问老底："兄弟，味道如何？"老底说："行，不错，过油肉味儿。"酒足饭饱，说笑一回。我们走的时候，他还要向我们表示感谢："各位大驾光临，小店四壁生辉，谢谢谢谢谢谢谢谢！"一直把我们"谢"到门外。

老底请我们，从来不在店堂，总是占"雅座"。那天晚上，我们到齐了，餐桌上已经摆好几个凉菜，一壶酒。老赵喝了三杯酒，拿起胡琴就定弦儿："来，恨董卓，恨完散伙，年底谁家没有一点事做。"老底说别慌别慌，赶忙去炒热菜。

我们和老底的友谊，已经到了可以互相"攻击"的程度。老聂望着那一桌丰盛菜肴，得了便宜卖乖，说："老底，你个酒保，总是巴结我们干什么？我们可是知识分子！"

"屌！"老底也不客气，"知识分子有什么了不起？"

"哎，知识就是力量呀！"

老底出去了，拿来一瓶"剑南春"酒，朝桌子上一蹾，说："今天的酒钱谁拿？"我们一见那贵重东西，吓得咋舌，忙说囊中羞涩，囊中羞涩，老底说："这不得了，你们有知识，没力量。"我们听了拍手叫绝，仰面大笑！

确实是到年底了，我们都想早些散去，于是抓紧说话。可是老底不让我们说话了，他自己说。他说最近他在回忆一个传统席面——全羊席。那是一个盛大的席面，很多菜肴没人做了，他想一一拾起来。一只羊分三品：头、腰、尾，上、中、下，一品能做三十六道菜，做全了是一百单八道菜，一菜一味，百菜百味，清香酥烂、麻辣酸甜，尽在其中。我们问他都是一些什么菜，他眯着眼睛想了一下，说：

"烧羊头。"

老聂说他吃过。

"扒羊头。"

老赵说他见过。

"扒金冠。"

我和老牛听说过，但没见过。

"扣麒麟顶。"

我们都没听说过。

于是，他扳着手指，尽情地"叫唤"起来：烧羊头、扒羊头，是一般的菜；糟羊头、熏羊头，也是常见的菜。烧云子是烧羊脑，烧明珠是烧羊眼，县城里就少见了。"望峰坡"是什么？羊的鼻梁肉。"芙蓉顺风"是什么？羊耳朵。上下嘴唇儿也是一道菜："爆猩唇"。上下眼皮儿也是一道菜："明开夜合"。清汤燕窝没有燕窝，用羊的磨裆肉。肉泥鱼翅也没鱼翅，用羊的扁担肉。辣子"鸡"不用鸡，糖醋"鱼"不用鱼，"蟹"黄肉丝、"蟹"黄肉片也不用蟹——全是瘦羊肉。全羊席的巧妙功夫，在羊头、羊尾、羊蹄、羊骨、羊脏腑，而不在羊肉。炖羊尾、熘尾球、蜜汁羊尾、拔丝羊尾，属羊尾；熘排骨、炸排骨、奶汤排骨、红烧羊背，属羊骨；烧肚板、烧肚仁、烧肚条、烧散丹、烧麦穗肚、套花肚块，全是肚子上的事；烧羊蹄、扒羊蹄、蒸羊蹄、烹羊蹄、干炸蹄花、烧假鱼翅，全是蹄子上的事。至于羊肉的做法，那就太多了：菠萝肉、枇杷肉、荔枝肉、葡萄肉，肉竹、肉蕉、肉枣、肉藕……洋洋洒洒，口若悬河，既说刀工又说火工。最后又让我们猜，扒金冠、扣麒麟顶是什么？我们猜不着，他把围腰一抖，到厨房里去了，一阵油爆勺响，端上两大盘菜，一盘通红，一盘金黄，那红的配着两朵小黄花儿，那黄的配着两朵小红花儿，热气腾腾，清香四溢。他指指那两盘菜，拍拍自己的脑袋，说：

"羊头，也是羊头，白毛羊头！"

说罢，望着我们笑了，显得既有知识，又有力量。

莲池老人

　　庙后街，是县城里最清静的地方，最美丽的地方。那里有一座寺院，寺院的山门殿宇早坍塌了，留得几处石碑，几棵松树，那些松树又高又秃，树顶上蟠着几枝墨绿，气象苍古；寺院的西南两面是个池塘，清清的水面上，有鸭，有鹅，有荷；池塘南岸的一块石头上，常有一位老人抱膝而坐，也像是这里的一个景物似的。

　　寺院虽破，里面可有一件要紧的东西：钟楼。那是唐代遗物，青瓦重檐，两层楼阁，楼上吊着一只巨大的铜钟。据说，唐代钟楼，全国只有四个半了，可谓吉光片羽，弥足珍贵。只是年代久了，墙皮酥裂，木件糟朽，瓦垄里生满枯草和瓦松。若有人走近它，那位老人就会隔着池塘喝喊一声：

　　"喂——不要上去，危险……"

　　老人很有一些年纪了，头顶秃亮，眉毛胡子雪一样白，嗓音却很雄壮。原来我不知道他是干什么的，后来文物保管所的所长告诉我，他是看钟楼的，姓杨，名莲池，1956年春天，文保所成立不久，就雇了他，每月四元钱的补助，一直看到现在。

　　我喜欢文物，工作不忙了，时常到那寺院里散心。有一天，我顺着池塘的坡岸走过去说：

"老人家，辛苦了。"

"不辛苦，天天歇着。"

"今年高寿了？"

"谁晓得，活糊涂了，记不清楚了。"

笑了一回，我们就熟了，并且谈得很投机。

老人单身独居，老伴早故去了，两个儿子供养他。他的生活很简单，一日三餐，五谷为养，有米、面吃就行。两个儿子都是菜农，可他又在自己的院里，种了一畦白菜，一畦萝卜，栽了一沟大葱。除了收拾菜畦子，天天坐在池边的石头上，看天上的鸽子，看水中的荷叶，有时也拿着工具到寺里去，负责清除那里的杂草、狗粪。——这项劳动也在那四元钱当中。

他不爱说话，可是一开口，便有自己的思想，很有趣味的。中秋节的一天晚上，我和所长去看他，见他一人坐在院里，很是寂寞，我说：

"老人家，买台电视看吧。"

"不买，太贵。"

"买台黑白的，黑白的便宜。"

"钱不够。"

"差多少，我们借给你。"

"不买。"他说，"那是玩具。钱凑手呢，买一台看看，那是我玩它；要是为了买它，借债还债，那就是它玩我了。"

我和所长都笑了，他也笑了。

那天晚上，月色很好，他的精神也很好，不住地说话。他记得那座寺院里当年有几尊罗汉、几尊菩萨，现在有几通石碑、几棵树木，甚至记得钟楼上面住着几窝鸽子。秋夜天凉，我让他去披件衣服。他刚走到屋门口，突然站住了，屏息一听，走到门外去，朝着钟楼一望两望，放声喊起来："喂——下来，哪里玩不得呀，偏要上楼去，踩坏我一片瓦，饶不了你……"喊声未落，见一物状似狗，腾空一跃，从钟楼的瓦檐上跳到一户人家的屋顶上去了。我好奇怪，月色虽好，但是究竟隔着一个池塘呀，他怎么知道那野物上了钟楼呢？他说他的眼睛好使，耳朵也好使，他说他有"功夫"。

我不知道这是一种什么"功夫"。他在池边坐久了，也许是那清风明月、水气荷香，净了他一双眼睛，两只耳朵吧？

可是有一天，我忽然发现他死了。那是正月初三的上午，我到城外给父亲上坟时候，看见一棵小树下，添了一个新坟头。坟头很小，坟前立了一块城砖，上写："杨莲池之墓"。字很端正，像用白灰写的。我望着他的坟头，感到太突然了，心里想着他生前的一些好处，就从送给父亲的冥钱里，匀了一点儿，给他烧化了……

当天下午，我怀着沉痛的心情，想再看看他的院落。我一进门，不由吃了一惊，他的屋里充满了欢笑声。推门一看，只见几位白发老人，有的坐在炕上，有的蹲在地下，正听他讲养生的道理。他慢慢念着一首歌谣，他念一句，大家拍手附和一声："吃饭少一口。"

"对！"

"饭后百步走。"

"对！"

"心里无挂碍。"

"对！"

"老伴长得丑。"

老人们哈哈笑了，快乐如儿童。我傻了似的看着他说："你不是死了吗？"

老人们怔住了，他也怔住了。

"我在你的坟上，已烧过纸钱了！"

"哎呀，白让你破费了！"

　　他仰面笑了，笑得十分快活。他说那是去年冬天，他到城外拾柴火，看中那块地方了。那里僻静，树木也多，一朝合了眼睛，就想"住"到那里去。他见那里的坟头越来越多，怕没了自己的地方，就先堆了一个。老人们听了，扑哧笑了，一齐指点着他，批判他：好啊，抢占宅基地！

　　天暖了，他又在池边抱膝而坐，看天上的鸽子，看水中的小荷……

　　有人走近钟楼，他就喝喊一声：

　　"喂——不要上去，危险……"

　　他像一个雕像，一首古诗，点缀着这里的风景，清凉着这里的空气。

　　清明节，我给父亲扫墓，发现他的"坟头"没有了，当天就去问他：

　　"你的'坟头'呢？"

　　"平了。"

　　"怎么又平了？"

　　"那也是个挂碍。"

　　他说，心里挂碍多了，就把"功夫"破了，工作就做不好了。

老曹

　　不知是什么时候留下的风俗，县城里的元宵年年是正月初七早晨上市，正月十五掌灯落市，一共卖九天。可是这一年，人们刚刚吃过"腊八粥"，大街上就有了几个卖元宵的摊子。那元宵颜色鲜亮，个头儿匀实，不像手工"摇"的，很像模子扣的，三十二个准是一斤。我问一个卖元宵的姑娘，这是谁家的元宵？姑娘说是曹家的元宵。我又到别的摊子上问了问，也说是曹家的元宵——他们是庙后街的农民，谁也不会做元宵，老曹是他们的技术指导，不能埋没了人家的字号。

　　我想了一下，不由得笑了——他们说的竟是"瞎子"老曹。

　　老曹是副食品工厂的退休职工，退休前看大门。我家紧挨那个工厂，那时经常借用他们的电话，我们就熟了。他瘦得像只虾米，戴一副近视眼镜，摘了眼镜，眼睛是个坑，什么也看不见。他整天坐在收发室的小窗后面，负责收发报纸信件，电话铃响了，叫人；也负责一个清洁区，也卖邮票，兼做安全保卫工作（晚上关大门，早晨开大门）。没事干了，站在门口看街，或是坐在屋里喝茶——夏天喝青茶，冬天喝花茶，很是逍遥。

这个工厂不大，内部斗争却很复杂，不断更换厂长。我打完电话，有时也想打听一下工厂的情况，可是一开口，他便看看窗外，给我倒一杯茶说："喝茶，喝茶，茶不错。"

老曹从不论人是非，只管做自己的事，喝自己的茶。无论谁当厂长，对他印象都很好，年终评模范，人们争持不下，有人就提他的名字。于是皆大欢喜，大家夸他，他便擦着眼镜谦虚一句："瞎干，瞎干。"他年年弄个小奖状，到了退休年龄，就退休了。

在我印象里，老曹是个一无所长的"模范"，自从有了这个工厂，好像就是看大门的。那天我从一个卖元宵的小贩口中才知道，公私合营前，他是有买卖的，名叫"顺兴号"，他不但会做元宵，还会做糕点、酱菜、中秋月饼。

曹家的元宵做得好，买卖也做得"俏"。春节前，副食品工厂的元宵还没上市，他们卖白糖馅儿元宵；春节后，副食品工厂的白糖馅儿元宵上市了，他们卖豆沙馅儿元宵；副食品工厂有了豆沙馅儿元宵，他们又卖红果馅儿元宵、什锦馅儿元宵、巧克力馅儿元宵（用巧克力粉做的）。他们的买卖好极了，白天卖，晚上也卖，后来他们又出动了几辆三轮车子，到"四关"卖，到火车站卖，到石家庄郊区卖，卖得他们人困马乏，眉开眼笑……正月十五擦黑，县城里又热闹起来了，满街是灯笼，到处放着烟花，卖元宵的掀起了最后一个高潮。老曹也出来了，他不守摊子，笑眯眯地站在买元宵的人们身后，像个顾客，又像一个视察工作的首长。人们一挤，他的眼镜不见了，我看见他蹲在地上摸了半天，也没摸到。我笑着走上前去说："曹师傅，过年好啊？"

"好啊好啊。——你也来了？"

"来了。"

"你是谁呀？"

"仔细瞧瞧。"

他努力看了看我，突然对卖元宵的姑娘喊道：

"喂，拿些元宵，叫厂长尝尝！"

他把我看成厂长了，真是瞎得可以！

担水的

老魏是个担水的，一条担杖两只木筲，是他吃饭的家当。那时没有自来水，城里的每一条街道上，有两眼公用水井，每天早晨和黄昏，井台上就站满了人，有担水的，有抬水的。那些没有劳力的人家，或是有劳力，自己懒得担水、抬水的人家，就雇一个担水的，一担水二百钱（旧币，等于现在二分钱）。担水也是一种职业。

老魏在西大街担水。西大街路北里，有一眼古井，东北两面是人家的墙壁，西南两面，短墙环绕，亭台似的；井台上青石墁地，井口的石头上，有两道深深的沟，是井绳和岁月留下的痕迹。——井很深，水也甜，老魏就从这里打水。

老魏高大身材，重眉大眼，脸上有一些络腮胡子；夏日赤膊，冬天穿一身薄薄的黑布棉衣，肩上总是搭着一块抹布似的手巾。他的年岁不小了，可是气力很充足，干活利落又热闹。朝井里"放筲"的时候，手不挨辘轳把儿。任那辘轳自己欢快地旋转着：格啦格啦格啦格啦。筲到水面了，用手把井绳猛地一逮，一摆两摆，噗通一声，一筲水就灌满了。担起水来，眼睛显得更大了，虎视眈眈的，一副奋勇向前的模样……

老魏供应着许多人家吃水，除了西大街，府前街上也有雇他担水的。有一年夏天，我家房东也想雇他担水：

"老魏，给我担水吧，一天十担。"

"十担？"

"浇花儿，近，钱不少给。"

我家房东是个财主，土改的时候，"愿"了不少房屋，保留下一座小花园儿。那座花园儿就在井台对面，里面有一座假山，种着一些花木。老魏想了一下，不干，他说他只伺候人，不伺候花儿。

老魏依然给人们担水，路近的二百钱一担，路远的也是二百钱一担。

吃老魏的水，不用付现钱，十天结算一次也行，半月结算一次也行。谁家雇他担水，他便扔下一句话：

"账，你记吧！"

"你也记吧，以防差错。"

"错不了，一个凉水！"他说。

老魏没有账簿，用户也没有账簿。所谓记账，就是他担一担水，用户拿粉笔画一道杠儿，有的画在墙上，有的画在树上，有的画在水缸上。结算完了，擦掉，重画。

夏日的中午，我们放学回家的路上，经常碰见他担水。我们一嚷口渴，他就把担子放到一个树凉里，让我们喝水。我们喝足了，他就把那担水泼掉了，再去打一担。我们谢他，他呵呵一笑，还是那句话：

"不谢不谢，一个凉水！"

他所卖的，好像不是力气，只是凉水。

老魏除了担水，还管给人捞筲。那些自己担水、抬水的人家，不小心把筲掉到井里了，就去请老魏。他有一副捞筲钩子，形状像船上的锚，系在一条绳子上。井台上不忙了，他就把那捞筲钩子抛到井里，手握绳端，慢慢地打捞。那也真是一种技巧：闭着眼睛，屏着气息，一会儿捞上一只，一会儿捞上一只——那些沉落井底一两年的铁桶、木筲，也出人意外地重见天日了。他把它们捞上来，用水冲洗干净，打满水，一字儿摆在井台上，等待失主认领。失主们给他钱，他不要，一定要给，他就急了，嚷，我是担水的，担水的不挣捞筲的钱!

如果给他一点吃的，他就要了。

老魏没有妻室，没有拖累，净吃好的。他天天早晨坐在麻糖铺里，吃麻糖、喝豆浆，中午吃马蹄儿烧饼、喝豆沫。他最爱吃马蹄儿烧饼了，一买就是五六个。那些游手好闲的人（那时叫作懒婆懒汉），看见他吃马蹄儿烧饼，就说：

"老魏，你的生活倒不错呀! "

"是，"他说，"咱们城里头，遍地是马蹄儿烧饼，你得卖力气! "

他相信自己的力气，更敬重那眼水井。每年腊月底，他总要到我父亲的小铺里，买一张黄纸，一股高香，一对蜡烛。他把那黄纸在柜台上裁了，让我父亲洗了手，写几个毛笔字："井泉龙王之神位"。除夕把那神签贴在辘轳石上，焚一股香，点一对蜡烛，摆一些供果。黑暗里，那香着得欢欢的，像一朵静静开放的莲花……

担水的没有行会，但是到了除夕，他们都会这么做的，像粮行供奉火神，药行供奉药王，木匠行供奉鲁班，理发行供奉罗祖。

可是，后来人们不雇担水的了，全是自己担水吃，或是抬水吃。原因是解放好几年了，雇人担水，像雇"洋车"一样，有压迫、剥削劳动人民的嫌疑。

老魏不担水了，井台上显得冷清了许多，再也听不到那欢快的格啦格啦的声音了。

卖小吃的

我小的时候，我们的县城里有许多卖小吃的，布篷小摊，肩担小贩，到处都是。那时的小贩都会吆喝，至今我还记得他们的声音。

早晨，街上还很安静的时候，卖饼子的出来了：

"卖饼子，热乎饼子……"

他们推着小车，到处吆喝着。有卖棒子饼子的，有卖黍米饼子的，也有卖扁豆饼子、枣饼子的，这里一声，那里一声，像鸡打鸣，弄得早晨更像早晨，古城更像古城。

观前街的李掌柜，出来得晚一些。那是一个干净、随和的老头儿，太阳出来了，他才推着小车自东向西而来。小车上放着一个笸箩，笸箩上盖着一条被子，车头上立着一根筷子，筷子上扎着一个饼子——那是"幌子"。他卖棒子饼子，有时也卖一点枣饼子，他做饼子不用本地棒子，年年要雇几辆大车，到山里买棒子。那是春棒子，一年只种一茬，棒子熟了也不掰，在秸秆上"养"着，一直"养"干。这种棒子做的饼子，又香又甜，又顶饥。一些买卖家都吃他的饼子，我家也吃他的饼子。

他走得很慢，吆喝起来，清亮平和，用字也很俭省：

"饼子——"

小十街一声，大十街一声，府前街口一声，一笸箩饼子就卖完了。

冬天的早晨，还有两个卖山药的，好在背街吆喝：

"山药，热山药……"

一个苍老，一个稚嫩。

一天早晨，下着大雾，一个卖山药的推着小车过来了。那是一个半大孩子，欢眉大眼，瘦骨伶仃，衣服又薄又破。小车一放，尖尖的一声吆喝，几个妇女拿着小筐，挎着小篮，就被招了去：

"小白，今天的山药，面不面呀？！"

"嘿，面的我娘不让卖！"他说。

妇女们买了，一尝，乱说：

"哎呀，面什么呀，水蔓子山药！"

"你不是说，面得你娘不让卖吗？"

"是呀是呀，面的，我娘不让卖——省着哪！"

妇女们哈哈笑了，小白也是一脸的坏笑。

小白夏天卖甜瓜、卖菜瓜，冬天卖山药。他走到哪里，哪里就有欢笑声……

那位老的，我一直没见过。

晚上也有卖小吃的，大街上有卖烧麦的，有卖卤鸡的，戏园门口有卖馄饨的，但是都不吆喝。人们经常听到的，是老底那个大劈拉嗓子：

"酱牛肉，热烧饼，牛肝、牛肉、还有牛蹄筋儿啦！"

老底是个回民，长得膀大腰粗，像关帝庙里的周仓。他天天黑夜背着一只箱子，提着一盏灯笼，满城转悠。他是南门里街人，土著，可是吆喝起来，你猜怎么着？京味儿，地道的京味儿！

吆喝声最稠密的时候，自然是白天了。十一点钟以后，大十街、学门口、隆兴寺门前、阳和楼底下，以及四个城门洞里，到处都有吆喝的声音。有本地口音，有外地口音，有的悠长，有的急短：

"豆腐菜，开锅的豆腐菜！"

"素卷儿，焦热哩，素卷儿——"

"饸饹，大碗饸饹，五百钱一碗！"

"卖凉粉儿，芥末凉粉儿，不凉不要钱儿呀……"

短短一声吆喝，内容是多么丰富啊：有形象，有价格，还有保证。听着他们的吆喝声，不吃也能想见食品的色、质、味。

也有不这么吆喝的，卖豆沫的聋子就不这么吆喝。聋子不像是个买卖人，大高个子，笨手笨脚，一脸的呆相。他的摊子总是挨着一个打烧饼的——吃烧饼喝豆沫，方便。那豆沫做得却很讲究：水粉米，磨成浆，下锅熬，放海带丝、粉条头、大黄豆，喝着光滑、细润、清香，有一点淡淡的五香面味儿。他不善于吆喝，也不重视吆喝，看见有人买烧饼，他那两只大眼才呆呆地盯了人家，冷不丁一句，冷不丁一句，没有修饰，没有夸张，豆沫就是豆沫，喝不喝在你：

"豆沫！豆沫！豆沫！"

可是，喝豆沫的人，却也不少。

要说吆喝得最有特点的，当属两位：一位是南大街的王小眼，一位是我们街的翟民久。一个卖煎糕，一个卖包子。

我刚记事的时候，王小眼就在大街卖煎糕：一副担子，一头是火炉、鏊子，一头是一只箱子，里面装着蒸好的糕，现煎现卖。他身材奇矮，精瘦，可是吆喝起来，又泼又野，底气充足。"煎糖糕"三个字，不是一下出口的，而是用拼音字母拼出来的，一个字母要在嘴里打好几个滚儿，才肯出口，嗓音尖锐像汽笛儿：

"煎——糖——糕——！"

一声吆喝，至少持续半分钟，尾音拖得很长很长。并且，吆喝的时候，闭着眼睛，攥着拳头，脸朝南，在曲折、漫长的行腔过程中，脑袋雷达似的向西、向北转动着，吆喝完了，脸就朝东了，声音覆盖全城。那年县城刚刚解放，空中时有敌机飞过，他一吆喝，街长就急了："别吆喝啦！"——怕他招来敌机。

翟民久就是我家那个房东，想雇老魏担水浇花儿的那位。他有不少房屋，城外有地，一辈子吃房租、吃地租，种花养鸟。土改的时候，房子也"愿"了，地也"愿"了，落了一个开明的名声。为了表示自食其力的决心，他不玩了，卖包子，他自己可不蒸包子，天天挎个小竹篮，到包子铺里趸包子，一回只趸二十四个，多了不趸——他家有六口人，即便一个不卖，也不要紧，人均四个包子，恰好是一顿饭。

翟民久的嗓门也不错，吆喝起来，音色优美，宛如唱歌儿。更可贵的是，那词句是他即兴创作的，构思新颖，有"包袱"，像一段小相声：

"卖包子，大个儿的包子，吃俩就饱啦——再就俩卷子！"

人们听了没有不笑的，他不笑。

翟民久卖包子，夏天哪里凉快到哪里去，冬天哪里暖和到哪里去，不管人多人少，有人没人。有一年夏天，他发现了一个好去处：后街开元寺。那是一座破败的庙宇，没有和尚，也没有香客，只有一座古塔，一片树木。他天天站在塔台上，唱歌儿似的吆喝两声：

"卖包子，大个儿的包子……"

你说谁到那里买包子去？

腊会

腊会其实就是灯会，我们那里的一种年俗。

农历的除夕，满城的爆竹响起来的时候，各街的腊会就"出会"了。那是一支灯笼的队伍，也是一支音乐的队伍，吹吹打打，满城转悠，庆贺腊尽春回。

在我记忆中，每道街的腊会都是大鼓、大钹开道。那真正是一面大鼓，一个木架，四只轱辘，一堆人推着它，四名精壮汉子抡着鼓棒敲打，两边是几副大钹。天色一黑，城里城外就响成一个声音：咚咚嚓，咚咚嚓，咚不隆咚，嚓，嚓，嚓，嚓，嚓咚嚓，嚓咚嚓，嚓咚嚓咚嚓咚嚓……

大鼓大钹前面是一面筛锣，也叫"开道锣"。一道腊会的行止路线，全听它的指挥：哐，哐，哐哐哐——

大鼓大钹后面是"门灯"。"门灯"是玻璃灯，一个孩子扛一盏，少则十几盏，多则五六十盏，里面点着半斤重的蜡烛。"门灯"上有彩画，工笔，画八大仙真、三位星君，也画祥云、瑞日、仙鹤、麒麟；"门灯"后面是一溜儿"叉子灯"，长柄，铁丝骨架，用色纸糊了的，有红，有黄，有绿。孩子们扛着灯笼，在鼓乐的吹奏声中，走得很慢，远远看去，像一条彩色的火龙。那时没有路灯，漆黑的天，又冷，那满街的灯火，就更赏心悦目了。

最后是吹打班子：一个小鼓，两副小钹，几只喇叭，一面筛锣，有的街上还有笙、箫、横笛、云锣。前半夜吹"老八句"，后半夜吹"万年花"。"老八句"的曲牌很简单，就那么几句，吹完一句，敲一声筛锣：哐——再吹一句，再敲一声筛锣：哐——悠婉，庄重，古雅。"万年花"比较复杂一些，但是节奏更缓慢了，飘飘摇摇，如入仙境，让人想到天下太平，八方宁静。在家"守岁"的人们听见它，清醒的想睡，想睡的就清醒了：呵，后半夜了，该煮饺子了吧？

跟着吹打班子的，是两对大红纱灯，两名清秀小童担着，一个道左一个道右。纱灯上有一行金箔大字，标明腊会的名称，有的以街道命名，有的以街上的一个寺庙命名："东门里腊会""西门里腊会""南关腊会""北关腊会""白衣庵腊会""广慧寺腊会"……

那时候，富人喜欢腊会，穷人也喜欢腊会。腊会里，买卖家不是要派伙计们四处要账吗？要到三十下午，伙计们就不真要了，在什么地方玩一会儿，天黑才回去，说是没找到人。掌柜的看看天色，便问一声：

"腊会出来了吗？"

"出来了，你听——"

掌柜的听见喇叭声，就说：

"掌灯，明年再说吧。"

掌灯就是点灯笼。那天黑夜，家家门口挂着一对灯笼，有宫灯，有纱灯，有花篮灯、鲤鱼灯、绣球灯、元宝灯。买卖家一掌灯，欠债的人们就可以放心过年了。

腊会过来了，家家门口站满了观看的人，有的放烟花，有的放鞭炮，那叫"迎会"。人们见了"会头"，都要拱拱手，道一声辛苦；"会头"也向人们拱着手，说着："明年见，明年见……"

"会头"是一道腊会的组织者，由街上那些热心的人们轮流担任。年前他们负责"敛油钱"——现在叫集资，用于腊会的各种开销。这项工作并不难做，富人穷人，大家小户，没有不拿钱的，还有捐米的、舍饭的。过了"小年"，他们还要负责到各街上送帖子。那帖子上写些什么言语，我没见过，意思是：我们街的腊会，一定到贵街行走，以示礼敬。旧年里，如果两街结下了什么仇怨，帖子一到，前擦后抹，就言归于好了。——这是规矩，约定俗成的规矩。

腊会行进中也有一个规矩：两道街的腊会碰了头，哐，哐，哐，三声筛锣，双方立刻停止吹奏，并要让出大道，靠路边走。两道街的吹打班子见了面，也要互相拱拱手，道一声辛苦，说一声明年见。两支队伍错过了，又是三声筛锣，各自就又吹打起来了。

那天黑夜，满城的人们好像一下改变了脾气，灯烛照耀下，清音缭绕里，人人是那么温和，那么欢喜，彼此见了面，都要道一声辛苦，说一声明年见。至于明年以何嘴脸相见，明年再说。

当然，也有不大喜欢腊会的人。年前集资的时候，一些青年人说，吹吹打打，转转悠悠，有什么看头呀，又不表演。李云朋听见了，不依不饶，便捉了那青年辩论：

"你家过年贴对子不？"

"贴呀。"

"挂灯笼不？"

"挂呀。"

"你家的对子和灯笼，表演不？"

青年无话可说了，李云朋便告诉大家：腊会不光是让人看的，那是一种气氛，一种味道，没有腊会，像过年吗？

李云朋是我们街上的农民，吹喇叭的。年年一到腊月，他就没心思干活了，天天吹喇叭。他不站着吹，也不坐着吹，他在屋里地下铺一条麻袋，趴着吹。他说这么练习最出功夫，脚不沾地，可以锻炼"丹田"的气力——喇叭对着炕洞吹，不妨碍四邻。

　　腊会还有一项重要的活动：拜庙祭神，见庙就拜。那一夜，城里的大小庙宇都有香烛，腊会到了，扛灯笼的孩子们站立两厢，吹打班子要对着庙门，尽情地吹打一番。祭神不吹"老八句"，也不吹"万年花"，一个"大开门"，吹"水龙吟"。那也是一个古老的曲牌，热烈、欢快，庙里的白脸判官、焦面小鬼听了，好像也喜气洋洋的……

　　因为祭神，后来腊会被禁止了。官方认为那些曲牌也不行，软绵绵的，可以麻醉人们的斗志。

　　腊会没有了，人们的斗志果然没有被麻醉——文化大革命中，扒了土地庙，拆了阳和楼，砸了公检法，弄坏不少东西。

　　腊会没有了，我们街上的李云朋可不死心。每年除夕，他便叫来马老润和杜傻子，吹一阵喇叭。他们提着一盏小灯笼，到城墙上去吹，前半夜吹"老八句"，后半夜吹"万年花"，城里城外都能听见……

　　马老润是个木匠，太平街人。

　　杜傻子家住南关，赶车的，也是农民。

　　他们年轻的时候，就爱"吹会"，号称"三支大笛儿"。

　　他们没有白吹，街头上又出现了个体小贩那一年，腊会又恢复了。只是灯笼少了，"落会"也早了，"门灯"上既画吕洞宾、张果老，也写"照章纳税光荣"、"一对夫妇只生一个孩"——这么一写，税务所给一百块钱，计生委给一百块钱。

游戏

　　两个老袁是邻居，两家只有一墙之隔。北院老袁是局长，南院老袁是工人——那是过去。现在北院老袁不是局长了，南院老袁也不是工人了，一个离休了，一个退休了，两人都歇了。

　　南院老袁退休后，种了一些花儿，养了两缸鱼，弄得满院花色水汽。早晨捞鱼虫，晚上看电视，白天浇了花儿，就到街上看下棋。北院老袁就不同了，离休以后，很少出门，时常站在院里的枣树底下，观看树上的枣子。实在麻烦了，就到南院说些闲话，有时两人还要喝半日的茶。

　　中秋节到了，北院老袁的心里更是麻烦。尤其到了晚上，满街的汽车不住叫唤，听见就烦。他骂了一句人，就到南院去了——南院的院子深一点，或许听不见。

　　南院老袁正在屋里看电视，见他来了，赶忙沏了一壶茶。那是一台黑白电视，很小，屏幕上净"雪花"。北院老袁看了一会儿，就说：

　　"以后到我那里看去吧，我那里是彩色，清亮。"

　　"一样一样，你那里演什么，我这里也演什么。"

　　"客气什么，说去就去。"

两人手牵手，一同到北院。

彩色电视果然好看，南院老袁看了一回，由不得天天来看，从"节目预告"一直看到"再见"。北院的老袁有些烦了，就说：

"电视不能天天看，天天看对身体不利，尤其是对眼睛不利。"

"你说哪天看？"

"有好节目看，没好节目不看，最好是有个计划。"

"怎么计划？"

"我有电视报。"

"你计划，我计划？"

北院老袁眼睛一亮，忽然来了一个灵感。他说这样吧，以后来了电视报，我先让你看，你想看哪些节目，就在哪些节目前面画一个圆圈儿，我看可以了，到时一起看。南院老袁觉得这个办法不错，就答应了。

过了两天，墙头上果然放了一张电视报。南院老袁打开一看，报头上还写着两行字：

　　　　电视报已到。下周拟看何节目，请速标出。老袁同志阅办。

南院老袁拿着电视报，登上鸡窝，扒着墙头，问北院老袁：

"什么叫'阅办'？"

"阅办，就是让你看了以后去办。"

南院老袁指着那个"拟"字，又问：

"这个字念什么？"

"nǐ。"

"什么叫'拟'？"

"拟，就是想、准备、打算的意思。"

南院老袁明白了，拿着电视报，到屋里看了一遍，标出了拟看节目。然后又登上鸡窝，扒着墙头，对北院老袁说：

"节目标出来啦，你看行不？"

"别问，写，咱用文字说话。"

"那何苦呢？"

"歇着也是歇着，咱俩只当做游戏。"

南院老袁为了看彩电，只得依了他，在报头上写了一句话：

节目标出来啦，你看行不？

北院老袁看了，摇头笑了说：

"不行不行。头一句就不合文法，这个'啦'字尤其不能用。'你看行不'也不行，应写：'当否，请批示。'"

"什么叫'当否'？"

"当否，就是恰当不恰当、合适不合适、可以不可以的意思。"

"请谁批示？"

"你说呢？"

南院老袁明白了，便去改写。

南院老袁在北院老袁的辅导下，经过一个月的努力，学会了不少字眼，掌握了一定文法，居然也能写出一段像模像样的文字来了："下周节目已标出，拟看京剧《铡美案》、河北梆子《大登殿》，《动物世界》《曲苑杂坛》，似也可看。当否，请批示。"北院老袁看了十分满意，挥笔写上"同意"二字，退给南院老袁。南院老袁按照批示，到时就来看电视。

明天地方台要播《聊斋》了，南院老袁慌得不行。他看过一回这个片子，一小段一小段的，很是好看。可是电视报送去好几天了，一直不见批示，便去北院找老袁：

"老袁，明天要播《聊斋》了！"

"哪个台？"

"你还没看电视报？"

"这两天比较忙啊！"

北院老袁点着一支烟，朝沙发里一躺，干燥的脸上出现了一种少有的幸福的光泽。南院老袁着急地说：

"哎呀，你快给批了吧，明天就要播了！"

"哎呀，我得看看呀。"

"哎呀，你快看呀！"

"哎呀，慌什么呀？"

他越着急他越沉重。南院老袁想起了自己的黑白电视，就说：

"你到底批不批吧？"

"批，批，你先回去，我争取抓紧看，抓紧批。"

南院老袁出得门来，哭不是笑不是，他想：一个做游戏，干吗这么认真呢？老袁别是得了什么病吧？

这么玩了一阵，南院老袁就不耐烦了，鸡窝也踩坏了。以后看见电视报，也不及时拿，北院老袁便批评他的拖拉作风。他不吃他的批评，两人吵了一次嘴，就掰了瓜——他看他的彩色，他看他的黑白。

春节快到了，南院老袁也买了一台彩色电视，乐得不住哼小曲。他在房上安装天线的时候，看见北院老袁孤影悄然地站在院里，心里不由一颤，觉得自己高兴时，应该高姿态，不应哼小曲，老朋友爱做游戏，就还跟他做吧，又不花钱。他到街上买了一张电视报，标出拟看节目，用了半日脑筋，想了一段很漂亮的话：

　　彩色电视我已买到，颇清晰，在你认为方便的时候，
欢迎莅临观看。下周节目安排当否，请批示。又及。

北院老袁看了，潸然泪下，从此两人言归于好，情同莫逆，只是不再做那游戏了。

童言

　　天黑的时候，我受乔二嫂的委托，到她家去执行一个特殊任务：劝说乔老二，消消心头火，明天一定要给乔大伯拜寿去。

　　我不是街道干部，也不是乔家的亲戚。朽迈之年，不知从哪儿来的精神，津津有味地管起闲事来了。一条小街上，谁家夫妻吵架，兄弟失和，或是邻里之间发生了什么争端，都好请我去劝说。劝了几回，人们说我有化干戈为玉帛能力，送我一个雅号："玉帛老人"。于是我的干劲儿更大了，谁家有事，我都去。

　　乔老二住在小街的尽东头，新盖的房屋，新修的门楼，很气派的。我站在院里咳嗽一声，叫道：

　　"嫂子，二哥在吗？"

　　"在，睡了。"

　　"叫醒他，'玉帛老人'来也。"

　　"叫不醒，你叫吧。"

　　走到屋里，乔二嫂已经沏好了茶，等着我。乔老二躺在床上，蒙着被子睡觉，身上的被子一起一伏：呼，呼，呼……

　　"玉帛老人"一向重视调查研究，情况是很清楚的：乔老二不登乔大伯的门，不是针对乔大伯，而是针对乔大伯家老三的。他们年轻的时候，乔家两支人，合开着一个风箱铺子，生意十分兴隆。乔家的风箱做得好，曾是地方一绝，技术却不外传，闺女们也不传的。有一年冬天，乔老三收了一个外姓徒弟，惹怒了族人。乔老二脾气暴，拿了一把斧头，一定要让乔老三跪在祖宗牌位前面认错不可。乔老三不认错，也拿起了斧头，结果两人都挂了花。现在，他们的头发都白了，心里的斧头还没放下。平时也罢了，每当乔大伯那边有了什么喜庆事情，乔老二不是头疼，就是牙疼，总是礼到人不到。"玉帛老人"也懂一点医学，心藏神，肾藏志，肝藏魂，肺藏魄，人类的那种长久不能消化的嗔恨之气，却不知藏在哪里？

　　我坐在床前，响亮地咳嗽一声，开始工作了。我先讲了一个故事，想把他逗笑，可是他不笑。我喝了一口茶说，明天是乔大伯的八十寿辰，你一定得去，你是亲侄子。你去的意义，不仅是让老人高兴，更重要的是在族人面前，做一个团结的姿态，等于一次外交活动。常言说："君子量大，小人气大。"中日都友好了，台湾问题也要争取和平解决，你心里的那点火气，难道就不能消化么？晓之以理，动之以情，孔子的话也用了，孟子的话也用了，不顶事。

　　乔二嫂看我累了，示意让我休息一下再说。我没有休息。轻轻一笑，顺口打了一个妄语。我说，其实老三已经认错了，早就认错了。他曾亲口对我说，千不是万不是，当年都是他的不是。他不该私自收徒，更不该和你打架。你是兄他是弟，打不还手，骂不还口才是；私自收徒，不但破坏了祖宗的家法，也不符合现在的法律。现在，中国有了专利法⋯⋯

　　谁知这么一说，他的火气好像更大，身上的被子大起大落：呼，呼，呼⋯⋯

我看看乔二嫂，表示黔驴技穷了。

这时候，一阵唱歌的声音，小星星下了夜学。星星的妈妈经常上夜班，他一直跟着奶奶睡觉。我像看见救兵了似的，指着床上的被子对他说：

"星星，弄醒他，抓他脚心儿。"

"他怎么了？"星星问。

"他肚子里有气，你听，呼呼的，像拉风箱。"

"什么叫风箱呀？"

星星仰起脸儿，忽闪着一双好看的眼睛，突然问了一声。我眼前一亮，觉得孩子的话，太新鲜了！刹那间，我的心里空空朗朗，一世道理，一切知见，都被他那天籁一般的声音粉碎了。我把他捉到怀里，笑着说：

"乔家的孙子，没见过风箱？"

"我见过冰箱。"

"冰箱是冰箱，风箱是风箱。——我们做饭，用什么呀？"

"用锅。"

"烧什么呀？"

"液化气儿。"

"那是现在，早先呢？"

"早先不做饭——吃奶！"

乔二嫂也笑了，把他捉去说：

"傻孩子，早先做饭，家家是用'老鸹嘴'和风箱。"

乔二嫂告诉他，"老鸹嘴"是一种燃烧煤炭的炉具，风箱是一种吹风的工具。乔二嫂说，两个老爷爷，做了大半辈子风箱，爷爷年轻的时候也做风箱。乔二嫂又说，咱乔家的风箱，工精料实，鱼鳔合缝，外涂桐油，内烫蜂蜡，拉着轻巧，风力又大：呼，呼，呼……乔二嫂卖力地"拉"着风箱，星星拍着小手笑了说：

"晓得了，晓得了——吹、风、机！"

被子底下，忽然有了咯咯的笑声。乔二嫂赶忙对星星说，爷爷醒了，风箱是什么样子，问他去吧。乔老二在被子底下笑着说：

"明天拜寿，问你三爷去吧！"

恰到好处，我便告辞了。

乔大伯的生日真好啊，正是春暖花开的时候。静静的小街上，到处飘着槐花儿的清香，天上的月亮也圆圆的。我看天上的月，很像星星的脸盘儿，他，该叫"玉帛童子"吧？

傅老师

　　傅老师早先是中学的语文教员，现在退休了，每天在家习字读帖，读帖习字。他的书法在县城里很有名气，商厦店铺之上，名楼古刹之中，到处可见他的墨迹，篆、隶、楷、行，皆有功力。有人说他的隶书结构严谨，古朴端庄，像是"乙瑛碑"；有人说他的楷书笔力雄劲，气势开张，颜筋柳骨俱在；也有人说他博采众长，心花自开，已是脱巾独步，自成一体了。他听了，一张冷静的脸变得更冷静了，先是摇手否认，然后说：

　　"临帖，临帖！"

　　傅老师的脸，一向那么冷静，这是他的一个特点。

　　他可不是故作谦虚。傅老师上小学的时候，就爱习字，时至今日，读帖临帖一直是他的日课。他有一个干净的小院，雅致的书屋，窗外种了两株芭蕉，屋里养着一盆文竹；一张紫檀色的书案上，除了文具，还放着一只小香炉，无论读帖还是临帖，总要焚上一支香，淡淡香气，令人内心清定，意念虔诚。读帖，洁手净案，凝神于一；临帖，坐满、足按、身直、头正、臂开、腕平、指实、掌虚，那认真的样子，就像颜鲁公站在他面前一样，手里拿着戒尺。

傅老师的书屋洁净古雅，文具也很讲究，湖笔徽墨，玉版宣纸，石黄、鸡血石买不起，刻了几枚寿山石印，用的是漳州八宝印泥。他说穷读书富习字，文房四宝，不能凑合。——其实他并不富，只不过老伴和孩子们都有工作，不指望他的工资。另外，一些机关、学校请他写字，也有送他笔墨纸砚的。

傅老师习字不惜工本，但他的字却很好求。他给人们写匾牌，写条幅，也写春联、婚联，并且不要任何报酬，拿纸就行。有一年秋天，一家饭馆开业，请朋友们吃饭，他也被请去了——那饭馆的匾牌是他题写的。大家把他让到上座，纷纷和他碰杯，向他敬酒。他不会喝酒，也不喝饮料，便以茶代酒。理发的老潘和他碰杯时，已是半醉了，顺口说了一句：

"傅老师，今年过年，得有我一副对子！"

"行，有。"傅老师说。

老潘的理发馆很小，门脸也很简陋，他和傅老师要对子，实在是酒兴所至，没话找话而已。不料那年的大年三十上午，傅老师真的拿着一副对子，来到他的理发馆里：

"老潘，你还要对子不？什么时候了，也不去拿——纸也不拿！"

老潘想了半天，才说：

"哎呀，一句酒话，你倒认真了，至少还记得！"

"你是喝着酒说的，我可是喝着水应的呀。"傅老师说。

老潘展开那对子，乐得手舞足蹈。清笔正楷，墨香扑鼻，字写得好，内容也好：

推出满脸新气象
刮去一堆旧东西

横批：

焕然一新

有求必应，言必信行必果，是傅老师的又一个特点。

傅老师给人写字不要钱，并非是他的字不值钱。城里有个临济寺，临济寺的大和尚每年请他写不少条幅，前来朝拜观光的日本人见一幅买一幅，一幅上百元，有的几百元。临济寺供应笔墨纸张，至于一年卖多少钱，他是问也不问的。

1992年秋天，大和尚找不到他了，我也找不到他了。过了二十来天，我才见到他，我问他到哪里去了，他朝东一指，说："我到日本看了看。"

原来，他应"春风株式会社"的邀请，访了一趟日本。我听了很是惊奇，不是惊奇他的出洋，而是惊奇他的口气。他久居县城，别说国门，平时城门也很少出的，现在谈到出洋，却像是走了几天亲戚，赶了一个集，那么平常。

一个县城平民，访了日本，岂是瞒得住的？他从日本回来，名气更大了，向他求字的人就更多了。他依然是有求必应，依然不要报酬。大和尚说他心如止水，六根清净，街坊邻居也说他是个厚道人，难得的厚道人。

但是傅老师的心里也有人我是非，也有不厚道的时候，甚至还有给人玩个小手段的时候。九月里的一天，我和他在花市看菊，一个西服革履，头发稀稀的中年人，拱着手朝他走过来说："傅老师，久违了！"

"呵，'无心道人'，你也看菊？"傅老师也向他拱拱手。

这个人姓万，也爱好书法，自号"无心道人"。他在一个局里做事，常到四大机关行走。他不读帖，不临帖，不写春联、婚联一类的东西，只写条幅。我见过他不少作品，但不外三个字："龙""虎""寿"，分别送给职务不同、年龄不同的领导干部。傅老师从来不论人非，对他却小有评议：给领导同志送一幅字无可厚非，落款"无心道人"，则可一笑也。

"无心道人"牵着傅老师的手，笑容可掬地说：

"傅老师，我也想求你幅墨宝哩。"

"好的，好的。"傅老师也笑容可掬地说，"我的字，你见过？"

"见过，只是没有细读。"

"没有细读，何言墨宝呢？"

"慕名呀，你的字，写到日本去了！"

傅老师"哦"了一声，说：

"这么说，你不是慕我的名，是慕日本的名了。"

笑了一阵，又说：

"写什么，嘱句吧。"

"'意静不随流水转'——"

"好的，好的。"

"'心闲还笑白云飞'。"

"好的，好的。——还写什么呢？"

"就写这两句吧，立幅。"

"好的。"

傅老师从衣袋里掏出一个硬皮小本，记下他的名字和嘱句。

"无心道人"又牵了牵傅老师的手，高兴地走了。我望着他的背影，心里说：

"傅老师的字，你是摸不到了。"

这也是傅老师的一个特点：谁向他求字，他若点一点头，淡淡地吐一个"行"字，便是真应了；他那一张冷静的脸上，若有热情出现，满口"好的，好的"，并将你的名字记在他的小本上，得，用句俗话——你就吹了灯睡觉吧，并且他总有一套不得罪人的理由。

老拙

老拙姓夏，笔名老拙。

老拙不像一个文人，也不像政府部门的一个工作人员。他的个子不高，大脸，衣着潦草而又古板，像机关里的工友；休息的日子，爱在街头蹲着，跟那些卖菜的、卖鱼的聊天，不明底细的人，以为他是卖菜的、卖鱼的。

但是老拙确实是个文人，确实是政府部门的工作人员。他在地名办公室工作，负责考察、研究、确定、更改全县各乡、各村、各街、各路以及各条小胡同的名字。工作之余，爱写一点文章，发表在报刊上。读万卷书没有工夫，行万里路没有地方报销路费，于是休息的日子，就在街头蹲着，希望蹲出一篇小说或是散文。蹲得久了，瞎猫碰死鼠，慢工出细活，他的作品竟然也有被那大报大刊转载的时候。于是在县里的文坛上，他是"兵头"，在省里的文坛上，也是"将尾"了。

老拙心眼死板，失去了一个重要的发达机会。那年县里成立文联，他是文联主席的人选，县委的领导同志亲自和他谈话。他一句感谢领导的话也没有，张口就问给多少经费。领导说没有经费，文联、文化局在一起办公，两个单位一本账目；他又问编制呢，领导说没有编制，文联、文化局是一套班子两块牌子。他便笑了，我看那牌子也省了吧，他说。

老拙没有到文联，吃了大亏！不久作家评职称，他不能参评——他不属于文联序列，属于行政序列。他并不把这件事情放在心上，依然常蹲街头，枯坐灯窗，并且提了一个口号，说是要用自己的笔墨，为我们这个浮躁的世界，化一分热恼，添一点清凉。每写一篇文章，便买一支冰糖葫芦犒劳一下自己——他不吸烟，不喝酒，没别的嗜好，爱吃冰糖葫芦。

又过了不久，老拙变得爱笑了——不定什么时候笑一下，哑笑。有一天他正对着机关大院里的那棵槐树哑笑，被我看见了，便问他笑什么。他不回答，反问我得了职称有什么好处。我说得了职称最明显的好处是工资可以涨一涨，钱多。他就又笑了，他说北京一位著名的作家，最近写了一篇文章，是探讨作家队伍改革的，大意是国家不要养作家了，让作家依靠稿酬去生活。一些得了职称的作家们忿忿然，一齐骂那北京作家不是东西，其实是怕那样改革。也有不怕的，你道是谁？他两手一背：老拙。——咱是业余作者，会弄地名，你说一个"不怕"值多少钱，多少钱能买一个"不怕"呢？

我被他逗笑了，我说他的这种说法，是阿Q精神。他不笑，他说阿Q精神过去应该批判，今天却是有用的物件。鲁迅先生的《阿Q正传》好比一剂药，是针对国人时病的：哀其不幸，怒其不争。今天国人已经觉醒了，不是不争，而是善争：争名，争利，争职称，争官位，一争再争，无有休息。那争不到的人们，怎么办呢？这就需要一种新药了：忍让心一片儿，大肚肠一条，和气一两，谦虚八钱，阿Q精神少许，将药放到虚空锅里，添上难得糊涂水一瓢，点着三昧真火，慢慢煎熬。他说吃了这种药，清气上升，浊气下降，二气均分，身体健康，同时有利于社会稳定。——稳定是压倒一切的！

我又被他逗笑了，咯咯地笑个不止。他也笑着，像是完成了一篇小品创作，到街上买了两支冰糖葫芦，他一支，我一支。

我和我的朋友们，欣赏他的度量，喜欢他的幽默，称他：快乐的老拙。

但是，快乐的老拙也有不快乐的时候。最近他告诉我一件事，也像是一篇小品。

那是去年冬天，省里一家文学刊物召开座谈会，他也被请了去。他在会上认识了不少人，听到不少新的观点，心里非常快乐。只是散会的时候，发生了一件不快乐的事。那主编做事细心周到，总结了会议情况，对于那些因为时间关系没有发言的人表示了歉意，并将他们的姓名、职务一一点到。最后点到老拙的名字，主编打了个沉儿，他没有职务、也没职称，嘴里便冒出一句很亲切的话：还有从县城赶来的老拙好朋友！话音刚落，会场上便爆发了一片笑声。吃午饭时，有人打趣：今天主编给了老拙同志一个职称——"好朋友"。餐厅里又是一片笑声，他的脸上火辣辣的，挺好一桌饭，也没吃好。

当天晚上，他回到家里，心里久久不能平静。屋里的火炉和他的心情一样，怎么也弄不欢，浑身冷浸浸的。他坐在灯下看看会上印发的邀请名单，每个人名后面都有一个或是几个职务，唯自己没有，光秃秃的。数九寒天，想想那些得了职务的人，谁屋里没有暖气！再想想自己点灯熬眼，辛苦半生，白发日添，青衫依旧，好不容易参加了省里一个会议，只落得一个"好朋友"，招来一片笑声，身上越发地寒冷了。抬头看看自己题写的条幅："澹泊明志，宁静致远"，不行，没有暖气还是冷；顺手翻开刚刚买到的一本《菜根谭》，读了两段关于安贫乐道的格言，也不行，冷！唉，睡吧，正要熄灯，他的眼睛倏地一亮，又盯住了那个邀请名单。他发现不少职务的前面，有一个"原"字，例如，某，原某厅厅长；某，原某刊主编；某，原某协会主席……他望着那一个一个的"原"字，再想想主编的话，一身的寒冷化作了一片暖意：啊，我那职称——"好朋友"的前面是永远不会加一个"原"字的吧？

快乐的老拙终于又快乐起来了，他用嘴呵呵手，写下一篇日记，记下了一天的所见、所闻、所思、所感。最后写道：

今天，余得到一个永久的职称——"好朋友"。

余是大家的好朋友，余当继续努力，永远做大家的好朋友。

意犹未尽，呵呵手，又添了一句：

好朋友就是暖气！